三国志への道標

井上　泰山　著

関西大学出版部

【本書は関西大学研究成果出版補助金規程による刊行】

はじめに

　このたびは「三国志」の連続講座にお越しいただき，ありがとうございます。本題に入る前に，簡単に自己紹介をさせていただきます。
　まず，私の名前についてですが，泰山はタイザンと読みます。この名前を聞いた人からはよく，中国のどこの出身ですかと質問されますが，それも無理のないことかと思います。
　ご存知の方も多いと思いますが，中国には五つの有名な山がありまして，総称して五嶽と呼びますが，泰山もその中の一つです。他にも，嵩山，華山，衡山，恒山など，全部で五つありますが，泰山は山東省にありまして，昔から信仰の対象として崇められてきた歴史があります。また，植物にも，泰山木という木があります。
　泰山という名前は私の父親がつけたようです。残念ながら父は2014年に91歳の天寿を全うして他界しましたが，生前，父に命名の由来を尋ねましたところ，別に中国の山の名前を借りたわけではなく，また植物からとったものでもないとのことでした。中国の山や植物の名前から来たのでないとすれば，どこからつけたのでしょうか。子供の頃から不思議に思っていましたが，どうやら，私の名前には苗字との関連があるらしいのです。というのは，苗字が井上ですので，井戸の上，つまり生活用水を汲み上げるための井戸の背後に樹木の生い茂った保水力豊かな山があれば，降った雨水が地下水となって井戸に浸み込み易く，生活を維持するための水がいつまでも涸れることはない。そこで，地下水を安定的に供給する山のような存在になるように，との願いを込めて命名したというのです。
　ということで，私の名前は生活に密着した素朴な発想に基づいていることがわかりました。父親が抱いた願いにどこまで近づけるかわかりませんが，命名の由来はともかく，信仰の対象とされている中国の名山と

の連想は避けがたく，永遠に名前負けするような気もして，心もとない限りですが，ともかく，私の名前の由来はそんなことのようです。

　余談になりますが，生前の父は普段からかなり理屈好きなタイプでして，一旦論理を組み立てて自分で思い込むとなかなか他人の意見には耳を貸さない，そんな頑固一徹な性格の持ち主であったように思いますが，この命名の由来を聞いた時には，生活に根ざしたある種の人生哲学めいたものを感じて，さすがに感心したことを覚えています。そのことを知ってからは，一風変わった自分の名前に対して，以前ほど強い違和感を抱くことはなくなりました。それどころか，最近は，おそらく年齢を重ねたことが主な原因かと思いますが，この名前もそれほど悪くないと思うようになりました。

　次に，生い立ちと学歴について簡単にご紹介します。出身地は山口県の下関市です。長府にある県立豊浦高等学校を卒業するまでは郷里におりましたが，大学の学部時代の4年間は東京で過ごしました。東京外国語大学の中国語学科に入学して，1年生の時から中国語を専攻しました。

　中国語を専攻するようになったことについては，それなりの事情がありました。自分で言うのも気がひけますが，高校時代は英語がかなり得意で，弁論大会などにも参加して好成績を得ていたものですから，担任の先生からの強い勧めもあって高校在籍中にアメリカへの留学をめざし，政府主催の留学生選抜試験に応募しました。その結果，山口県の代表五人のうちの一人に選ばれ，続いて岡山県で行われた中国大会に進んだのですが，慣れない試験への緊張も手伝って，二次試験でみごとに失敗し，そのことが大きな挫折となって，それを機に英語とは縁を切って，中国語を学ぶ道に方向転換しました。

　上京して専門的に中国語を学び始めたとはいえ，今と違って，その頃，つまり昭和46年当時はまだ中国との国交が回復していませんでしたので，学部在籍中に中国の大学に留学することもできず，また，中国からの留学生もほとんどいませんでした。そんな状況の中でどうして敢え

て中国語を学ぶ道に進んだのか，自分でも明確な理由を見つけ出すことはできませんが，あるいは父親がつけた名前に導かれたのかもしれません。

　大学卒業後の進路に関しては，学部の3年生の頃までは，せっかく学んだ中国語を活かして海外で貿易の仕事をしたいと漠然と考えていました。折しも当時は高度経済成長期で，就職に関しては，希望すればほぼ思い通りの職業につくことができた時代でした。

　しかし，人生は本当に何が起こるかわからないもので，ふとした偶然のきっかけから就職活動にはあまり魅力を感じなくなり，卒業後さらに大学院で専門の勉強を続けたいと思うようになりました。これにはやはり指導教授であった金丸邦三先生の影響が大きかったように思います。思えばこれも全くの偶然に過ぎないと思いますが，ある先輩から，中国の古典文学，具体的に言うと『水滸伝』という明代に編纂された長編小説ですが，金丸先生の指導のもとでそれを精読する勉強合宿があるから来てみないかと誘われ，当時家庭の事情で進路の選択に悩んでいた私は，気分転換のつもりで参加しました。ところが，その合宿が私のその後の進路を決定付ける転換点になったのです。

　ご存知のように，大学院は修士課程と博士課程に分かれていますが，修士課程の2年間は学部と同じ東京外国語大学で学びました。学部時代に指導を受けた金丸先生のもとで，そのまま修士課程もお世話になったわけです。修士課程の後には通常3年間の博士課程が控えています。ところが困ったことに，私が修士課程を修了した昭和52年当時の東京外国語大学には，まだ博士課程が設置されていませんでした。ですので，さらに専門的な勉強を続けるためには，どこか他の大学の博士課程を受験して，そこに進学する必要がありました。中国の近世白話文学を専門とする先生がいらっしゃる大学はないものかと，関東地方の大学をあれこれ探してみましたが，なかなかみつかりませんでした。

　そんなある日，突然，指導教授の金丸先生から，大阪の関西大学というところに，最近京都大学人文科学研究所を定年退官された田中謙二先

生という古典戯曲専門の先生が赴任されたので，その先生のもとで勉強してみないかというお話をいただき，関西遊学を強く勧められました。当時は個人的な理由もあって，東京を離れることにはかなり心理的抵抗がありましたが，専門の勉強を続けるためにはそれも止むを得ないと思い直し，博士課程は関西大学の大学院で学ぶことにして，大阪に移って来ました。昭和52年4月のことでした。

ところが，いざ関西大学の博士課程に進学してみると，意外なことに，私と同じ専門分野を専攻する学生は他には誰もおらず，演習の授業は大抵私一人だけでした。博士課程在籍中の3年間はずっと同じ状態で，田中謙二先生に一貫して個人指導を受けたようなものです。授業中いつも一人ですから，毎回必ず発表しなければなりません。厳しい先生の前で常に緊張し続け，一瞬の息抜きもできません。ですので，それなりに苦労もありましたが，今から振り返ってみると，まさに師の「謦咳に接し」たことになり，他では味わえない贅沢な時間を過ごしたことも確かです。なんとも有り難い話です。

そんな状態で博士課程の3年間を終えた後，東京の白金台にある明治学院大学の助手に就任しました。一般教育部という組織に属していましたが，そこで6年間，現代中国語を教えた時点で，再び関西大学とのご縁をいただき，昭和61年に関西大学文学部の助教授として関西に移って参りました。以来，早くも32年の月日が流れました。「光陰矢の如し」「少年老い易く，学成り難し」といった言葉の重みを改めて実感しているところです。

さて，このあたりで私自身と「三国志」との因縁についてご紹介すべきかと思いますが，実は私は，明治学院大学の教壇に立った当初は，特に「三国志」を専門に研究していたわけではありませんでした。何をやっていたかと言いますと，中国の元の時代，13世紀頃のモンゴル王朝時代の演劇の台本が残っておりまして，大学院への進学を考えたのも，実はその演劇の台本を読むのが面白く，そこから中国古典文学研究の道に入りました。明治学院大学から関西大学に移籍した後も，中国の古典

戯曲を専門分野の主要な看板として掲げて研究を続けていましたが，その後，1995年に，私にとって，2回目の大きな転機が訪れました。ちょうど阪神淡路大震災の年でした。当時私はオランダに滞在していました。オランダで震災の第一報に接しました。何故オランダにいたか，ということですが，実はそのあたりからが私と「三国志」との本格的な関わりということになってきます。それについて，もう少し詳しくお話ししたいと思います。

　関西大学の文学部に移って8年後，1994年のことですが，私は関西大学の「在外研究」という制度に応募して，運良くそれが認められました。これは非常にありがたい制度でして，主に若手の研究者が対象ですが，1年間海外に赴いて，任意の研究機関に所属して研究ができる，そういう制度です。それを利用して海外に行くことになりました。

　私の研究内容から言えば，漢字文化圏に行って研究するのが順当な道です。そこで，まず上海の復旦大学に8ヶ月間滞在して，その後，イギリスを経てオランダに向かいました。ヨーロッパの大学の図書館にも，過去に中国から流れていった漢籍が多数保管されていますので，それを見てみたいと思ったのですが，それ以外に一つの大きな目的がありました。それは何かと申しますと，それ以前から日本で，同世代の仲間と一緒に「三国志」の勉強会を開いていたのですが，その過程で，どうやら，中国本土ではすでに失われた珍しい「三国志」の本がスペインにあるらしいということがわかったからです。

　もっとも，その当時は非常に曖昧な情報しか無く，まるで雲をつかむような話で，スペインに「三国志」の本があるからといって，紹介状も何も持たずに突然行ったところで，すぐにその本に巡り会えるわけでもないだろうと，半ばあきらめと言いますか，なかなか本気で取り組むこともできず，単に頭の片隅に置いていたに過ぎませんでした。

　ところが，ちょうどその頃，1年間の海外研究の機会が訪れましたので，この機会に行ってみれば，ひょっとするとその本に巡り会えるかもしれない，という気持ちになりました。しかし，いきなりスペインに行

くことには抵抗がありました。スペイン語は全くできませんし，詳しい情報もありませんので，まずはオランダに行って，何らかの情報を得ようと考えました。実はオランダには当時知り合いがいまして，中国学を専門としているオランダ人の学者でイデマと言う方ですが，当時ライデン大学漢学研究院の主任教授でした。その先生のところに行って，スペインの「三国志」について何か情報を持っていないか，それを探るために，半ばスパイになった気分で行ってみました。

　ところが，残念なことに，イデマ先生もスペイン国内に所蔵されている中国の本のことはあまりご存知ない。「三国志」についての詳しい情報は全く入手できませんでした。しかし，日本を発つ時から，とにかくスペインまでは足を伸ばそうと思っていましたので，帰国間際になって，1995年3月の初旬でしたが，オランダから列車に乗って，フランスのパリを経由して夜行列車に乗り換えてマドリッドに参りました。当時の状況としては，「三国志」があるらしい場所だけは日本にいた時にガイドブックなどを見て情報を得ていましたが，それ以上の情報は何もありませんでした。

　マドリッドの北の方に，エスコリアルという都市があって，そこに立派な宮殿があります。マドリッドから列車に乗ると，およそ1時間で着きます。宮殿は16世紀に造られたものですが，どうやらその宮殿の中にあるらしいということだけはわかっていました。それ以外は何もわかりませんでした。しかし，その後運良く，その宮殿の図書館に入ることができて，最初は観光客として入ったのですが，いろいろな偶然が助けてくれまして，その「三国志」の本を実際に手に取って閲覧することができました。

　これは全くの奇跡と言ってもいいと思いますが，これまで日本人でこの本を見たのは私が最初だったのではないかと思います。その後調査したところによりますと，かつて，東京大学の榎木一雄氏が，やはり調査に行かれたようですが，当時はまだフランコ独裁政権のさなかで，外国人に対しては門戸を閉じていたようです。そのため，詳しい調査はでき

なかったようです。私が行った時期が良かったのか、いろいろな幸運に恵まれて、ともかくその貴重な本を閲覧することができました。

それ以後、その本との出逢いを契機として、何しろ中国本土にも無い本と出逢ってしまったわけですから、何か運命的なものを感じるようになり、義務的な精神も手伝って、「三国志」関連の様々な仕事をせざるを得なくなりました。最初に手をつけたのは、その「三国志」の本を日本で再び出版することでした。幸い関西大学には研究書や新資料を出版してくれる出版部がありますので、そこから翻刻本の形で出版しました。原本の書影を上部に印刷し、同じページの下部に、上部の文字を一つ一つ翻字して出版したのです。

次にそれを中国に持って行きました。何しろそれは中国本土にもないものですから、非常に歓迎されまして、研究者もその情報を知りたいということで、上海の復旦大学から招かれて、そこで何度も講演を行いました。復旦大学には、私がかつて大学院時代に教わった章培恒という教授がいらっしゃいましたので、その先生にも出版した本を献呈して、情報を公開しました。すると先生は非常にお喜びになって、その後、その本をもとにして新たな論文を書かれました。

実は「三国志」については、それが中国でいつ頃から文字化され、読み物として市場に出回るようになったかという点は、まだはっきりとは解明されていないのです。それについて、ある人は明代になってからだと言います。また別の人は、それ以前の、元の時代にはもう読まれるようになっていたと考えています。章培恒先生は後者の意見でして、13世紀頃、元の時代にはすでに文字化された小説が存在していたであろうと推定されています。そして、実は、私が翻刻出版して差し上げたその「三国志」の本、仮に今「スペイン本」と呼んでおきますが、その「スペイン本」の中に、先生の説を補強する証拠が残っていたのです。スペイン本を詳しく検討した結果、先生の主張しておられた元代成立説が正しいものであったことが証明されたわけです。それを利用して先生は新しい論文を書かれ、自説を補強されました。

お陰で章培恒先生から非常に感謝されまして，その後数回にわたって，ほぼ2，3年おきに復旦大学に招待していただき，講演の機会を作っていただきました。そんなことで，いまだに「三国志」との縁が繋がっておりまして，なかなか本来の研究テーマである古典戯曲の研究にもどれない状態が続いております。どんな分野もそうだと思いますが，いったん足を踏み入れますと，いろいろな問題が次々に起こってきて，なかなかそこから抜け出せないものです。思えば，スペインまで出かけて行って「三国志」の古い本を調査した，それは全くの偶然が左右していて，単に運が良かっただけだと思いますが，その本に巡り会ったことがきっかけとなって，それ以後「三国志」のことも本格的に勉強し直さなければいけないと思うようになり，今日に到っている次第です。

　お陰で日本でもいろいろな自治体などから講演の依頼がありまして，ここ数年，毎年のように，どこかで「三国志」の話をさせていただいております。これまですでに50回くらいの講演の機会を与えられました。有り難いことと感謝しております。そんなことから本日もここで皆さん方とお会いするようになった次第ですが，これもまた人生の貴重な出逢いの一つですから，与えられた機縁を大切にしていきたいと思っている次第です。

　以上，簡単ですが，私の自己紹介とさせていただきます。「三国志」との出逢いを通して学んだこと，あるいは最近の研究の様子については，講演の中で改めて具体的にお話しするつもりです。また，この本が出来上がるまでの経緯についても，最後に詳しくお話ししたいと考えております。

　では，いよいよ連続講座を始めます。つたない話ではありますが，この講演を通して「三国志」の世界に少しでも興味を覚えていただければ，大変うれしく思います。

目　　次

はじめに …………………………………………………………… i

第1講　「三国物語」の背景 ……………………………………… 1
　　　〜乱世への予兆〜

第2講　語り継がれた「三国物語」 ……………………………… 13
　　　〜文字化される以前の姿〜

第3講　小説『三国志演義』の成立とその後の展開 …………… 25
　　　〜読んで愉しむ小説へ〜

第4講　動き始めた「三国物語」………………………………… 39
　　　〜「桃園結義」の位置付け〜

第5講　「不義」の代償 …………………………………………… 51
　　　〜「連環の計」が挫く董卓の野望〜

第6講　小説に於ける善悪の強調 ………………………………… 67
　　　〜劉備と曹操〜

第7講　小説に於ける「義」の強調 ……………………………… 83
　　　〜関羽の登場〜

第8講　英雄の虚像と実像（1）………………………………… 99
　　　〜曹操の二面性〜

第9講　英雄の虚像と実像（2）………………………………… 113
　　　〜関羽の二面性〜

第10講　天才軍師の誕生 …………………………………… 133
　　　　～小説に於ける孔明の位置付け～

第11講　天才軍師の活躍 …………………………………… 145
　　　　～「赤壁の戦い」前夜の周瑜との軋轢～

第12講　神になった英雄 …………………………………… 161
　　　　～関羽の最期と死後の活躍～

第13講　もう一つの「三国志」 …………………………… 177
　　　　～『説唱詞話花関索伝』の世界～

第14講　海を渡った英雄たち ……………………………… 195
　　　　～スペインの『三国志演義』～

第15講　『三国志演義』研究への回顧 …………………… 215

関連資料 ……………………………………………………… 231

　おわりに ………………………………………………… 277

第1講 「三国物語」の背景
～乱世への予兆～

　それでは「三国志」の連続講座を始めたいと思います。今回は「三国物語」の背景となる基本的な事柄をいくつかお話ししたいと思っていますが，本題に入る前にひとつ確認しておきたいことがあります。それは書名に関することです。一般に日本では，単に「三国志」と言えば，小説としての「三国物語」を指すことが多いと思います。吉川英治の「三国志」にしても，人形劇「三国志」にしても，日本人ならば誰もが，ただちに小説としての「三国志」をイメージするでしょう。これは江戸時代以来の翻訳または翻案がほとんど「～三国志」と名付けられてきたことと無関係ではなく，ある意味で既に市民権を得ているように思います。しかし中国では事情が異なり，ただ単に「三国志」と言った場合，それは小説ではなく，歴史書としての『三国志』を指します。これは所謂「正史」のひとつですが，三国時代の次の晋の時代になってから陳寿という歴史家が書いたもので，『魏書』『蜀書』『呉書』の総称です。まずはその点を確認しておきたいと思います。

　ご存知のように，中国では昔から，一つの王朝が倒れると，次の王朝が前の王朝の歴史を書き，そうやって連綿と歴史を書き継いでいきます。「二十四史」と言いまして，『史記』から始まって，順に各王朝の歴史を記述していきました。では，陳寿が書いた歴史書としての『三国志』はいつ頃完成したのか，ということですが，実はそれについては，よくわかっていません。ただ，陳寿が死亡した年が297年であったことはわかっていますので，歴史書の完成がそれ以前であったことは明らかです。死亡する数年前に完成させたと仮定すれば，ほぼ295年前後であった可能性がでてきます。いずれにしても3世紀末のことです。その

歴史書に，さらに後世の人が詳しい注釈を付けます。そのようにして，歴史書自体も次第に記述内容が膨らんでいきますが，ともかく，中国では「三国志」といえば，正式には歴史書を指します。

では，小説としての「三国志」はどう呼ぶかといいますと，正式な言い方としては，『三国志』の後に「演義」という言葉を付けて『三国志演義』と呼びます。この点を区別しておく必要があります。ところで，「演義」の「義」とはどういう意味でしょうか。それはまさに「意味」という意味でして，中身というか，内容そのものを指します。そして「演」は「上演する」という意味ではなく，「敷衍する」こと，つまり，もともとあるものをふくらませ，言葉を補って説明するという意味です。本来あった歴史的事実に一定のふくらみをつけ，場合によっては虚構も交えてわかりやすく解説したもの，それが『三国志演義』です。日本では，歴史書も小説も一緒にしてしまって，どちらも「三国志」という言い方で済ませてしまうようなところがありますが，厳密に言うと，そういった違いがあるわけです。今後，二つを区別するために，小説の方はできるだけ「演義」をつけて『三国志演義』と呼びたいと思いますが，単に『演義』と呼ぶこともあるかもしれません。その点，あらかじめご了解を得ておきたいと思います。

ではこれから本題に入りたいと思います。関連資料１をご覧ください。『三国志演義』の成立史に関する簡単な年表を作ってみました。小説としての『三国志演義』がどのようにして出来上がったかということをわかりやすくお示しするためのものです。時間的には，年表の上から下に行くにつれて新しくなっております。ここに書いてある項目を一つ一つ全部お話ししていくと随分時間がかかりますので，まずはいくつかのポイントを絞ってお話ししたいと思います。

一番左側の縦の枠には中国の王朝名を古い方から並べてあります。秦から始まっています。秦の前にも殷や周などの王朝があったと言われていますが，ここでは省略しています。秦の始皇帝が中国を最初に統一した，それは紀元前221年のことでした。その頃から歴史に関する文字資

料なども多く残されていきますが，ここでのポイントは，三国という時代，それがいつ頃なのかということです。秦の次には漢が興ります。漢王朝の成立についてはいろいろと有名なエピソードも伝えられていますので，ご存知の方も多いと思います。項羽と劉邦が天下を争った「鴻門の会」の話はとくに有名です。

　漢王朝は，紀元前から紀元後にかけて，前後併せてほぼ400年間続きました。漢王朝をうち建てた人物は劉という姓です。劉邦ですね。高祖劉邦の事績については司馬遷の『史記』などにも詳しく記録されていますが，その後，漢王朝は一時的に王莽に簒奪されて政権を失います。王莽から政権を奪い返して後漢を再興したのは光武帝でした。再興に伴って都も移しました。前漢時代は長安，今の西安ですね，そこに都を構えていたのですが，後漢になると，都を東の方の洛陽に移しました。そこで，中国では漢の王朝名を言う際に，前漢・後漢と言わずに，西漢・東漢と呼ぶのが一般的です。この点，日本とは違っています。

　そんな時代の後，ようやく「三国物語」の背景となった時代に入って行きますが，小説『三国志演義』はいきなり三国時代の話から始まるわけではありません。まずは後漢の動乱の様子が描かれます。後漢の末に，曹操や劉備，あるいは孫堅といった人物が，みんなで力を合わせて反乱を鎮めようと立ち上がる。その反乱は黄巾の乱と呼ばれるもので，184年に起こったとされています。黄巾ですから，黄色い頭巾を巻いて，それを目印にして各地で反乱を起こしたようです。その親分が張角という男で，ある日，薬草を採るために山に入ったところ，南華老仙という仙人から『太平要術』という天書を授けられ，天に替わって世の中の人々を救済するようにとの啓示を受けます。それを免罪符として「太平道人」と名乗って反乱を起こしますが，張角には弟が二人いまして，二番目が張宝，三番目が張梁です。当時悪政のために塗炭の苦しみに喘いでいた多くの民衆はたちまち呼応して，各地で一斉に蜂起する。張角らが次々に民衆を取り込んでいく手口についても小説の中で言及されています。悪政に加えて，後漢時代には，とくに霊帝が即位して以降，地

震をはじめとする様々な災害が発生し，同時に疫病も蔓延したようでして，張角らは病を治すための「符水」と呼ばれる妙薬を施すことによって民心を掌握したと言われています。病の苦しみや生活苦，死への不安など，誰にもありがちな心の弱味につけこんで他人の心をコントロールする，こうしたやり方はいつの時代になっても変わらないようです。

　黄巾の乱は，朝廷の側から見れば体制に対する反乱ですが，蜂起した連中にしてみれば，やはりその背後には為政者側の腐敗に対する不満が存在する。つまり，権力の座に居座る連中の横暴に耐えかねて反乱を起こしたという見方もできるように思います。自分たちの権力を維持することに汲々として日々権力闘争を繰り返し，民衆の生活苦にはまともに向き合おうともしない，そうした体制側の傲慢な態度に，民衆がいつまでも忍従するはずはありません。我慢の限界を超えた時点で，自分たちの生活を困窮させる原因が政府にあると主張して，体制の転覆を謀る，それが黄巾の乱と呼ばれる動乱の本質ではないかと思います。そして，小説『三国志演義』は，そのあたりから幕を開けます。全国各地で発生する黄巾の乱を鎮圧するために体制側が義勇軍を募る，そこに劉備や関羽や張飛たちが参加する，そういった場面から始まります。いずれ詳しくお話ししますが，「桃園結義」として有名な一段が，まさしく『三国志演義』のスタートラインとなるわけです。

　ところで，歴史の上から言えば，三国というのは，魏・蜀・呉の三つの国ですが，これらの国は実は同時に始まったわけではありません。さらに，どの国が正統かという議論になると，やはり歴史書などでは魏を正統として位置づける。そこで，魏の国が興った年，つまり曹操が死んで息子の曹丕が即位した頃を以て三国時代の始まりとしています。それは220年です。そして，三国時代というのは，魏・蜀・呉という三つの国が中国を三分する形でお互いに天下分け目の戦いを繰り広げることになります。ですから，「三国物語」というのは，だいたい3世紀の半ば頃が舞台ということになります。

　一方，日本に目を向けてみますと，日本はその頃どんな時代であった

かと言いますと，邪馬台国の時代にあたります。卑弥呼が即位したのは，一説によりますと167年であったと言われています。これには異説もあるようですが，ここでは一応，即位の年を167年と仮定しておきます。そして，238年には，魏の国に使者を送ったことがわかっています。三国の中の魏の国に卑弥呼が使者を送った。三国時代は日本とも交流があった時代です。

　小説『三国志演義』の物語の舞台となった三国時代は，あまり長くは続きませんでした。ここで改めて，『三国志演義』の中で繰り広げられる話はいったい何年間くらいのことなのかということを考えてみますと，非常に大雑把に申しますと，それはおよそ60年間に過ぎません。60年くらいの興亡を小説は延々と描いていることになります。ひと昔前の感覚からすれば，ほぼ一人の人間の一代の間の出来事を描いているということになります。ただし，先ほど申し上げましたように，実際には後漢の動乱の時期から描写が始まりますので，それを全て含めますと，およそ100年間，そのくらいの時間内に起こったことを描いている，そうお考えになればよいと思います。時間の幅としてはそんな感覚ですが，結末はどうなるかと言いますと，三国のどの国も結局天下を取れないままに滅びてしまいます。どの国も中国を統一できなかった。では，誰がそれを成し遂げたのかというと，それは晋という国です。司馬炎が即位して，西晋を建てました。

　話が前後して恐縮ですが，ここでさらに「三国物語」成立の歴史を追ってみますと，陳寿が歴史書『三国志』を完成させた後，それに対して注釈が書かれます。時間が長く経ちますと，歴史書といえども本文の意味がよくわからなくなる。そこで，本文に対して注釈を付ける作業が行われる。場合によっては，注釈だけでは足りず，さらに「疏」というものを付け加える。そして，ものによっては，それらを全て一緒に印刷して「注疏本」というものが作られたりする。中国ではよくそういうことがありますが，『三国志』にもそうした作業が行われまして，420年，これは六朝時代ですが，裴松之という人が歴史書の『三国志』に対して

詳しい注釈を付けました。これは，その当時存在していた200種類以上の書物を参照して注釈を付けたものです。これはかなり詳しいもので，お陰で陳寿の記述だけでは理解しにくいような記事もかなりよくわかるようになっています。しかし，それでも，この注釈あたりまでは，あくまでも歴史書の域を出ない。まだ小説は誕生していません。その後，宋の時代になって，司馬光という人が『資治通鑑』という長編の書物を編纂します。これも歴史書ですが，ここで司馬光は『三国志』の記述に基づき，それを大きく敷衍して，本文自体もかなり増幅させて詳しい内容に改めていきます。しかしこれもやはり歴史書です。宋代になってもまだ小説は誕生していません。

　では一体，「三国物語」が小説として読まれるようになったのはいつ頃なのかということですが，実はこの点がまだよくわかっていません。いまだに謎のまま残されています。ただ，これについてはいろいろな説があります。モンゴル族が統一した元の時代，つまり13世紀頃には，もうすでに文字化された小説が存在していたとする説と，いやそうではなく，元の次の明代になって初めて小説化されたのだとする説，この二つの説が今のところ併存しています。

　私自身の考え方は，前者の方でして，モンゴル王朝である元の時代には，すでに文字化されて読まれるようになっていたのではないかと考えています。それは何故かと申しますと，実は「はじめに」でご紹介した，スペインで見つけた本の中にそれらしき証拠があるからでして，そのことはかなり重要なことです。中国の復旦大学の章培恒教授もこの説を強く主張しておられまして，「スペイン本」の発見によって，従来の教授自身の説が一層補強されるような形になっています。成立の時期については，ここではこれ以上詳しくは申しませんが，いずれそのうちに，『三国志演義』元代成立説が学界で正式に認められる日が来るのではないかと，私は秘かに期待しております。ただし，これについての最終的な結論を得るには，もう少し時間がかかると思います。いずれにしても，スペインにあった本が手軽に読めるようになったということが，

そうした成立史論争にも大きな影響を与えていることは事実です。この点は機会を改めて詳しくお話しするつもりです。

さて，これまでお話ししてきたのは主に歴史書としての『三国志』についてでした。では，元代であるか，明代であるかはひとまず措くとして，小説『三国志演義』はいつ頃，どんな経緯で成立したのかという問題に移っていきたいと思います。ここで大切なことは，読み物としての『三国志演義』は，ある日突然，一人の天才的な作家によって全編が書き下ろされたものではないということです。これについてはもう少し説明を補う必要があるように思います。

中国の場合，書物の成立という問題に関しては，かなり複雑な事情がからんでいますが，簡単に言ってしまえば，それは文字の理解と普及の問題に起因するということになると思います。ご存知のように，中国は昔から表現手段として漢字を使ってきました。現在も，もちろんそうです。中国には基本的に漢字しかありません。漢字は表意文字です。日本の仮名のような表音文字が無い。これはなかなかやっかいなことでして，様々な概念を全て画数の多い複雑な漢字で書き表さなければなりません。無数にある漢字をマスターして自由に使いこなせるようになるまでには，相当長い時間と労力を費やす必要があります。しかし，現実にはなかなかそんな余裕はありませんので，古来，中国社会には，文字を読めない，あるいは書けない，といった人々が大量に存在することになる。ごく一部の，富と権力を持った人々だけが，漢字を自由に操って表現手段として用いることができるに過ぎない。そんな状況が，中国では随分長い間続いたと言われています。文字教育が普及して一般庶民が文字を自由に操ることができるようになったのは，つい最近のことと言っても過言ではないように思います。この点を考えますと，仮に小説としての『三国志演義』が書かれたところで，それを読める人が一定数以上いなければ話になりません。つまり，小説が消費されるものとして世間に流通するようになるまでには，一定の条件が整うことが不可欠です。

小説が生まれるための一定の条件とは何かと言いますと，それは，言

うまでもなく，小説を物理的に成立させているもの，つまり，紙の普及や印刷技術の発達です。大量に消費できるだけの紙の生産が可能となり，その上に文字を印刷する技術が発達しなければ，小説を普及させることはできません。また，物語を文字で表現する作者も必要ですし，受容する側としても，文字を読んで理解する能力と，それを購入して読むだけの経済的な余裕が必要です。そういった様々な条件がそろって初めて，小説というものを読むという行為が可能になります。では，その条件が全て整ったのはいつ頃であったかといいますと，これも実はなかなかわかりにくいのですが，これまでのいろいろな研究によりますと，それは，明代の半ば，嘉靖（1521～1572年）から万暦（1573～1634年）にかけてのことであったと言われています。大量の小説がこの時代に一挙に生み出されていることからも，そのことはある程度裏づけられると思います。

　複数の条件が整ったのが明代半ば以降であるとして，では，それ以前には小説は絶対に存在できなかったかというと，必ずしもそうではなく，最低限の幾つかの条件が整えば，初期段階としての小説が生まれても不思議ではありません。発行部数は限られていても，文字化された小説が出版されて，それを読める人々が一定程度出現しさえすれば，小説『三国志演義』が誕生することは可能です。完全ではないにしても，ある程度の条件は明代以前にもすでにそろっていたと思われます。ですので，私は，小説『三国志演義』の成立時期は恐らく元の時代であったと推測しています。いずれ改めてお話ししますが，そのことを側面から裏付ける資料も残っていまして，これは日本に伝えられて残ったものですが，『全相平話三国志』という書物があります。小説としてはかなり不完全な部分を残してはいるものの，小説の前段階と考えてもいいような，そんな要素も含まれています。

　最後に，『三国志演義』に登場する主な人物をご紹介しておきます。主要な人物の生卒年を並べた表を作ってみました（関連資料２）。この表の見方は，縦方向に目を落としていただきまして，一番左側の縦のラ

インに蜀の国の人物を，真ん中のラインに魏の国の人物を，そして一番右のラインに呉の人物を並べてあります。何故こんなものを作ったかといいますと，『三国志演義』を読み進める際に，登場人物相互の年齢をある程度知っておくと，人間関係を理解しやすい場合があるからです。

　それに関して，ひとつ典型的な例を挙げてみましょう。左のラインの蜀の列を見ていただきますと，劉備と諸葛亮の名前が出ていますが，孔明の生まれた年を見てみますと，劉備とは20年の差があります。劉備の方が20歳年上です。現在の感覚では，20歳というのは，それほどでもないかと思いますが，この当時の感覚では，人生50年として，20歳違うということは，子供と大人ほどの差があるといってもいいように思います。

　そんなことを頭に置いた上で，劉備と孔明にまつわる「三顧の礼」という言葉を思い出していただきたいと思います。この言葉は今でもよく使う言葉で，誰かに何かを頼む際に，一度断られたからといってすぐに引き下がってはいけない。何度も足を運んで誠意のあるところを見せて初めて相手の心を動かすことができる，ということを表す言葉ですが，年表の207年のところをご覧ください。「三顧の礼」と書いてあります。これは『三国志演義』の中では，劉備がまだ蜀の国を建てる前の話で，何とかして漢王朝を再興したい，そのためには有能な参謀となる人材が必要で，当時たまたま耳にした孔明という優れた人物を自分の陣営に引き入れるために，劉備が何度も孔明の住まいを訪問して頭を下げて頼み込む，そんな場面から生まれた言葉です。

　一度ならず，何度も足を運ぶ，それが「三顧」ですが，この三という数字は，中国では必ずしも3回ということではありません。何度も，といったニュアンスを帯びることもあります。劉備が実際に何度頼みに行ったのかは，はっきりしませんが，とにかく，一度断られたからといって諦めるのではなく，何度も行って孔明を口説き落として，最終的に自分の陣営に引き込むことに成功する，そんな場面を言い表す言葉になっています。そこから，いわゆる「天下三分の計」というものが現実

味を帯びてきて，その後，魏と呉と蜀の，三つ巴の関係が成立することになります。

　それはともかく，この年表からお考えいただきたいのは，劉備が「三顧の礼」を取った時，劉備と孔明の年齢はどうであったかということです。すでにおわかりのことと思いますが，二人の年齢は20歳違いますから，劉備は40代，それに対して孔明は20代です。そのことを考えますと，劉備は40代の後半，そろそろ人生の円熟期と申しますか，熟年に達していたのに対して，孔明は20代後半の，今で言えばまだ青二才といってもいいような年ですから，長幼の序を重んじる中国社会であれば，むしろ孔明の方が劉備に対して礼儀を失わないよう慎重に応対しなければならないところです。本来ならば，そういう関係に二人はあったのですが，事実は逆で，劉備の方が孔明に対して礼を失しないように最大限の気を遣っている。たとえば，孔明が昼寝の最中であると聞くと，劉備は彼が眠りから覚めるまで静かに待っていたりする。このことだけを見ても，劉備という人物がいかに孔明に思い入れを抱いていたかということがわかります。つまり，二人の年齢差を頭に入れた上で「三顧の礼」の場面を見ると，そこにはまた違った意味合いが読み取れる。私たちは「三顧の礼」というと，一般に，単に劉備が孔明のところに行って何度も頭を下げて頼んだ，そう思いがちですが，実際に二人の年齢差を考えますと，なかなか容易なことではなかったように思います。由緒正しい家柄の出身である熟年の男が，駆け出しの青年のもとに身を屈して行って何度も頼み込んだ，そういう構図になるわけです。年齢差を理解した上で考えるのと，そうでないのとでは，かなり事態の重みが違ってくるのではないかと思われます。そんなことを意識する目的もあって，この生卒年一覧表を作ってみました。登場人物相互の人間関係を考える上で何らかの参考になれば幸いです。

　この表については，他にもまだ申し上げたいことがあります。誰がいつ死んだか，ということですが，大体，当時のことですから，60歳の還暦まで生きた人は少ない。70歳を古稀と呼ぶのも，まさしくそういう意

味での大きな区切りになっていたからであると思われます。劉備は63歳くらいまで生きました。曹操は66歳まで生きたようですが，張飛，諸葛亮あたりはみな，50代で亡くなっています。最も長命だったのは呉の孫権で，享年71歳，まさに古稀を迎えてからの他界でした。当時の感覚で言えば，まさしく「大往生」ということになるのではないかと思います。

　この表に関連することとして最後に一つだけ付け加えますと，先ほども触れましたが，三国時代は日本でいうと邪馬台国の時代にあたります。卑弥呼が統治していたことになっているようですが，この卑弥呼は三国の中の魏に使者を送ったとされています。これは歴史上の事実として確認されていることでして，いわゆる「親魏倭王」の称号を賜って，お土産としてもらった鏡を日本に持ち帰ったと言われています。その鏡も発掘されていますので，どうやら歴史的事実のようですが，238年に卑弥呼が魏に使節を送ったという説があります。あくまでも一説ですが，この年，238年という年を考えますと，中国ではどういう時期にあたるか。中国にはその時どういう人物がいたかといいますと，『三国志』に登場する主要な人物はほとんど他界した後でして，諸葛亮は4年前に亡くなっています。もちろん，劉備や張飛もいません。曹操も死んでいます。では，当時まだ生きていた人物は誰かといいますと，それは，呉の国の孫権だけです。孫権だけは生きていた。従って，仮に卑弥呼の使者が魏だけでなく，呉の国にも行ったとすれば，孫権には会えたはずです。ただ，卑弥呼の使者が呉の国に行ったことは全く伝えられておりませんし，あくまでも仮定のことに過ぎませんが，この生卒年の表はそんな空想を拡げる際の役にも立つかもしれないと，そんなふうに思います。

　以上，第1回目の今回は「三国物語」に関して，その前提となるいくつかの問題，すなわち，「三国物語」が描く時間の幅や後漢末の社会情勢，主要登場人物や日本との関係などについて，その概要をお話ししました。次回は小説『三国志演義』が成立する前の段階，つまり，「三国

物語」が文字として読まれるようになる以前の姿はどうであったかという点について，残された資料を手掛かりとして，できるだけ詳しく追ってみたいと思います。

第2講　語り継がれた「三国物語」
～文字化される以前の姿～

　今回は「三国物語」が文字化されるまでの過程を追ってみたいと思います。口頭で語り継がれた「三国物語」が文字化されて読まれるようになった時代がいつであったかという点は今のところ確定できていませんが、おそらく元代にはすでに読むための「三国物語」が存在していたのではないかと思われます。では、それ以前の段階に於いて、「三国物語」はどのような形で存在したのでしょうか。仮に元の時代に文字化されたとして、それ以前には何もなかったのかというと、もちろんそうではなく、文字になる前の段階は、講談や演劇などによって口と耳とで楽しんでいた、そういった段階があったと思われます。いわば話芸の空間、あるいは演劇の舞台といった、文字に頼らない世界で伝承されていたと考えられます。「三国物語」が小説になる以前の姿を伝える資料は、数は少ないのですが、残っています。語り物段階の姿を伝える文字資料が、有名な文人が書いた詩や随筆の中に断片的に残されていますので、それを丹念に読み解き、想像をふくらませることによって、当時の伝承の様子をある程度推測することができます。

　資料を用意しましたのでご覧ください。「語り物としての三国物語」と題しておきました。最初は唐の時代の資料ですが、李商隠という人が書いた「驕児の詩」という詩があります。李商隠という人は河南省の出身で、高級官僚にはなれずに、当時としては不遇の人生を送ったと言われていますが、40代後半で亡くなったようです。ただ、非常に有名な詩を数多く残しておりまして、日本人にもよく知られている詩としては、「楽遊」があります。「夕陽限りなく好し、只だ黄昏に近し」の句で有名です。普段何気なく眺めている夕暮れ時の景色も、人生の終盤を迎えて

眺めてみると，また違った意味合いを帯びていて，深い感慨にとらわれる．そういった，限りある人生への哀愁を帯びた一句です。李商隠という人は官僚としては不遇であったものの，有名な文学者であり詩人でもあったようです。

　ところで，この「驕児の詩」が書かれた時期は849年，李商隠が38歳の頃の作品と思われますが，自分のわんぱく息子について，親馬鹿な一面も含めて，半ば自慢気に語った詩です。子供の年齢ははっきりわかりませんが，今で言えば小学校に上がる前でしょうか，物心ついて間もない頃と思われます。その詩の中に，張飛とか，鄧艾とかいう人物の名前が出てきます。ご存知の通り，二人とも「三国物語」にとっては重要な人物ですので，当時の状況を知るための注目すべき情報であると思われます。

　詩に読み込まれた状況をもう少し詳しく見てみますと，李商隠には幼い子供がいる。男の子ですが，その子がなかなかのやんちゃ坊主で，客人が来ると，すぐにしゃしゃり出て応対したがる。客が帰ると，その客の様子，つまり，顔立ちとか，話し方などの真似をして，父親の前でふざけて見せる。あの叔父さんはこんな顔をしていた，とか，こんな話し方だったとか，そうした，人物の特徴をとらえてふざける。幼い子供にありがちな，ほほえましい光景ですが，父親である李商隠がそれを自慢気に描写しています。成長期にある我が子のいたずらぶりを，父親である李商隠が目を細めて見つめている，そういった内容の詩です。

　実はそこに，語り物段階の「三国物語」の様子をうかがわせる貴重な情報が残されているのです。まずはその部分の描写を具体的に確認してみましょう。「衮師はわが驕児」とあります。「衮師」は子供の名前のようです。「美秀乃ち匹い無し」，つまり，そんじょそこらにはいないほどかわいい子だ，と言っています。親馬鹿丸出しのところです。「文葆未だ周晬ならざるに」，「文葆」の「葆」は「オムツ」です。「文」は，「模様のついた」ということだと思います。おむつをしていて，まだ「周晬ならざる」ですから，「まだ一歳にもなっていない」。その頃から「已に

六，七を知る」とあります。早くから聡明だったということです。「四歳にして姓名を知り」、4歳になると自分の名前が言えるようになって、「眼には梨と栗とを視ず」。これはどういうことかと言いますと、同じ年頃の他の子供は、梨や栗などの果物が目に入れば、それをほしがるのでしょうが、そういう目先の物にはあまり興味を示さない。表面的にはそういう意味ですが、実はこの言葉には一つの背景がありまして、陶淵明がかつて9歳になる自分の子供を描いた際に、梨や栗などの食べ物にしか関心を示さない、と言って我が子の遅い成長ぶりを嘆いたとされる「子を責む」と題する詩を意識して書いているようです。続いて「交朋頗る窺い観て」、「交朋」は友達ですね。一緒に遊んでいる子供たちが、李商隠の子供を見て、「謂う、これ丹穴の物ならんと」。「丹穴の者」、この「丹」というのは、所謂「朱」です。「丹朱」という言葉もあります。なかなか貴重なものですが、つまり、滅多にないもの、といった意味で使われているようです。この子は将来なかなか大物になるぞと、もっぱらの評判だった、ということだと思います。

そんな前書きがあって、次に「青春妍和の月、朋戯は甥姪に渾る」とあります。これは、いくつになったとは書いてありませんが、親戚の子供と一緒に、甥や姪に混じって、一緒に遊ぶ年頃になったことを言っています。その時の様子が次に出てきますが、「堂を繞り、復た林を穿ち」ですから、部屋の中を走り回っているかと思えば、外に出て林の中を突っ切って駆け回ったりする。周囲の目を気にすることなく活発に遊んでいる様子が眼に浮かびます。自分の幼い息子を、目を細めて眺め、その成長ぶりを喜んでいる、そういった内容です。

そして、次の一段が最も重要な部分ですが、「門に長者の来たる有れば、造次請いて先に出づ」、つまり、李商隠の家に誰かお客さんがやって来る。すると、「造次」というのは、「やみくもに」とか、「やたらと」、あるいは「すぐさま」とか言う意味の副詞ですが、「請いて先に出づ」ですから、自分からしゃしゃり出て、お客の前に出たがる。客の応対をしたがるわけです。そして、「客前に須むる所を問えば、意を含み

て実を吐かず」ですから，客人が，真っ先に玄関口に出て来た子供に対して，坊や，どうしたの，と聞くと，今度は逆に「意を含めて実を吐かず」。つまり，初対面の客を前にして，少し恥ずかしくなったのでしょうか，もじもじするばかりで，はっきりと質問に答えようとしない。このあたりはいかにも子供らしいところですが，その次に，「帰り来たれば客の面を学ね」とあります。お客が帰った後，その客の面を真似る，とはどういうことでしょうか。いろいろなことが考えられますが，あのお客さんはこんな顔だった，とか言って，おもしろがってふざけるのだと思います。続いて「門敗して爺の笏を乗る」。李商隠は役人ですから，その証として杓子のような牌を持っている。これはつまり，役人の身分証明書のようなものです。子供は遊び半分にそれを取ってしまう。「門敗」という言葉はどういう意味か，いまひとつはっきりしません。

　とにかく，この一段には，子供が，家に来たお客さんの顔の特徴を真似たり，あるいは，声の調子を真似たりして，父親の前でふざけている様子が描かれています。そして，その次が一番重要ですが，「或いは張飛の胡を虐い」とあります。「胡」はヒゲのことです。「虐」は「からかう」ことです。「或いは鄧艾の吃りを笑う」，この一節がとくに問題ですが，「忽ち復た参軍を学ね，声を按えて蒼鶻を喚ぶ」とあります。このあたりは少し専門的になりますが，「参軍」とか「蒼鶻」といった言葉は，掛け合い漫才の相手方を呼ぶ言い方です。当時すでに掛け合い漫才のような芸能があったことがわかっていまして，その呼称がここに出ています。それは多分に風刺性に満ちた内容のもので，宴会の席などで役人を諫めたり，時世を風刺したりすることもあったと考えられていますが，ここで問題となるのは，「或いは張飛の胡を虐い」とか「或いは鄧艾の吃りを笑う」とありますが，張飛にしても鄧艾にしても，これはどちらも「三国物語」の重要な登場人物です。張飛がヒゲ面だったということは，歴史書『三国志』の中にも出てきます。関羽のヒゲは余りにも有名ですが，張飛もヒゲを生やしていた。そこで，子供はふざけて，あのおじさんは張飛のようなヒゲ面だった，と言ったわけですね。さら

に，鄧艾のように「どもっていた」，と言う。「どもる」，いわゆる「吃音」ですね。鄧艾にはそういう癖があったと言われていますが，ここには，その客の様子を真似て，父親の李商隠の前でふざけておもしろがっている様子が描かれています。

　以上述べたような描写が李商隠の詩の中にあることが確認できます。これは何を意味しているのでしょうか。幼い子供が何故，張飛や鄧艾の名前を知っていたか，ということが先ず問題です。また，そうした人物の名前を子供はどこで知ったのか。もちろん，まだ年端もいかない子供ですから，文字としての情報を通して名前を知ったとは考えにくい。当時はまだ読み物としての小説はなかったと思われますので，その可能性はほとんど無い。では何によって知ったかと言いますと，どうやらそれは語り物の話芸を通して得た知識だったようです。「参軍」とか「蒼鶻」とかいう言葉が出ていることは特に注目すべきところです。当時存在した漫才のような芸能が，こうした子供たちにも身近なものであったことを示しているように思われます。

　次にお示しするのは宋代の資料になりますが，これは蘇軾という，これまた有名な詩人の「懐古」という，一種の随筆のような文章が『東坡志林』という書物の中に残されていまして，その中に，次のような一段があります。「三国の事を説くに至り，劉玄徳敗れると聞けば，顰蹙して，涙を流す者有り」，「曹操敗れると聞けば，即ち喜びて快を唱う」。この一段が最も重要ですが，はじめから詳しく見てみましょう。「王彭嘗て云う，塗巷中の小兒薄劣にして」，これは，どの家の子もなかなか腕白で，さわいでばかりいる。「其の家の厭苦するところ」，つまり，子供たちがあまりに騒ぐので，家の者はうるさくてしかたがない。そこで，「輒」，これは「ややもすると」の意味ですが，「與銭」，これは小遣い銭を与えることです。外に出て何か買って遊んでおいで，と言って小遣い銭を与えて追い出す。そして，「令」これは使役を表す言葉ですが，「聚坐」させる。「聚」は「多くの」という意味ですが，数多の子供たちを何人も集め，座らせて，「古話を聴説せしむ」。つまり，昔の物語

を語って聴かせる。そうやって子供たちを静かにさせたものと思われます。

　ところで、この場面で子供たちに話をして聴かせている人物は誰なのかと言う点ですが、「三国の事を説くに至り」とありますから、恐らく、あちらこちらの路地を巡って、「三国物語」を語って聴かせる職業芸人がいたであろうと推測されます。路地で子供たちを集めては、小銭を集めて、今日は「三国物語」を聞かせるよ、曹操が負ける場面もあるよ、などと前置きしながら、名場面や有名な人物の活躍するところなどを面白く語ってみせる、そんな状況があったのではないかと思われます。時には子供たちのリクエストに応えて「三国物語」の人気の一段を語ることもあったでしょう。親が与えた小銭も、あるいはそのためのお金であったのかもしれません。家の中で騒がれてはうるさくて仕方がないので、外に出して遊ばせる。子供たちの遊びの中には、地方を巡って歩く、語りの芸人の話を聴くという選択肢も、この頃すでに生まれていた、そう考えられます。そして、「三国志」の話を聴くうちに、やがて劉備が負けるところになる。それがどの場面であったかは、ここからはわかりませんが、劉備はしょっちゅう負けてばかりいますので、場面の選択には事欠きません。とにかく、劉備敗北の段になると、子供たちは「顰蹙して涙を流す者あり」、つまり、すすり泣きする子供もいる。とにかく劉備には勝って欲しいと願う子供たちの心情が表れています。ところが、反対に、曹操が負けたと聞くと、子供たちは喜んで拍手喝采する、そんな状況が描かれています。

　なにしろ短い文章ですので、当時の状況を再現するには、かなり想像をたくましくしなければなりませんが、この場面から、当時すでに、「三国志」の登場人物に対してある程度の評価が固まっていた、つまり、劉備びいきと言いますか、劉備は善玉、曹操は悪玉、という考え方が次第に固定化されつつあった、そのように推測されます。唐の次の王朝が宋ですから、北宋の時代には、語り物の芸能を支える「三国志語り」がいた、専門に「三国志」を語って歩く芸人が存在した、そういったこと

がある程度わかる資料になっています。その意味で、短いとはいえ、これは非常に貴重な資料であると言えるでしょう。

　ただ、この時期に、文字化された「三国物語」が出現していたかどうかは、よくわかりません。恐らく、まだそれは無かったのではないかと思われます。というのは、すでにお話ししたように、文字化するためには、いろいろな物理的条件が必要です。例えば、紙の生産が充分に行われていなければ、娯楽のための読み物などに紙を使う余裕はありませんし、販売して利益を得るとなると、一定部数を印刷する必要があるでしょうから、それなりの印刷技術の進歩も必要です。さらに言えば、仮に物理的な条件がある程度整ったとしても、それを買って楽しむような人が一定数いなければ、話になりません。小説『三国志演義』は、もちろん漢字ばかりで書かれていますので、その漢字を読めなければ楽しむことはできません。そういう人々が社会の中にどのくらい存在したのか。この点を明確にすることはなかなか難しいのですが、宋代にはまだそれほど多くの識字層がいたとは考えられていません。つまり、そうした様々な条件が整った段階でなければ、娯楽としての「三国物語」を文字によって受容することはできないはずです。現段階で、以上に挙げた様々な条件がある程度出そろうのは、元代から明代にかけてのことであったろうと言われていますので、さきほど紹介した資料の段階、つまり、唐代や北宋の時代では、「三国物語」が文字によって享受されていたと考えることはかなり難しいようです。

　さらに、今申しました蘇軾の随筆、そこに書いてある内容を補うような資料がありますので、次にそれをご紹介します。南宋の時代に孟元老という人が書き残した『東京夢華録』という本があります。南宋になってから、1147年頃に書かれたと推定されています。もう少し詳しく言いますと、この本は、北宋の都であった汴京、現在の都市名で言えば河南省開封市ですが、その都に住んでいた孟という人物がいて、北宋が金に攻め込まれて南の杭州に遷都した後、彼も杭州に移住し、晩年になって、昔住んでいた北宋の都の様子が懐かしく、当時の記憶を呼び起こし

ながら回想録の意味を込めて書き記した，そういう本だと言われています。そこには，宮中の行事や民間の風習，繁華街の賑やかな様子や庶民の娯楽の種類，さらには飲食店で提供される食べ物に至るまで，当時の様子が細かく記述されています。いわば，首都の賑わいを記したガイドブックと歳時記を兼ね備えたような性格を持った本です。しかも，実際にそこに住んで生活していた経験者が記録したものですから，信憑性も高く，北宋の都の様子を知るための非常に貴重な資料と言えます。この本はそうした貴重な内容を含んでいますが，何しろ読みにくい本でして，言葉が非常に難解です。しかし，幸いなことに，入矢義高先生の訳注本が出ていますので，大変利用しやすくなりました。岩波書店から1983年に刊行されています。

さて，その『東京夢華録』という本の一節に「盛り場の演芸」という項目があります。当時北宋の都には「瓦子」と呼ばれるにわか造りの演芸場があったようですが，そこで上演されていた様々な出し物について説明した部分があります。その中に，「霍四究の説三分」という言葉が出てきます。「霍（かく）」は名字です。「四究」は中国語の意味としては，「四つの事を究める」ということですから，芸の道を究めたことを自慢しているのかも知れませんが，これは多分芸名であろうと思われます。問題は「三分」ですが，これは文字通り「三つに分ける」，つまり，三国に分かれた時代を指すと思われます。従って，この部分は，「名人の霍四究さんが語る三国時代の話」ということになります。この一節に続いてさらに，「尹常売の五代史かたり」とあります。これは「尹常売という芸人が語る五代史」という意味であると思われます。

こういったくだりを見ますと，当時，つまり北宋の都にはすでに，三国時代や五代などの歴史を語る芸人がいて，しかも，話の内容によって専門化が進んでいた，そういったことがわかります。「三国物語」にはそれを専門に語る芸人がいたと考えられます。霍さん以外にも「三国物語」を得意とする芸人はいたでしょうが，この本の著者・孟元老の知る限りでは，霍さんの語る話芸が最も印象に残っていた，あるいは，当時

最も名が通っていたのかもしれません。こんな記事を参考にすることによって，先ほどご紹介した蘇東坡の記事にも，それなりの裏付けができるように思います。つまり，北宋時代には，語り物を専門とする芸人がいて，そうした芸人があちらこちらを回って辻講釈をする，そこに子供たちが群がっていろいろなお話を聞く。その中の出し物として当然「三国物語」も含まれていて，文字を読めないような幼い子供も，張飛や鄧艾の様子を耳から覚える機会があった，そんな状況があったことが推測されます。

　さきほどご紹介した北宋の都で行われていた語り物の「説三分」に関連することをもう一つお話ししておきたいと思います。唐代から北宋にかけて，「三国物語」が講談の中に取り込まれ，一般の人々を対象とした娯楽になっていたことは疑いないと思われますが，仮にそれが事実であるとしますと，では一体「三国物語」の中のどういった場面が語られていたのか，この点は非常に興味深いところです。しかし，残念ながら，その頃の語り物の台本はまったく残っていませんので，具体的な内容について詳しく知ることは不可能です。これまでお話しした宋代における語り物の様子を示す資料の中にも，「三国物語」に登場する張飛や鄧艾，曹操や劉備といった人物の名前は出てきましたが，それがどんな場面の話なのかについては言及されていません。しかし，この点に関してまったく手掛かりが無いかと言うと，そうでもなく，時代は金代になりますが，諸宮調と呼ばれる語り物のテキストの一節に，そのヒントが残されています。以下，それについて簡単にご紹介しましょう。

　唐代に知識人によって書かれた文言小説の中に「伝奇」と称する一連の作品があります。これは，六朝時代の「志怪小説」の伝統を受け継ぐもので，唐代における散文文学の代表的な作品群と見なされていますが，そこで取り上げられた様々な題材は，後に語り物の題材としても再利用され，多くの勝れた作品に改編されました。その代表的な例として，「李娃伝」という恋愛物語があります。この作品は，名門の家柄に育った一人の若者が科挙受験のために上京した折，花街で遊び呆けてし

まい，廓の女に全財産をつぎ込んだ挙げ句，父親に勘当されて乞食になり苦労を重ねる話ですが，金代になって長編の語り物へと改編されました。「唐解元西廂記」がその語り物の作品ですが，金代には広く民衆にも親しまれたようです。

「唐解元西廂記」は全体が八巻に分かれていますが，その巻二の部分では，山西省南部の要衝の地である蒲関を守護していた将軍・孫飛虎が反乱を起こし，近くにある名刹普救寺を包囲して食糧の提供を要求します。運悪く，その当時，寺には妙齢のヒロインとその母親が旅の途中に逗留していたため，寺は大混乱に陥りますが，腕に覚えのある一人の僧侶・法聡が名乗り出て猛然と反乱軍に立ち向かう，そんな場面が描かれています。そこに次のような言葉が出てきます。原文は

「麤豪和尚，單身鏖戰，勇如九里山混垓西楚霸，獨自縱橫，猛似毛駞岡刺良美髯公」

ですが，だいたいの意味は，

「あらくれ和尚が独り戦うその勇ましさは，まるで九里山にて陣地をかき乱した西楚の覇王のよう，独り縦横無尽に活躍するその猛々しさは，さながら毛駞岡にて顔良を刺した美髯公」

ということです。これは，反乱軍を相手に単独で決死の戦いを挑む勇敢な僧侶を歴史上の二人の武将に喩えたもので，「九里山にて陣地をかき乱した西楚の覇王」とは項羽を指し，「毛駞岡にて顔良を刺した美髯公」とは「三国物語」の中の関羽のことで，袁紹配下の武将・顔良を関羽が一刀のもとに斬り殺したことを指しています。関羽の話は小説『三国志演義』の中でもよく知られた有名な一段ですが，しかし，関羽が顔良と戦った場所は「白馬」であって，「毛駞岡」ではありません。「毛駞岡」とはいったいどこを指しているのでしょうか。この点について，金文京

氏は『三国志演義の世界』(東方書店，2010年)の中で非常に興味深い見解を述べています。金氏は，この「毛駝岡」という地名が『東京夢華録』にも見え，北宋の都・汴京の郊外にあり，重陽の節句に市民が遊山に訪れる名所であったことを指摘して，ここに出て来る，関羽が顔良を斬る話も，当時北宋の都で行われていた語り物「説三分」の演目の一つとして存在していたのではないかと推定しています。ちなみに，『東京夢華録』(入矢義高・梅原郁訳，岩波書店，1983年)巻八の「重陽」の項目には次のような説明がなされています。

　　九月の重陽の節句には，都では菊見をする。(中略)市民は多く郊
　　外へ出掛けて，高みに登る。例えば，倉王廟・四里橋・愁台・梁王
　　城・硯台・毛駝岡・独楽岡などで，それぞれ宴を張る。

「毛駝岡」という地名に関しては訳者の注釈がついていて，「正しくは牟駝岡。汴京の西北五十里のところにあり，宮中御料の牧場があった」とあります。中国では古来重陽の節句に小高い丘に登って墓参りをする風習があり，「毛駝岡」もそうした場所のひとつであったことがわかります。北宋時代の都・汴京に住んでいた人々にとって，「毛駝岡」は日常生活と密接に結びついた身近な地名であったようです。関羽が顔良を斬った場所は，小説の中では白馬であったとされていますが，汴京も白馬も同じ黄河流域にあることから，都の語り物「説三分」の中で，顔良を斬る舞台が親しみのある「毛駝岡」に変更されていたとしても，不思議ではないように思われます。一概にそうだと断定することはできないように思いますが，いずれにしても，金代に流行した語り物の中で，勇猛な戦いぶりについての比喩として関羽が具体的な場面とともに引き合いに出されていることは，注目すべきことです。金氏はこの他にも，軍隊内部における芸能のあり方に着目して，「三国物語」が戦意を鼓舞したり，作戦に対する教育上の効果を狙って使われたりした可能性を指摘するなど，文字化される以前の伝承のあり方を探る上で，多くの貴重な

示唆を与えています。

　以上，今回は文字化される以前の「三国物語」に関して，これまでにわかっていることをかいつまんでお伝えしました。「三国物語」が文字化されるまでには，およそ千年の時間を必要としましたが，その間に「三国物語」を伝承する上で中心的役割を担ったのは，恐らく講談の芸人たちであったと思われます。話芸によって，「三国物語」は次第にふくれあがり，徐々に内容を充実させていったのではないかと思われます。では，話芸によって語り継がれていった「三国物語」は，いつ頃，どのような形で文字化されたのか。また，文字化された後，いつ頃どのように発展していったのか，次回はそういった点を中心にお話ししたいと思います。

第3講　小説『三国志演義』の成立とその後の展開
　～読んで愉しむ小説へ～

　過去2回にわたってご紹介したものはすべて，唐代から宋代，あるいは金代にかけて，話芸によって伝承されたと考えられる「三国物語」の姿でした。では，「三国物語」の文字化されたテキスト，つまり，文字によって目で読めるようになった小説『三国志演義』はいつ頃成立したのかと言いますと，私の考えによれば，それは元代，すなわち13世紀以降になってからのことです。この点については，まだはっきりとは解明されていない部分も残っていますが，とにかく，「三国物語」が文字化された時代はいつであったかというと，それは元代であったと断言しても良いように思います。
　その根拠は，「三国物語」の原話とも言える，文字によって「三国物語」の大筋を伝える書物が元代に既に出版されているからです。それは『全相平話三国志』という，上中下三巻から成る絵入りの本です。この本は元の至治年間に刊行されたことがわかっています。至治という元号は西暦で言えば1321年から1323年までの非常に短い期間ですので，その数年間に出版された本ということになります。何故刊行された年がわかるかといいますと，本の表紙の中央部分に「至治新刊」という文字がはっきりと印刷されているからです。さらに，書名の中に「全相」とあります。「相」というのは「図版」のことです。「全相」ですから，全ページに挿絵が付いていることを示していると思われます。「平話」とは何かと言いますと，「平」は「平たい」という意味ではなく，ごんべんを付けた「評」と同じで，歴史上の事実に対して後の人があれこれ批評を加えたもの，史実に一定の評価をも加えたもの，そういう意味です。歴史的事実をふまえて，それに論評を加えたもの，とはつまり，

「語り物」を母胎として制作された小説の原型と考えることができるように思います。

ところで，この『全相平話三国志』という本はどこにあるかと言いますと，実は中国本土ではすでに失われてしまい，日本だけに残っています。東京にある国立公文書館，通称「内閣文庫」と呼ばれていますが，そこに保管されています。恐らく江戸時代に長崎経由で日本に輸入され，そのまま保管され続けてきたものと思われますが，日本国内にはそういう貴重な本が結構あるのです。後でお話しする，スペインで保管されてきた『三国志演義』の古いテキストもそうですが，中国本土ではすでになくなってしまって，海外に渡ったお陰で現在に伝わっている，そういう本がかなりあります。

では，中国本土で失われた本が何故海外にだけ残っているのでしょうか。それにはいろいろな理由が考えられますが，一番大きな理由は，その書物が刊行された当時の中国社会が，小説や戯曲などの通俗的な文学作品の価値を認めてこなかった，重要なものとして認識していなかったために，出版されても中国国内では保存されず，たまたま海外に送られていったものだけが残った，そういう事情があるように思います。反対に，中国社会で価値あるものとして大切にされてきたものは何か。それは，言うまでもなく，儒教の経典，あるいは歴史書，そういった類いのものです。ところが，小説や戯曲などは，当時の知識人の意識では，取るに足りない価値の低いものとして認識されていました。価値を認めないどころか，場合によっては，それらの本の悪影響を過度に強調し，禁書扱いにして市場から一掃しようとしたことさえありました。小説や戯曲の書物を見つければただちに焼いてしまうとか，出版した人物を罪に問うとか，ひどい時には作者を逮捕して投獄したり，拷問を加えて獄死させたりした例もあったようです。これは明らかに一種の言論統制とも言いうるものです。

そこまで徹底して小説を排除した理由はどこにあったのでしょうか。その最大の理由は，小説などの虚構の文学を読むと，世の中の風紀が乱

れて,体制に反対する連中が多くなることを恐れたためと言われています。ご存知の通り,『水滸伝』などの小説に描かれている内容は,時代背景を北宋に設定しているとはいえ,ある意味では体制への反抗と転覆の計画を描いたものですから,いつの時代であっても,為政者にとっては迷惑な話で,大いなる脅威として映るわけです。そこで,体制崩壊を煽るような小説そのものを市場から一掃しようとする。権力基盤を強化し体制維持を図るために政府が小説の流行を禁止するというのは,日本では考えにくい現象ですが,こと中国では昔から文学と政治が密接にからんでいて,文学への介入が政変の予兆となることも多いように思います。

　この問題は日本と中国のお国柄を考える上でかなり重要なポイントになるようにも思いますが,ここではあまり深入りしません。とにかく,小説などの虚構の作品を価値の低いもの,排除すべきものと考える時代が長く続いたために,一般の人々の意識としても,小説などを長く保存しようという考えは起こりにくかったと思われます。そのような社会では,小説を大切に保管して永く後世に伝えようという意識など生まれるはずはありません。これは書物に限ったことではありませんが,およそ世の中にあるものは,価値ある重要なものとして認識されない以上,保護の対象にはなりにくく,従って,長く残る可能性も低くなります。そんな事情から,価値観が変化した今になって,かつて中国で失われた貴重な書物が海外で突然発見されて大きな話題になるという現象が起こっているのです。

　話が少し脇道にそれてしまいましたが,本題にもどりますと,この『全相平話三国志』という本は,文字による説明だけでなく,毎ページの上部に「挿絵」が付いています。そして,文字は挿絵の下に書かれています。つまり,簡単に言えば「絵本三国志」ということになります。毎ページに挿絵が付いているわけですから,これは例えば日本の紙芝居のようなものを連想させます。もちろん,読書の楽しみというものは,聞いて耳で楽しむ紙芝居とは基本的に異なるものですが,読者が挿絵を

見て楽しみながら文字を読み進めたとすれば、紙芝居と似通った効果をも併せ持っていたのではないかと、そんなふうにも推測されます。そんな本が14世紀初頭の元代においてすでに出版されていました。

　ところで、肝心の『全相平話三国志』の内容についてはどうかと言いますと、現在知られている小説『三国志演義』とは、冒頭の部分からして、すでにかなり違います。どこが違うかと言いますと、まず、荒唐無稽なエピソードが多いという点です。小説自体がもともと虚構の産物、荒唐無稽なものであると言ってしまえばそれまでですが、今日よく知られている『三国志演義』と比べますと、所々非常に現実離れした奇妙な話が挿入されています。

　内容に関してここで一つ興味深い点を申し上げますと、中国では元代に盛んに上演された演劇があって、それを「雑劇」と申しますが、その台本も一部分が残っています。それと比べると、『全相平話三国志』の内容と元代の演劇の筋書きが共通している部分が多くある。逆に言えば、『全相平話三国志』は現行の小説の筋書きとは、かなりかけ離れている場合が多いということです。これは非常に興味深い現象でして、この『全相平話三国志』という本がどういう人々の間で読まれていたかということを考える上でも大きなヒントを与えてくれるような気がします。言うまでもなく、演劇というものは、基本的に文字に頼る娯楽ではありません。目と耳によって楽しむものです。文字が読めなくても、演劇を鑑賞することは可能です。その点を考えますと、この『全相平話三国志』という本も、あるいはそういった、あまり文字が読めない人々にとって親しみやすい本だったのかもしれません。現時点では、この本が何部発行されたのか、どういう人々を対象として出版されたのか、さらに、最初期の小説『三国志演義』にどのように継承されていったのか、といった具体的なことはよくわかっていません。従って、以上申し上げたことはあくまでも私個人の推測の域を出ませんが、これらの点は今後さらに深く研究していく必要があるように思います。

　内容に関する特徴をもう一つ申し上げますと、『全相平話三国志』で

は張飛が非常に活躍する点です。現行の小説と比べて，張飛の活躍の場面がより多く設定されているのです。反対に，関羽は活躍の場面が少ない。現行の小説では，関羽が物語の中心に据えられているといっても過言ではありません。『全相平話三国志』には，それとは全く正反対の現象が現れています。現行の小説『三国志演義』は，全体的に見ると，やはり関羽が主役になっている。関羽を顕彰するための筋書きが至る所に組み込まれている。これは明らかな事実です。私は個人的な意見として，現行の小説『三国志演義』は関羽の義というものが極端に強調されていて，それを描くために意図的にストーリーが組み立てられている，そんな印象さえ持っています。ところが，それとは逆に，この『全相平話三国志』では関羽の影は薄くなり，むしろ張飛の存在がクローズアップされている，そのように思います。

　では何故そうなっているのか，ということを考えてみますと，理由がある程度思い浮かびます。と言いますのは，事は関羽と張飛の性格にかかわる問題ですが，関羽はどちらかというと，やはり知識人としての性格が強く，沈着冷静なタイプとして描かれています。関羽はいつも『春秋』という歴史書を手放さず，戦の合間にも熱心に読んでいたとされています。ところが張飛はそうではなく，性格的にも猪突猛進型といいますか，物事をあまり深く考えず，その場の感情に流されて行動するタイプの人間として描かれています。知識人のイメージとは程遠いものがあります。二人のそういった性格の違いを考えてみますと，仮に演劇の舞台で両者を登場させるとすれば，どちらが面白いかと言いますと，やはり，張飛の方ではないかと思います。沈着冷静な，動きの少ない関羽よりも，ただちに行動に移す張飛の方が，見ていてわかりやすいですし，活躍の場面も設定しやすいでしょう。演出する側に立って考えると，その違いは明らかであると思われます。芝居の空間というものを想定すると，そんな事情も加わって，張飛の出番が多くなっているのではないかと思われます。それはともかく，これまでご紹介した『全相平話三国志』という本が，現存する「三国物語」の中では最も早く刊行された小

説の前身ということになります。ただし，内容については，現行の小説とはかなり違った部分も含まれているということに注意する必要があります。

　では次に，「三国物語」が本格的な小説として発展していく次の段階はどうか，という点についてお話しします。現行の小説の祖型に近いものはいつ頃出現したのかといいますと，現時点で確認できる範囲では，一応，1522年頃に刊行されたものが最も古いとされています。1522年は明の嘉靖元年にあたりますので，一般にはこれを「嘉靖元年本」『三国志演義』と呼んでいます。これにはもう一つ呼び方がありまして「張尚徳本」とも呼ばれます。「張尚徳」は人名ですが，どういう人物なのか，はっきりしません。実名ではなく，ペンネームであった可能性を指摘する研究者も現れていますが，今のところよくわからないというのが実情です。この「嘉靖元年本」は中国国内に現存しています。非常に立派な字体で刻字されていまして，内容的にもかなり整理が行き届いています。ただし，挿絵は一切付いていません。現時点では，これが現存する小説『三国志演義』の中で最も早く刊行された本ということになっています。ただ，これについては，近年の研究によって様々な疑問も提起されるようになっています。この点について，もう少し詳しくお話ししておきます。

　先ほど申し上げましたように，この「嘉靖元年本」の『三国志演義』が刊行された年は1522年頃で，現存する中では最も古いテキストです。これには嘉靖元年，つまり1522年の「序」が付いていまして，冒頭の部分に「桃園結義」という文字があります。ここから小説のストーリーが動き出すことは，すでに申し上げました。明の時代の嘉靖年間といいますから，今からおよそ500年前ということになります。つまり，小説『三国志演義』が，体裁を整えた本格的な小説として世の中に出たのは，その頃のことであったと思われます。本文の最初のページの２行目と３行目，そこには，作者といいますか，編者に関する情報が書いてあります。陳寿という文字があります。陳寿が歴史書としての『三国志』を書

いた人物であることは，すでにご紹介しました。『三国志演義』は小説であるのに，何故陳寿の名前が出してあるのか，不思議に思われる方もあるかもしれませんが，これもやはり知識人の意識に寄り添うための言葉であって，由緒ある歴史書に基づいて編纂したものであり，単なる虚構によるものではないということを強調していると思われます。3行目にも人名が含まれています。その名字は羅です。3文字めですね。名前は何か。本です。ややこしい名前ですね。本という名前の人です。羅本さんです。その下に貫中とあります。これは「字」（あざな）です。古代の中国では，日常の場では本名はあまり使いません。非常に親しい間柄の人にしか，本名は用いません。別の名前をつけて呼びます。幼い時は幼名を，成長してからは「字」や「号」を用います。これはいくつ持っていても構いません。別名のようなものです。友人とか，それほど親しくない人々の間では，それを使う習慣があったのです。

　中国では人物を紹介する際の書き方としては，まず，本名を書いてから，その後に「字」を書くというように，だいたい決まったパターンがあります。羅本，羅貫中，これが小説『三国志演義』の作者です。ただし，この作者という言い方も，厳密に言えば少し問題があります。小説『三国志演義』は，羅貫中が最初から最後まで全部一人で創作したわけではありません。このことはすでに申し上げました。この点は，現在のいわゆる職業作家のイメージとは随分異なっていまして，中国の古典小説の場合，その多くは，まず語り物としての口承文芸や舞台空間で上演される演劇の世界があって，長い間に数々の逸話や伝説が話の中に取り込まれて，それがある段階で文字化される，その作業を行ったのが，一般に作者といわれている人物です。文字化する人々は，もちろん文字を知っている人物でなければなりませんから，その担い手は当然知識人階級の人ということになる。そうなると，文字化される段階でさらに一層話に手が加えられることもある。場合によっては，当時あった新たな説話などが組み込まれたりもする。そのようにして，時代を重ねるにつれて，話の内容にも尾鰭がつけられ，どんどん膨らんでいく。現在残って

いる『三国志演義』のテキストも，まさしくそうしたさまざまな段階を経て集大成された物語ということができます。ですから，中国の古典小説の場合，作者というよりも，むしろ編者と言った方がより適切です。

　それはともかく，小説『三国志演義』の現存する最古の刊本と言われている嘉靖元年のテキストはなかなか立派なもので，私も実はこの本の原本は実際に手に取って見たことはなく，複製本しか見ておりませんが，書誌学と申しまして，本そのものの研究をする学問があります。本の形とか，大きさ，紙の質や表紙，刊行時期など，本という物体を主に物理的な視点に立って研究し，そこからさらに社会状況や出版文化などを研究する分野ですが，そういうものの情報を見ますと，本そのものの形状はあまり大きく変化していないようで，もとの『三国志演義』のテキストも，ほぼ今のような大きさの本だったように思います。しかも，その文字は非常に立派な，堂々とした字体です。この点については，実はいろいろと議論のあるところでして，いかに人気の高い小説であるからといって，果たして最初からこのように立派な字体の本が出版されたのか，という疑問が湧いてきます。何でもそうですが，最初の段階というのは，試みとしての要素もあるはずですから，豪華きわまりない書物をいきなり刊行するはずはありません。こんな立派な本が最初にいきなり刊行されたとは，常識的に考えて，あり得ない話ではないかと，そういう議論が起こるのも無理のないことです。そうなると，現存する第二番目に古いテキストが大きな意味を持ってきます。

　現存する小説『三国志演義』の中で，二番目に刊行年が古いものは，実は私がスペインのエスコリアル宮殿で調査して日本で復刻したテキストです。「葉逢春本」と呼ばれています。この本の字体と嘉靖元年のテキストの字体とを比べますと，そこには大きな差異があることがおわかりいただけると思います。スペインにあった「葉逢春本」の方は，実に素朴といいますか，粗雑といいますか，あまりお金をかけて刷った本とは思えない。嘉靖元年の本と比較すると，その違いは歴然としています。両者の違いはそれだけではありません。もっと大きな違いがありま

す。それは何かと申しますと，嘉靖元年本は全て文字だけです。それに対して，「スペイン本」は毎ページの上部に挿絵が付いています。この形式は，「上図下文」と言いまして，当時の本にはよく採用されたものですが，小説『三国志演義』のテキストについて言えば，毎ページに挿絵がつけられたのはこれが最初であったようでして，序文の中で，編者はそのことを誇らしげに強調しています。

　ここで思い起こされるのは，さきほどお話しした元代至治年間に刊行された『全相平話三国志』です。この本も，毎ページの上部に挿絵が付いていることはすでにお話しした通りです。1548年といえば，至治年間，つまり1321年頃からすでに200年以上の時間が経っています。にもかかわらず，「葉逢春本」の刊行者が挿絵付きであることを自慢気に語っているところを見ると，「上図下文」という体裁が，14世紀以降長期にわたって小説『三国志演義』の体裁としては採用されていなかったことがわかります。個人的な感想を言えば，200年も待たなくても，もう少し早く挿絵入りの小説『三国志演義』が刊行されても良いようにも思われますが，元末から明初にかけての社会状況を考えると，いろいろな意味で，それを実現する余裕は無かったのかもしれません。

　話をもう一度本題にもどして，スペインにあった「葉逢春本」と「嘉靖元年本」とを比べますと，刊行された年代で言えば，「スペイン本」の方が「嘉靖元年本」よりも27年遅いのです。1548年，嘉靖27年前後に刊行されたことが判明しています。ですので，今のところ，現存する最も古い本が嘉靖元年の本であるという点はゆるがないわけですが，しかし，最近の研究によって，また新たな事実がわかってきました。そのことはまたいずれ詳しくお話ししますが，結論から言うと，刊行年から見ると「スペイン本」の方が後に出されたものですが，後から出された本の方に，「嘉靖元年本」よりもさらに古い『三国志演義』の片鱗が残されているのではないか，という疑問が出されるようになってきています。それから，「嘉靖元年本」は非常に立派なものですので，おそらくは政府のお金が使われているのではないか，そんなことも言われており

ます。中国では昔から公金をつぎ込んで本を印刷するということが国家的な事業として行われてきました。それを「官刻」と申しますが、この本もそうした、税金を投入して刊行した本ではないか、そういった方向から研究を進めている若手の研究者も現れています。それに対して、「スペイン本」は、民間の本屋さん、「坊刻」と言いますが、民間の出版業者によって刊行されたものであろうと推定されています。字体の粗末な点がそのことを物語っているように思います。今後研究が進めば、これまでよくわからなかった様々な点が解明されると思います。

　スペイン国内で保管されていた「葉逢春本」についてここでもう一つ、重要な点を補っておきます。それは何かと言いますと、「葉逢春本」の冒頭部分に、「嘉靖元年本」には見られない独自の内容が加えられていることです。その内容は何かと申しますと、簡単に言えば、天地開闢から三国時代までの中国の歴史を概説した韻文が加わっていることです。韻文の形式は七言の古詩で、毎偶数句の末尾が押韻しています。そこで述べられている具体的な内容については、本書の末尾に付した原文資料をご覧いただきたいと思いますが（関連資料28）、その中の冒頭の数句を日本語に訳してみますと、

　　混沌より天地が分かれ、清濁分かれて陰陽の気を開く。
　　天を開き教えを立てて乾坤を治むるは、伏羲に神農ならびに黄帝。
　　少昊、顓頊それから高辛、唐堯、虞舜と相継ぎ伝う。
　　夏禹は水を治めて中華を定め、殷の湯王、網を除いて仁義を行う。
　　周より歴代八百年、戦国縦横、十二に分かつ。（以下略）

といった具合です。そして、この後に「祭天地桃園結義」という段目が表示されて、そこから具体的な本文が始まります。つまり、「葉逢春本」は小説『三国志演義』が始まる直前に、本文とは直接関係のない、中国の創世から三国に至るまでの歴史をひととおり再確認する七言の韻文が挿入されているのです。また、これと呼応する形で挿絵も付けられてい

て，「三皇現瑞（三皇瑞兆を現し）・續傳五帝（続いて五帝に伝う）」「虞舜相継（虞舜相い継ぎ）・禹授帝基（禹は帝基を授く）」といった説明のもとに，その説明に即した二枚の図版が二葉にわたって付加されています。

　このことは，「葉逢春本」の性質を考察する上で非常に大きな意味を持っていると思われます。何故かと言いますと，こうした七言の韻文によって中国の歴史を概説する方式が，明代の「説唱詞話」と呼ばれる語り物のテキストにも共通して見られるからです。明代の成化年間（1465～1487年）に刊行された「説唱詞話」という語り物の中に『花関索伝』と題する物語がありますが，その冒頭部分は一定のメロディを伴って唱われたものと考えられています。実はその部分も七言の韻文によって作られており，天地開闢から桃園結義に至るまでの歴史を，ひととおりなぞっています。この点，「葉逢春本」の冒頭部分も，具体的な文言こそ異なっているものの，形式的には全く同じです。このことは何を意味しているのでしょうか。私の考えによれば，冒頭に七言の韻文を加えて中国の歴史をたどるという形式は，『三国志演義』が文字化され小説として成立する初期の段階の姿を暗に示しているのではないか，そのように思われます。

　すでにお話ししましたように，中国の場合，『三国志演義』などの古典小説は個人の作家がいきなり書き下ろしたものではなく，前段階として，語りによって伝承された時期が長く存在し，それが，ある時期に知識人によって文字化されて読まれるようになったという経緯があります。「葉逢春本」の冒頭に付いている七言の韻文は，まさにそうした語り物段階の姿を残しているのではないかと，そう思うのです。ただ，語り物の一部が何故小説の冒頭に置かれているのか，という点については，まだよくわかりません。「葉逢春本」巻一の本文の最初の半葉は文字の部分に段目が記されていて，それが裏面の2行目まで続いています。毎ページに図版を入れる以上，冒頭の一葉の上部を空白にしておくわけにもいきません。そうはいっても，この部分に相当する図版を二枚

だけ入れるのはかなり困難な作業です。そこで，苦肉の策として，当時流行していた語り物の図版を借用して天地開闢の話を付け加えたのかもしれませんが，これはあくまでも個人的な推測に過ぎません。現時点では，「嘉靖元年本」や「葉逢春本」よりも古いテキストは発見されていませんので，以上申し上げたことはあくまでも推測の域を出ませんが，こうしたことも「葉逢春本」が『三国志演義』の初期の姿を伝えるテキストであることを示すひとつの現象ではないかと思うのです。

　テキストの発展に関して最後にもう一つだけ付け加えておきますと，清代になってから，毛宗崗という人が，それ以前にあった小説『三国志演義』のテキストに大幅に手を入れて，新たなテキストを刊行しました。「毛宗崗本」と呼ばれていますが，本文中に挿入されていた難解な詩詞などを削除してスリム化したせいもあって，これが当時の人々に広く受け入れられて，その後は他のテキストが忘れ去られるくらいに広まったと言われています。この「毛宗崗本」というものは非常に広く流布したようでして，日本でも，翻訳する際には，大体この本に依拠することが多かったようです。これまでに日本で刊行された『三国志演義』の翻訳は数種類ありますが，小川環樹訳にしても，立間祥介訳にしても，また最近完成した井波律子訳にしても，基本的に全て清代の「毛宗崗本」を底本として日本語に訳しています。みなさん方からはよく，『三国志演義』を日本語で読むにはどの翻訳が一番いいか，というような相談を受けます。訳者によって翻訳の文体もそれぞれ違いますので，ご自分の好みに従って選んでいただければ良いのではないかと思います。

　以上，今回は文字を通して読まれるようになった小説『三国志演義』が，いつ頃出版されたか，現存するテキストのうち最も古いとされているものはどの本か，さらには，その最も古いとされているテキストにまつわる色々な疑問点や問題点などについて，スペインに保管されていたテキストとの比較を通してお話ししました。最も古いテキストと二番目に古いテキスト以外にも，『三国志演義』のテキストは数多く存在し

ています。一説によると，70種類以上のテキストが存在すると言われていますが，90年代以降,「三国志」への関心が高まるにつれて，世界中に散在する『三国志演義』のテキストを調査する作業も進みつつあります。そうした新たな資料が次々に公刊されるにつれて，小説『三国志演義』の発展の様相も次第に明らかになってきています。日本と中国の研究者が一堂に会してシンポジウムを開催し，情報を共有する機会も多くなってきました。これまであまり光があてられなかった分野に新たなメスが入れられることにより，中国の古典小説，とりわけ『三国志演義』の世界がより身近な存在になることを期待したいと思います。

　これまで3回にわたってお話ししたのは，歴史書を土台として発展した「三国物語」がどのようにして小説としての『三国志演義』になっていったか，それを大きく二つの段階，すなわち，文字化される前の段階と文字化されて以降の段階，この二つに分けてお話ししました。三国時代が終わってから英雄たちの様々なエピソードが文字化されるまでに，およそ千年の時間が流れています。その間,「三国物語」は絶えず発展し続けていたと思われますが，ある時期までは，いきなり文字を媒介として伝えられたのではなく，口から耳へと，音声によって伝えられた。そして，いろいろな条件が整った段階でようやく文字化されて，文字が読める一般の人々に提供される。そこまで至るには，元代もしくは明代を待たなければならなかった。話の内容を簡単にまとめると，およそそんな具合になるかと思います。

第4講　動き始めた「三国物語」
～「桃園結義」の位置付け～

　これまで3回にわたって小説『三国志演義』の成立に関する様々な問題を取り上げて、その概略を説明してきましたが、いよいよ本題に入って、今回から具体的な話題に移っていきたいと思います。まずは小説の冒頭を飾る「桃園結義」の話から始めましょう。

　中国は古来、どの王朝も似たような側面を持っていますが、国が統一されて政権が一定期間続くと、政治が腐敗し、社会が不安定になってくる。そうなると、次期政権への野望を抱く新しい勢力が台頭してくる。後漢の時代も状況は同じで、政権内部の権力闘争が次第に熾烈になって、国政がおろそかになり、民衆の不満が募った結果、各地に体制への反発が起こる。「黄巾の乱」と呼ばれるものがそれです。そんな不安定な社会状況を前にして、このままでは漢王朝が滅亡してしまう、という危機感のもとに、漢王朝の創始者である劉邦の血を引く劉備と、関羽、張飛の三人が意気投合して義兄弟の契りを結び、国家の再興に向けて力を尽くすことを誓い合う、それが「桃園結義」と呼ばれる場面です。

　小説『三国志演義』はその話から始まります。義兄弟の契りを交わした三人は、その後、反乱を鎮圧するための連合軍に入って戦いますが、一方、都ではなかなか権力闘争が収まらず、皇帝が次々に交替して、いつまでも不安定な状態が続きます。そんな政情不安に乗じて、都に軍閥が入り込んで来る。董卓という残虐な男ですが、この男の背後に呂布という滅法腕の立つ男が控えているために、後漢の官僚たちは手も足も出せない。それをいいことに、董卓が宦官を取り込んで宮廷内部をかき回し、新たな天子を擁立して好き勝手な振る舞いをし始める。そこで、後漢王朝はますます混乱を極めることになるわけですが、今回は「桃園結

義」の話を中心として，その後劉備たちが黄巾賊と戦って論功行賞に預かるあたりまでの経緯をお話ししてみたいと考えています。

さて，話を少し前にもどして，「桃園結義」に至る背景となった「黄巾の乱」についてですが，反乱が起こるまでの経緯について，小説『三国志演義』にはどのように描かれているでしょうか。まずは，現存する最古のテキストと考えられている「嘉靖元年本」の本文に即してその概略をたどってみましょう。

後漢の桓帝が崩御した後，霊帝が167年に即位しますが，当時の霊帝はまだわずか12歳，今の感覚で言えば中学生になったばかり，これではとても国政を任せられる年齢ではありません。そこで，大将軍の竇武や太傅の陳蕃，司徒の胡広といった連中が補佐役となって霊帝を支えることになります。ところが，天子の周りには曹節や王甫といった宦官たちがいて権勢をふるうものですから，竇武や陳蕃らが宦官を暗殺する計画を立てますが，情報が事前に漏れてしまい，反対に宦官たちに殺されてしまいます。そんな経緯を経て，宮廷内部の権力闘争が一気に表面化します。それ以降，宮中では宦官たちが政治の中枢に居座り，暗躍するようになります。

小説では冒頭の部分で当時のこうした政治状況が淡々と説明された後，いよいよ小説らしい話題に突入していきます。西暦169年，建寧2年4月15日のことですが，霊帝が群臣を温徳殿に集めて玉座に座ろうとした時，突然強風が巻き起こり，長さが20丈余りもある青蛇が梁の上から飛びおりて，霊帝の玉座の上でとぐろを巻きます。驚きのあまり霊帝は腰を抜かして倒れ，兵士たちに救出されますが，宮殿は大騒ぎになります。青蛇はそのまま姿を消しますが，その直後から，洛陽の都に数々の異変が起こり，多くの犠牲者が出て，人々を極度の不安に陥れます。さらに，豪雨や地震，津波など，次々に起こる天災を前にして為す術を知らない政権に対して，民衆の不満が募り，徐々に反乱が起きるようになります。こうした事態を前にして，霊帝の求めに応じて，楊賜や蔡邕といった高官が対策を進言しますが，政権内部にはびこる宦官が災いの

元凶であるとしてその排斥を求めたことから彼らの反発を買い，逆に宦官たちに実権を握る口実を与えてしまい，十人の宦官たちがその後ますます暗躍する事態となります。結果的に，朝廷内部に宦官勢力がはびこり，霊帝は身動きの取れない状況に陥ってしまいます。そんな政情不安の中で起こったのが，張角を中心とするいわゆる「黄巾の乱」でした。

　このあたりから，小説の描写は張角が蜂起するまでのいきさつへと移っていきます。そこには，新興の宗教団体にありがちな，信者を獲得するためのカリスマ的要素が付加されています。時は後漢の中平元年，これは西暦で言えば184年，甲子の年にあたりますが，巨鹿郡という所に，張角・張梁・張宝という三人兄弟が住んでいた。ある日のこと，張角が山に薬草を採りに行ったところ，杖をついた碧い眼の童顔の老人と出逢い，誘われるままに洞窟までついて行くと，『太平要術』という三巻の書物を授けられ，天に替わって人々を救うことに専念するよう諭されます。張角が名前を尋ねると，その老人は「南華老仙」とだけ答え，一陣の風とともに姿を消します。ここには最初のカリスマ性が付与されています。謎の老人から天下を救うための指南書『太平要術』を伝授され，それを日夜学習することによって超人的なパワーを身につける，こういった話は反体制集団の指導者にカリスマ性を与える手段としてよく使われる手法です。

　それはともかく，張角はその書物を学習することによって神通力を獲得し，みずからを「太平道人」と呼んで権威を高めていきます。おりしも，都の洛陽では疫病が流行し，多くの犠牲者が出る。すると，張角は「符水」と称する薬を処方して患者に与え，前非を懺悔させて病気を治してやる。噂はたちまち広まって信者が殺到し，多くの弟子を集めることに成功する。口コミによる情報操作が効を奏した形です。こうして張角兄弟は急速に勢力を拡大し，やがて集めた信者を糾合して軍隊組織を整えていきます。反乱のための準備を整えていくわけです。さらに，宮廷内部との連携を図るために，天子のとりまきとなっている宦官たちに賄賂を渡して内通させ，各地で一斉に蜂起する。

一方，反乱の発生を受けて，宮廷では何進という官僚が対策を講じ，中郎将の盧植や皇甫嵩・朱儁に精鋭部隊を指揮させて反乱軍を迎え撃つことになります。いよいよ内戦の始まりです。張角の軍隊が幽州や燕州の境界にまで迫って来たため，校尉の鄒靖が幽州の太守・劉焉に会いに行き，反乱軍を迎え撃つための方策を練ります。鄒靖が義勇軍を募って漢王朝を扶けるよう進言したことにより，各地に御触書が張り出され，反乱軍に対抗するための義勇兵が集まることになります。

　こうした時代背景をもとにして，いよいよ場面は劉備・関羽・張飛が出逢って契りを結ぶ，いわゆる「桃園結義」へと進んでいきます。張角を首領とする反乱軍は，民衆の不安と不満をうまく取り込んで組織を拡大させ，それが次第に全国に広がっていく。そうなると後漢王朝の存続が危うくなりますので，体制側としては，そうした反乱を鎮圧しようと躍起になる。袁紹や曹操や劉備なども，そうした反乱鎮圧のために立ち上がったのですが，初めのうちは連合軍を組織して反乱軍と戦っていましたが，なかなか目立った成果を挙げることができない。連合軍といっても，もともと全く違う集団の寄せ集め的な組織ですので，そのうち仲間割れや内部の勢力争いなどが起こって，連合がうまく機能しないからです。しかし，劉備は漢王朝の血を引く由緒ある後継者の一人ですから，王朝再興への意志は人一倍強く，これに関羽や張飛も共鳴して，一緒に漢王朝を建て直すことを誓い合う，これがいわゆる「桃園結義」と呼ばれるものです。「生まれた日は違っても，死ぬ日は同じだ」という誓いの言葉が印象的ですが，そのあたりのことを，歴史書や小説がどう描いているか，もう少し詳しく見てみたいと思います。

　実は「桃園結義」の話は歴史書には無いもので，語り物や小説になる段階で新たに加えられたものです。では，もともと歴史書の中で三人の出逢いはどのように描かれているかと言いますと，『蜀書』の「先主伝」，つまりこれは歴史書の中で劉備の生い立ちと事績を記した部分ですが，それには「霊帝の末に黄巾起こる，州郡各々義兵を挙げる，先主はその属を率いて，校尉鄒靖に従って，黄巾賊を討って攻功有り」とあ

ります。霊帝の代に黄巾賊の反乱が起こり、劉備がその討伐に参加して、ある程度の手柄を立てたことが述べられています。その結果「安喜の尉に除せられた」、つまり、論功行賞の結果、安喜県の知事に任命されたわけです。知事になった劉備は現地に赴任して政務にはげみ、持ち前の人徳を活かして庶民の人望を獲得していったものと思われますが、そこに中央政府から督郵という査察官がやってきます。劉備が面会を求めた際に督郵がそれを拒んだことが原因となって二人の間に摩擦が生まれ、暴力事件に発展して、結局県知事の職を投げ出して逃亡することになります。歴史書では簡単な描写で済ませているこうした場面を、小説の編者はさらにふくらませ、暴力沙汰を起こす人物も変化させて話を盛り上げることに成功していますが、そのあたりのことはここでは割愛して、張飛の活躍について触れる際に改めて詳しくお話しすることにしましょう。

　次に関羽の生い立ちについては、同じく『蜀書』の「関羽伝」に、「關羽字は雲長、本の字は長生、河東解の人也。亡命して涿郡に奔る。先主郷里に於いて徒衆を合し、羽は張飛と與に之が爲に禦侮す」とあります。ここでは、関羽の字や出身地を紹介した後、劉備と出逢って張飛と一緒に劉備の片腕となったことが淡々と記されています。また、張飛については、『蜀書』「張飛伝」に、「張飛字は益徳、涿郡の人也、少くして關羽と俱に先主に事える。羽、年は數歳長じ、飛は之に兄事す」とあります。つまり、張飛の出身地が涿郡で、関羽とともに劉備に師事したことが書かれていて、三人の上下関係も記されています。

　このように、歴史書には三人の個別の伝記が載せられていて、お互いの親密さについてもある程度触れていますが、それ以上の記述は無く、三人が桃の花の咲く庭園で義兄弟の契りを結んだという話は、歴史書の中には一切書かれていません。「桃園結義」の場面は、語り物あるいは小説の編者が、「三国物語」の幕開けをドラマチックに演出するために、ある段階から物語の冒頭に付け加えたものと思われます。

　では、小説の中で「桃園結義」の場面はどのように描かれているかと

言いますと，それはおよそ次のような内容になっています。まず，涿県というところ，そこに義勇兵を公募する旨の御触書が掲示されます。それをきっかけとして，涿県の楼桑村から一人の英雄が出た，として，この後，劉備についての紹介が長々と展開されます。そこで紹介される劉備の若い頃のエピソードを確認しておきましょう。以下の文章は岩波文庫版『完訳三国志』（小川環樹・金田純一郎訳）によるものです。

　この人，あまり学問を好まず，その性格は寛大でことば少なく，喜怒を色にあらわさぬが，心に大望をいだき，いつも天下の豪傑と交わりを結ぼうとしていた。身のたけ八尺，耳は肩まで垂れ下り，両手をさげれば，膝の下まで届く，目はおのれの耳を見ることができ，顔は冠の玉のごとく白く，唇は紅をつけたよう。中山の靖王劉勝の末孫で，漢の景帝からは玄孫にあたる。姓は劉，名は備，あざなは玄徳。そのむかし劉勝の子劉貞は，漢の武帝のとき涿鹿亭侯に封ぜられたが，のち賄を取った事件に連座して知行を召し上げられ，このため涿県にこの一すじの家がのこったのであった。玄徳の祖父は劉雄，父は劉弘といった。劉弘は孝廉の資格に推挙され，官吏をしたこともあったが，早くに世を去った。みなし子となったが，母に孝行をつくし，貧しかったから，わらじを売ったり，むしろを編んだりして身のたずきとした。この県の楼桑村に住まっていたが，家の東南に，一本の桑の木があって，高さ五丈あまり，はるかに見れば，馬車の幌の形であった。ある相術者が「この家からは，きっと貴人が出るだろう」と予言した。

劉備の生い立ちや容貌，あるいは性格に関するこうした描写は，小説の編者が創作したものではなく，基本的には歴史書の記述に基づいています。劉備の事績を記した『三国志』「蜀書」の「劉備伝」には，この部分に関連する以下のような記述があります。

先主は姓を劉，諱を備，字を玄徳といい，涿郡涿県の人で，漢の景帝の子，中山靖王劉勝の後裔である。劉勝の子の劉貞は，元狩六年，涿郡の陸城亭侯に封ぜられたが，酎祭の献上金不足のかどで侯位を失い，そのままこの地に居住するようになった。先主の祖父は劉雄，父は劉弘といい，代々州郡につかえた。劉雄は孝廉に推挙され，官位は東郡の范の令にまでなった。先主は幼くして父を失ったが，母とともにわらじを売ったりむしろを編んだりして，生計をたてた。家の東南のすみにあるまがきの側に桑の樹があって，高さは五丈余りもあり，遙かに眺めるともっこりしてまるで小さな車の蓋のように見えた。行き来する人々は，皆，この樹が普通でないと訝しんでいると，あるひとが，「きっと貴人が出るであろう」と予言した。
　先主は読書がそんなに好きではなく，犬・馬・音楽を好み，衣服を美々しく整えていた。身の丈七尺五寸，手を下げると膝にまでとどき，ふり返ると自分の耳を見ることができた。口数は少なく，よく人にへり下り，喜怒をあらわさなかった。好んで天下の豪傑と交わったので，若者たちは争って彼に近づいた。

両者を比較してみると，小説の描写が基本的に歴史書の記述をふまえていることがわかります。さらに興味深いのは，小説の中にある劉備の言動に関する次のようなエピソードが，歴史書の中では，より一層具体的なやりとりとして記述されていることです。

　玄徳は幼い時，近所の子供とこの木の下であそびながら，「おれが天子になったら，この馬車に乗るんだ」と，冗談を言っていた。おじの劉元起が，かれのことばに感歎して「この子は，世の常のものにはなるまい」と言い，玄徳の家が貧しいので，しじゅう金を出して助けていた。（小説の描写）

　先主は幼いとき，一族の子供たちとこの樹の下で遊びながら，「お

れは，きっとこんな羽織りのついた蓋車に乗ってやるんだ」といっていた。叔父の劉子敬は，「おまえ，めったなことをいうでないぞ。わが一門を滅ぼすぞ」といった。（歴史書の描写）

　ご覧のように，この部分については，歴史書の描写の方がむしろ臨場感にあふれており，これをこのまま小説の中に取り入れたとしても，少しも違和感はありません。まるで歴史書と小説が入れ替わったような描写になっているのです。こうした部分を見ると，中国に於ける歴史書とは何か，といった疑問が湧いてくるのも当然です。歴史書の記述も，部分的にはこうした小説的な要素を含んでいることは改めて認識すべきであると思います。

　さて，少し話がそれてしまいましたが，劉備の紹介が詳しくなされた後，舞台はいよいよ「桃園結義」へと移っていきます。劉備が涿県に張り出された掲示板を眺めて深い溜息をついていると，背後から張飛が声をかけます。涿県は張飛の故郷でもあったのです。当時の劉備の年齢は28歳，張飛はそれよりも7歳くらい若く，20歳そこそこの血気盛んな若者という設定です。劉備はある日，涿郡にやってきて，黄巾賊を鎮圧するための義勇軍を募集する御触書，これは今で言えば官報を掲示する町内会の掲示板のようなものですが，それを見ていた。そして，長い溜息をついた。たまたま背後でその様子を見ていた張飛が，劉備に声をかけます。大の男が国家のために力を尽くさずにどうして溜息ばかりつくのか，張飛はそう問いかけます。劉備が後ろを振り返って見ると，そこにはいかつい顔つきをした張飛が立っていた。その様子について，小説には「身長は八尺，豹のような頭，どんぐり眼，燕のような顎，虎のような鬚をはやしていた」と書いてあります。また，「声は大きな雷のようだった」とあります。それを見た劉備は，張飛がただ者でないことを知って，近所の酒屋に入って一緒に酒を飲んで話をします。劉備が自分の生い立ちを述べ，漢王室の末裔であることを告げて漢王朝再興への意志を吐露すると，張飛もただちに賛同します。

すると，そこに関羽がやって来ます。関羽もやはり，反乱平定のための義勇軍に入るために涿県にやって来たのです。関羽の様子は次のように描かれています。「身長は九尺三寸，鬚は一尺八寸，顔は棗のようで，唇は朱を塗ったように赤い」。九尺八寸という身長は，当時としては相当高い方だったと思われます。劉備や張飛よりも背が高かった。また，関羽は長い鬚を生やしていて，それが関羽の大きな特徴となっています。さらに，「唇は朱を塗ったように赤い」とあります。男性に対して唇が赤いというのは，異相を示すもので，英雄の形象として他の小説にも出てきます。劉備はその容貌や態度を見て，やはりただならぬ人物であることを見抜き，一緒に酒を飲んで本心を語り合ううちにすっかり意気投合し，張飛の屋敷の裏庭にある桃園で将来を誓い合うことになる。その際に犠牲として神に捧げられるのは，「黒牛」と「白馬」です。そして，神への誓いの言葉として有名なのが，「同年同月同日に生まれるを求めず，ただ願わくは，同年同月同日に死せんことを」です。人間誰しも同じ日を選んで生まれてくることはできませんが，せめてこの世を去る時には同じ日に死のうと，そういう固い契りを交わすわけです。これ以降，三人は実の兄弟同然に，というよりもむしろ実の兄弟以上に固い「義」という絆で結ばれて，一心同体となって様々な困難を乗り越えていくことになります。

　以上が小説の中での「桃園結義」の描写ですが，誓いを立てた直後に，三人は，たまたま現地に博労として訪れていた張世平と蘇双という二人の商人から50頭の馬を贈られ，さらに，多額の金銭や武器製作のための鉄の供給を受けたりして，小規模ながら，反乱軍と戦うための基本的な装備を整えます。このあたりのことも，歴史書にすでに記述があり，小説はやはりそれを踏まえています。小説に描かれているこうしたくだりを読んで思うことは，人生意気に感ず，という言葉がありますが，劉備の漢王朝復興の志を聞いてただちに大量の物資を無償で提供した商人たちのことについては，小説の中で特に詳しく述べているわけではありませんが，『三国志演義』の様々な場面に登場するこうした無名

の商人たちも，ある意味では小説の影の主役と言えるのではないかという気がします。

それはともかく，義兄弟の契りを結んだ劉備たちのもとに，黄巾賊の大将・程遠志が五万の賊軍を率いて涿郡に攻め寄せて来たという情報がもたらされ，劉備たちは大興山のふもとで早速これを迎え撃つ。戦功を立てる最初の機会が訪れたことになります。劉備軍と程遠志軍とが互いに陣を築いて対戦する，その様子は次のように描かれています。まずは劉備陣営の様子ですが，右に関羽，左に張飛を従え，程遠志に向かって「国に背く逆賊め，さっさと降参しろ」と怒鳴ると，程遠志は怒って副将軍の鄧茂を差し向けます。これと対峙したのは張飛。手にした一丈八尺の矛を操って鄧茂の心臓をひと突き，鄧茂はもんどりうって馬から転げ落ちます。ここで張飛を讃える二句の韻文が挿入されますが，その内容は同時に武器の性能を讃えるものとなっています。

鄧茂の敗北を知ると，いよいよ程遠志が刀を振りかざして張飛に向かってきます。それを見た関羽もただちに馬に鞭打って陣に躍り出て，ひるむ程遠志を一刀のもとに斬り殺します。ここでもまた関羽の勇猛さを讃える二句の韻文が挿入されますが，この場合も，関羽自身を褒めるというよりも，関羽の武器である青龍偃月刀の切れ味を讃える内容になっています。これは非常に興味深いところです。英雄にとって武器は何よりも大切なものです。英雄と一体化した武器，その武器を前面に押し出して讃えることによって，その後の英雄の活躍を予告する意図も読み取れるように思われます。

劉備たちのこうした活躍を知った太守の劉焉は三人を出迎えて労をねぎらいます。すると，その直後に，青州太守から救援を求める知らせが届いたため，劉焉は劉備と協議の上，鄒靖に五千の兵を率いて青州に向かわせます。劉備たちもこれに同行し，奇襲作戦によって青州城の包囲を解くことに成功します。このように，小説では黄巾賊を討った劉備たちの活躍を淡々と描きながら，物語を次第に体制側の不協和音を描く方向へと導いていきます。劉備たちが戦功を立てた後，中郎将盧植のもと

に行って指示を仰ごうとすると，途中で囚われの身となった盧植に出逢います。劉備が驚いて理由を尋ねると，盧植の答えは意外なもので，妖術に悩まされて張角を攻めあぐねていたところ，宦官の左豊が偵察に来て，戦況を有利に報告する代わりに賄賂を要求したため，これを拒否したところ，事実無根の報告がなされ，そのため戦地から召還されて董卓と交替させられることになった，というのです。それを聞いた張飛は激怒して，護送役人を斬り殺そうとしますが，劉備がそれを制します。盧植の一件によって政府内部の腐敗を知った劉備たちは，都に帰還することを断念し，涿郡にもどることにします。その道中，またしても不愉快な出来事が起こります。黄巾賊を相手にして劣勢に立たされている官軍に出逢い，これを助けてみると，それは盧植と交替した董卓の一軍であったことが後になって判明します。ところが，董卓は，劉備がいまだに無官であることを知って軽蔑し，危急を救ってもらった礼を言うどころか，褒美も与えようとはしません。怒るのはやはり張飛です。ものすごい剣幕で董卓のもとに押しかけ，彼を殺そうとしますが，やはり劉備に引き留められ，三人はそれを機に朱儁のもとに向かいます。

　このように，黄巾賊と闘って次々に手柄を立てながらも，その戦功が正当に評価されず悶々とする劉備たちの姿を，小説では淡々とした筆致で描いていきます。都に帰還して凱旋報告をした結果，劉備に与えられたのは，定州中山府の安喜県の長官職でした。功績に見合わない微々たる官職でしたが，それでも劉備たちは大きな不満も漏らさず，現地に赴任します。赴任後まもなく，またしても政府の腐敗を象徴するような事件が起こります。その事件を契機として，劉備たちは完全に政府軍と決別し，天下統一のための長い孤独な旅路につくことになりますが，そのことについては，劉備の事績とも関連するため，そこで詳しくお話ししましょう。

　以上のように，小説『三国志演義』は「桃園結義」の場面を物語の冒頭に置き，その後の劉備たちの不遇を描くことにより，動乱の世の幕開けを象徴するとともに，血縁関係の無い三人の男たちが生死を共にして

闘うことを最初に印象づけています。血縁に拠らず,「義」によって結ばれる人間関係。冒頭に置かれた「桃園結義」のエピソードは,場面を盛り上げる効果をねらって小説の編者が作り上げた虚構の世界に違いありませんが,その後繰り広げられる様々な人間模様の中に「義」の精神が極めて強く根付いていることを思うと,そこには編者の「巧まぬ巧みさ」が見て取れるような気がします。小説『三国志演義』の中で「義」の精神がいかに強力な作用を発揮しているかという点は,私が今回の講座全体を通じて特に強調したいポイントでもありますので,次回以降,具体的な事件に基づいて詳しくお話ししたいと思います。

第5講　「不義」の代償
～「連環の計」が挫く董卓の野望～

　今回は「連環の計」についてお話しします。既に触れましたように，後漢王朝も末期になると国内外に様々な問題を抱え込むようになります。国内的には地震や津波などの災害に見舞われたり，黄巾の乱が起こったりして，民衆の不安が徐々に高まっていきますが，時の政権はそうした国難に本気で向き合うどころか，権力の維持に汲々とするばかりで，国家の安泰を図る有効な政策を打ち出すことはできません。それに拍車をかけたのが，朝廷内の権力闘争でした。

　光武帝が退位した後，明帝・章帝・和帝・殤帝・安帝・順帝・冲帝・質帝・桓帝といった具合に，めまぐるしく皇帝が交替しますが，政治の中枢となるべき朝廷がそんな混乱した状況にあるものですから，そこにつけこんで自分の利益を得ようとする抜け目のない連中が現れてきます。西域の軍閥であった董卓という男がその代表格です。彼は政治不安を背景として，いわば用心棒的な役割を期待されて都に入り込んで来ますが，当初の期待に反して，徐々に勢力を拡大し，やがて朝廷内部で誰も口出しできないほどの圧倒的な勢力を築いて，ついには天下を狙う野望さえ抱くようになっていきます。当然，周囲の官僚たちは大きな不安を抱きますが，呂布という滅法腕っ節の強い男が董卓の背後にいて睨みをきかせているために，漢王朝の文官たちは誰も異を唱えることができない。そんな危機的な状況の中で，なんとか局面を打開しなければと，漢王朝の官僚の一人である王允という男が奇策を案じて董卓の暗殺を図る，それが「連環の計」と呼ばれる有名な一段です。

　「連環」とは，読んで字の如く，玉を連ねたように数珠つなぎにして閉じ込め，そこから出られないようにするという意味です。実は『三国

志演義』には「連環の計」と呼ばれる場面が二つありまして，一つは有名な「赤壁の戦い」です。そこでは，曹操の軍勢が船団を組んで南に攻めて来る。それを迎え撃つ孫権と劉備の連合軍が策略を用いて曹操の船団を全て繋がせ，そこに火を放って焼き討ちにする，その結果，曹操軍は大敗を喫して逃げ延びて行く。そうした場面で，船を全て繋いでしまう作戦も「連環の計」と呼ばれています。

　そして，もう一つが，今回お話しする場面でして，小説では，呂布という男を中心にして話が進んでいきます。資料をご覧ください（関連資料18）。主な登場人物のプロフィールを載せておきました。これは120回本の『三国志演義』では，第8回くらいにあたりますが，この場面はどういう場面かといいますと，あらすじのところに書いておきましたが，董卓という男，これはもともと西域の軍閥だったと思われます。この男が兵力にものを言わせて，徐々に洛陽の都に迫って来る。後漢の都ですね。そしてついに洛陽に入り込んで，あわよくば天下を取ろうとするものの，王允と貂蝉の計略によってその野望が挫かれる，そうした経緯を描く場面です。

　董卓という男は様々な悪行を重ねたことが知られておりまして，歴史書の中にも細かい悪行がいろいろと書かれております。それについては後で詳しくご紹介します。そして，その董卓を補佐する呂布という男がいます。呂布は最初から董卓の配下にいたわけではなく，最初は丁原という男の養子になっていましたが，この呂布という男が，実は，私の見るところでは，かなりのキーパーソンといいますか，物語の中では，ある意味で結構重要な人物ではないかと思うのです。それは何故かと言いますと，呂布の性格，ひととなりというのは，「勇あって義なき男」，つまり，勇ましくて武力だけは滅法強いのですが，義を重んじない，物欲のために簡単に人を裏切る，そういう男であったと言われております。

　それは具体的にどういうところからわかるかといいますと，先ほど言いましたように，最初は丁原という男の養子になっていたのですが，董卓が，あるとき呂布の力を知って，自分のもとに来ないかと誘います。

褒美として立派な馬を与えるといわれた呂布は，すぐに寝返って，それまでの主人である丁原の首を取って，さっさと董卓のもとに奔り，その養子になってしまう。ここでまず，呂布の義なき男としての性格が明らかになります。
　さらに，この「連環の計」に関わることとして，王允という男がいますが，これは漢王朝の官僚でして，瀕死の状態に陥っている漢王朝の再興を願っています。ただ，王允は文官ですから，実際の武力は持っていない。しかし，何とかして董卓と呂布を打ち倒さねばならない。どうしたものかということで，頭を悩ます。そこに，貂蝉という，絶世の美人として有名な女性が現れます。彼女を使って，董卓と呂布とに，二股をかける。それが，小説では丹念に描かれておりまして，なかなか良く出来た部分だと私自身は思いますけれども，ともかく，王允は，自分ではあまり武力がありませんので，この貂蝉という美人を使って，いわば色仕掛けで，董卓と呂布の仲を裂く作戦に出る。そうなると，呂布は，義無き男としての性格がここにも表れるのですが，王允がいろいろと呂布を説得して，いつまでも董卓の配下にいても将来の希望はない，もう董卓を討つしかない，というようなことをさんざん吹き込みますと，呂布はすぐその気になって，今度は董卓さえも，討ち果たすことを決意する。二つ目の，義無き行為を，躊躇することなく実行に移す。その結果，呂布は董卓を殺しますけれども，その後，やはり，自分の末路も，自分がしたことと同じような形で，我が身に返って来まして，最終的には曹操に殺されることになります。
　ついでにもう少し，呂布について説明しておきたいと思います。正史としての歴史書の中で，呂布がどういう風に描かれているか，といいますと，先ほども触れましたように，まず，これまで可愛がってくれた恩人の丁原を殺害する。丁原の首を切って，董卓のもとにやってくる。すると董卓は，ご褒美ということで，都尉という役職，これはかなり高い地位のようですが，これを呂布に与えて目をかけます。そしてさらに親子の契りを結ぶ。ここでも，義理の息子という形で受け入れます。とこ

ろが，ある些細な事から，一時的に，董卓と呂布の仲が悪くなった。董卓は気性が激しいうえに，短気だったようです。後先を考えずに，すぐにカッとなる性格だったようです。ある時，ちょっと気にくわない事があって，小さな戟を抜いて，呂布を殴ったことがあった。実際に刺したわけではありませんが，刃物を振り回すような諍いが起こったようです。しかし，その場面では，呂布がすぐに謝った。それによって董卓の気持ちがほぐれたと，書いてあります。しかし，呂布はそれ以後，内心董卓を恨むようになっていた。根に持ったということでしょう。

さらに，歴史書はここで一つ興味深い話を付け加えています。董卓はいつも，呂布に奥御殿の警護を任せていた。身の安全を確保するために，いつも呂布を用心棒として身近に置いていたと考えられます。ところが，呂布は，あろうことか，大胆にも董卓の侍女と密かに通じていた。董卓の世話をする女中と密通していたのです。そのことが発覚するのを恐れて，呂布はいつも落ち着かなかった，と書いてあります。歴史書には，これ以上の記述はありませんが，こうした記述を見ますと，小説『三国志演義』では，この侍女の役割を貂蝉が担っているように思われます。董卓と呂布の仲違いの原因を貂蝉に担わせようとした。そのヒントは正史の中にもあるのです。董卓も呂布も，それなりに残虐で，武力もありましたが，両者ともに，大きな弱みを持っていた。それは，言うまでもなく，美女に弱いということです。これは，別に董卓と呂布に限ったことではないと思いますが，この二人は特に美女には目がない，と言いますか，美人に対する執着心が人一倍強かった。王允はそうした二人の男の弱点を巧みに突いて，董卓討伐を果たしたことになります。

次に，「連環の計」の場面に登場して大活躍する貂蝉という女性について簡単に説明しておきましょう。貂蝉は中国四大美女の一人として有名な人物です。中国にかつて美人は数え切れないほどいたと思われますが，四人の美女とは誰のことか，ご存知でしょうか。何と言っても四大美女ですから，中国四千年の長い歴史の中でわずか四人の中に入るとなると，想像を絶する熾烈な戦いになると思われますが，歴史上有名な美

人としてすぐに思い浮かぶのは，まずは楊貴妃ですね，玄宗皇帝が寵愛し，それが唐王朝滅亡のきっかけになったとされる楊貴妃。あるいは，漢の都から異民族の匈奴に無理矢理嫁がされた悲劇の主人公として有名な王昭君。さらに西施，「顰みに倣う」という故事で有名です。そして四人目が「連環の計」に登場する貂蝉，彼女も四大美女の中に入っています。

ところで，余談になりますが，いま申しました，楊貴妃・王昭君・西施・貂蝉の四人の中で，さらにトップスターを選ぶとなると，それは誰かということを考えてみますと，これはもう疑いもなく貂蝉であろうと，私はそう確信しています。理由は簡単です。それは，貂蝉だけが，歴史上実在した人物でなく，架空の人物だからです。誤解を恐れずに言えば，現実にはなかなかそうはいきませんが，想像の中では，女性はどこまでも限りなく美しくなれるわけですね。そういう意味で，恐らく貂蝉がトップではないかと，私にはそう思われます。これはあくまでも私の勝手な理屈です。貂蝉は歴史上実在した人物ではなく，『三国志演義』，あるいは，その前身としての語り物あたりから，想像によって創り上げられた人物であると言われています。つまり，この「連環の計」を劇的に盛り上げるために，敢えて美人の貂蝉を創造した，そういうことのようです。

さて，本題にもどって，先ほどご紹介した，天下を狙う董卓ですが，董卓という男はどういう男だったか。ここでは小説の中の話をするのが中心ですけれども，小説も，人物の性格等については，歴史上実在した人物については，歴史書としての正史の記述をある程度原型にしています。そこで，まず，歴史書の中で董卓はどのように描かれているのかということを見ておきたいと思います。標題を「『魏書』に描かれた董卓の残虐性」とした資料をご覧ください（関連資料19）。なお，ちくま学芸文庫に，今鷹・井波両先生の共訳があります。これは今でも手に入りますので，正史の記述と比べたいと思われる方は，これを入手されると良いかと思います。全部で八巻です。注釈も付いております。

二つ目の段落ですが，董卓は性格が残忍非情であった。厳しい刑罰で人々を脅して，少しでも恨みを受けた人物には，必ず報復した。そこで，みんな，自分の安全さえもなかなか保てなかったとあります。ある日のこと，軍隊を派遣して，陽城というところ，これは地名ですが，そこに行ったことがあった。その時はちょうど２月の春の祭りの日だったようです。今で言う春節の祭りと思われます。住民はこぞって神社に集まってお祭りをしていた。董卓はそこに軍隊を突入させて，その場にいた男子の頭をことごとく切り落とし，住民の車，これは馬車のことでしょうが，女性や財宝を牛に載せ，切断した頭を車にぶらさげ，車を連ねて洛陽に帰り，その言い訳として，どう言ったかというと，賊を攻撃して大量の戦利品を奪い取ったのだと言った。もちろん，村落を襲って無抵抗の民衆を殺害したことなど，正直に言うはずもありません。敵を攻撃した，その戦利品だと言って，万歳を唱えたというのですね。そして，街に入って来ると，男の首は全て焼きはらい，奪った女性は下女として，あるいは妾として，兵隊に分け与えたというのです。何とも残虐な話ではありませんか。こんなエピソードを歴史書が記録するくらいですから，現実はもっと残酷かつ悲惨なものだったかも知れません。

　次の段落をご覧ください。これも先ほどの話と負けず劣らず残虐な場面ですが，董卓は実は洛陽の都以外に，長安，これは前漢の都ですけれども，長安の中に別に城壁を築いて，自分の別荘のようなものを確保していた。そして，そこに30年分の食糧を蓄えていた。成功すれば天下を支配できるけれども，もし失敗したら，そこで安楽に一生を終えればいいと，そのように考えていたようです。それは郿塢という所ですが，董卓はそこを別荘代わりにしていて，時々そちらに出かけたようですが，その際，わざわざ官僚たちに送別の宴を開かせる。そして，董卓はあらかじめ幔幕を張って準備しておき，投降した部族の兵士数百人を中に引き入れて，まずその舌を切る。その後，手足を切り落とす。さらに目をくりぬく。最後に大鍋に放り込んで煮る。なんとも凄惨な場面で，想像しただけでも気分が悪くなってしまいますが，董卓はそうした残虐な行

為を平気でやってのけます。そうなると，死にきれない者が，杯やテーブルの間を倒れながら転げ回る。集まった官僚たちは皆，慄然として箸を落とすほどだった。しかし，董卓は何食わぬ顔で平然として飲み食いを続けた。そんな記述があります。董卓の残虐さは，ここに尽きている気がします。

さらに，次の段落ですが，董卓はなかなか悪智恵が働く男で，自分の気にくわない者がいると，あるいは自分に逆らう者がいると，ちょっとした理由をでっちあげて，すぐに殺してしまう。当時，袁術という男がいましたが，敵対関係にある袁術と手紙をやりとりしていたというような口実を作って，みんなの前で，張温という男をみせしめのために殺します。日頃から董卓はこの張温が気にくわなかったようです。そこで，董卓は適当な理由をでっち上げて，呂布に殺させます。

そんな具合で，董卓の残虐性は，当時からなかなか有名なものだったようです。もちろんこれを小説『三国志演義』も取り入れていて，歴史書の記述に負けず劣らず，かなり残虐な場面も出て参ります。まさに目を覆わんばかりの残虐な場面が次から次へと出て参ります。こんな場面は食事の前には絶対に読みたくありません。

以上，「連環の計」に登場する主な人物，王允と呂布・董卓・貂蝉についてご紹介しました。ここでもう一度「連環の計」の実行に至るまでの経緯を振り返ってみましょう。呂布を自邸に招いて貂蝉に手厚く接待させた後，頃合いを見計らって，王允は盛んに呂布をそそのかします。董卓を早く倒すように何度もけしかけたのです。決定的な場面，つまり呂布が最終的に董卓殺害を決意する場面は，なかなかリアルに描かれています。呂布としては，一応親子の縁を結んでいますので，董卓を殺すことは，いわば父親を殺すことになる。この点に関しては，呂布としても非常に抵抗があった。ところが王允は，次のように言います。あなたの名字は呂ではないか，と。名字が違う，というわけです。もともと血縁関係はないのだと。以前の諍いの経緯もありましたし，かなり仲も悪くなっていたのですが，そこで，王允が畳みかけて言うには，自分の命

の心配をすることで精一杯，今さら親子だなどと悠長な事を言っている場合ではない，と。その一言によって，呂布はハッと我に返って，仮に董卓を殺したとしても，いわゆる父親殺しの汚名を着ることはないということに，改めて気付くことになります。呂布に心変わりさせるまでの様子は，だいたいそんな風に描写されております。

　ここで，董卓暗殺の状況について見ておきたいと思います。董卓は偽の詔勅によって呼び出され，宮中で呂布の手にかかって死にますが，その頃の流言を書き記した部分があります。それは歴史書の中に記録されています。といっても，『三国志』ではなく，実は『後漢書』に載っているのですが，当時，都で流行った流行歌のようなものを集めた部分がありまして，そこに当時の俗謡が記録されています。それは「千里の草，何と青々たる，十日に卜さば，生きるを得ず」という歌詞ですが，そんな歌が都で流行ったというのですね。これは何を意味するか，その解説も記述されていまして，これがなかなか面白い。これはいかにも漢字の国ならではの一種の言葉遊びでして，一つの漢字を分解して語るやり方です。「千里の草」というのは，「董卓」の「董」の字を見ますと，この中に，「千」と「里」と「草」が含まれています。「十日に卜さば」，これは「卓」の字を分解したものです。「何と青々たる」という言い方は，「非常に青々としている」という意味の他に，反語として，「どうして青々としていられるだろうか」という真逆の意味にも取れます。また，「生きるを得ず」は，文字通り，寿命が尽きようとしている，ということを表していると思われますが，要するに，全体では，「董卓はもうすぐ失脚する」という内容になります。

　中国語では，こうしたやり方を「拆字」と申しまして，表だって言うことがはばかられる場合，つまり，言いにくい内容を婉曲的に表現する手段として用います。しかも，この漢字の分解の仕方を見ますと，下から上にさかのぼって初めて一つの漢字ができる。『後漢書』を見ますと，この点について面白い理由をつけて解説しています。本当かどうかはわかりませんが，董卓は本来下級の人間であったにもかかわらず，上の者

をないがしろにしたので，滅びることになったのだと，そう言っております。下克上の非を説いて董卓失脚の理由にしています。やや理屈に勝ちすぎた説明のように思われますが，ともかく，董卓の不遜を表現したくだりであることは間違いないように思います。軍閥の身分から，天下を狙うような大それた事を敢えてした董卓，そんな人物への憎しみも込められているように見受けられます。このエピソードは，小説の中でも採用されています。

　董卓が殺された時の様子についても，少し補っておきたいと思います。そのことについては，正史も，小説も，かなり詳しく描いています。最終的には，董卓が騙されて宮殿に向かうと，そこに呂布や王允などが待ち構えていて，董卓は暗殺されてしまいます。その後日談がありまして，やはり，その当時，俗謡があって，「董卓の歌」というようなものも記録されて残っています。そして，その他にも，いろいろな伝説めいた話が含まれていまして，ある日，道士が董卓のもとにやってきて，布の上に呂という字を書いた旗を持っている。そんな幟を持ってきて董卓に示したというのです。幟の上に呂と書いてある。つまり，呂布には要注意，という暗示になっている。しかし，董卓はそれに全く気付かない。結果として，呂布の手にかかってあえなく果てることになります。

　また，董卓が殺された後の状況も詳しく描かれています。董卓には実は90歳になる母親がいたようです。息子が殺されたことを知って，どうか自分だけは助けてくれと言って命乞いするものの，その母親も容赦なく殺されてしまう。さらに，董卓が死んだ後，その屍は路上でさらし者にされる。ところが董卓は非常に肥満体であった。今で言う，いわゆるメタボだったようですが，死後に，おなかの脂が流れ出て，それが地面にしみこんで，草が赤く変色した，と書いてあります。また，董卓の屍を見張っていた役人が，日が暮れると，大きな燈芯を作って，董卓のへその中に立てて灯火とした。すると，董卓の脂で，灯りは朝まで消えず，そのようにして何日も経過した。こんな話さえも，まことしやかに

付け加えられています。

　このあたりになると、正史の記述とはいえ、すでにかなり小説の描写に近づいているような気がします。勿論、小説『三国志演義』の編者も、それを見逃すはずはなく、もう少し詳しく、ドラマチックに董卓の末路を描いて、正史の言葉をかなり使って、さらにそれを潤色して描いています。ですから、小説の方がもっとリアルで面白くなっていることも確かです。正史の中にも、いくつもそういう部分がありまして、いわば小説の芽がすでにそこにある、といいますか、小説は「七実三虚」、つまり、7割は史実、3割は架空であるといわれていますが、その架空の部分も、正史の記述からヒントを得てそれを膨らませたものもあって、さきほどお話ししたような、貂蝉の原型のようなものも、実は正史の中にヒントが隠されている。そういった点を考えると、やはり、『三国志演義』は歴史小説としての側面を色濃く反映していることがわかります。

　ここで、呂布の最期についての描写を見ておきましょう。見事に董卓を討った後に、呂布もやはり殺されることになります。呂布は董卓を討った後、戦に負けて逃げて行くのですが、その際、袁術に助けを求めます。しかし袁術は、呂布の変節ぶりを憎んで、支援を拒否したという正史の記述があります。さらには、陳登とのやりとりがあります。呂布は、腕っ節は強いけれども、無計画で、軽々しく人についたり離れたりする、よって、早く滅ぼした方がいいと進言した、とあります。やはり、呂布の性格が災いしている。さらに、呂布が殺される時の様子が次のように描かれています。

　この場面は小説『三国志演義』にもありますが、正史にも細かい記述があります。様々な経緯を経て、呂布は最終的に追い詰められ、白門楼という所で最期を迎えますが、周囲を全て敵が包囲する。結局呂布は曹操に生け捕りにされます。そのとき呂布は曹操に対して、少し縄目を緩めて欲しいと頼む。すると、曹操は、虎を縛るのだから、きつくしないわけにはいかないと言って許さない。呂布はさらに命乞いをする。曹

操に対して，殿が気にされているのは，私一人でしょう。今はもう降伏したのですから，もう心配はないでしょう。殿が私に歩兵隊を指揮させたならば，天下はたやすく手に入りますよ，というようなことを言う。自分の武勇を武器にして命乞いするのですが，そう言われて，曹操はちょっとためらいます。呂布を味方に付けて利用しようという気も一瞬起こったものと思われますが，その時，劉備もその場にいました。この頃まだ，曹操と劉備は手を組んでいましたので，一緒にいるのですが，劉備は曹操に近寄って，こう言う。殿は呂布が丁原と董卓の両方に仕えた事実をお忘れになったのですか，と。呂布がかつて二人に仕えて裏切ったことを指していると思われますが，その言葉を聞くと，曹操はようやく我に返って，そうだったなあ，とうなずく。劉備のその一言によって呂布の死が決定するわけです。そのやりとりを聞いた呂布は劉備を指さして，この男こそ，つまり劉備を指すわけですが，真っ先に死ぬべきだ，と叫びます。

　この場面の描写，とくに，呂布が劉備を罵るという設定がどういう意図に基づくのか，いまひとつはっきりしません。呂布に劉備を面罵させることにどんな意味があるのか，いまひとつ明確ではありませんが，以上に述べたようなやりとりがあって，呂布は最期を迎えることになります。最期はさらし首にされたようです。呂布は自分の性格が災いして，誰からも支援を得られず，孤立して死んで行く。こうした呂布の最期を通じて小説の編者が訴えようとしていることは何でしょうか。私の個人的な考えによれば，それは他でもなく，呂布の不義の報いを明確に示すためであったと思われます。他人を裏切れば自分もいつかは裏切られる，いわば因果応報の道理を呂布の死によって示したものであると考えます。

　ところで，董卓誅殺の功労者としての貂蝉は，その後どうなったかと言いますと，現在残っている小説の中の描写によりますと，実は，貂蝉は王允の作戦に従って行動し，董卓のもとに妾としてかくまわれていたようですが，董卓が殺害された後，呂布が彼女を取り返しに行きま

す。貂蝉を取り戻した後，呂布は彼女と一緒に行動していたと思われます。しかし，呂布もその後次第に孤立して，白門楼というところに追い詰められて，曹操や劉備に殺されてしまいます。その後貂蝉はどうなったかと言いますと，小説の中では非常に簡単な記述しかなされておりません。それによりますと，曹操が自分の根拠地である許都に連れ帰ったことになっています。その後どうなったかについては，全く言及されていません。個人的な感想を申しますと，この点は非常に残念なことでして，自分の身を犠牲にして董卓という巨悪を倒したのですから，もう少し詳しくその後の足取りを書いて欲しいところです。と申しますのも，当時の説話や伝説，あるいは演劇の台本を見ますと，その後の貂蝉の行動に関して，いくつかの興味深い説が伝えられているからです。

　貂蝉に関する伝説の中から，ここでは，二つだけご紹介したいと思います。一つは呂布との仲に関するものです。これまでお話ししてきた貂蝉の立場は，王允の屋敷で歌舞団の一員となっていたというものです。つまり，幼い頃から王允に養われ，実の娘同様にかわいがられて育てられてきた。また，呂布とも初対面の仲であったことになっています。ところが，元代に刊行された『全相平話三国志』を見ますと，実は貂蝉と呂布がもともとは夫婦であって，その後，王允の家にかくまわれていた際に偶然再会した，という設定になっているのです。董卓を討つという王允の策略をきっかけとして，呂布と貂蝉が再会したことになっています。二人は以前夫婦であったが，戦乱の際に生き別れになって，その後貂蝉が王允のもとで養われる。一方，呂布は董卓の義理の息子として活躍する，そのうちに二人が再会する，そういう設定になっているのです。

　では，こうした設定はどういった効果をもたらすでしょうか。すでにお話ししましたように，貂蝉は王允の立てた作戦通りに行動して，先に董卓の妾となって屋敷に連れていかれる。そうなると，その事を後で知った呂布がどんな気持ちになるか，これは想像してみればすぐにわかることです。戦乱によってお互いに行方知れずとなったことはやむをえ

ない事情であったとしても，結果的には，自分の妻を義理の父親に横取りされたことになります。一人前の男として天下に名を知られている呂布にとっては，到底耐えがたい屈辱であったに違いありません。王允にけしかけられるまでもなく，董卓への憎しみを募らせたであろうことは，想像に難くありません。実際，『全相平話三国志』では，妻を横取りされたことを知った呂布はただちに董卓の屋敷に乗り込み，有無を言わさず董卓の首を切り落とす設定になっています。つまり，こうした設定の場合，董卓誅殺の動機が事前に仕組まれていたことになります。呂布と貂蟬が他人同士であったという設定よりも，呂布の憎しみを増す上ではこちらの方が余程優れているように私には思われますが，如何でしょうか。小説『三国志演義』の編者が何故こうした設定を利用しなかったのか，少し残念な気がします。すでに申し上げましたように，貂蟬という美女自体が歴史上実在した人物でなく，架空の人物である以上，小説の編者がどのような位置付けをするかは基本的に自由であるはずです。呂布との関係を夫婦として設定するのもなかなかドラマチックな展開を生み出し得るのではないか，私はそのように考えています。

　もう一つ，貂蟬に関する異説をご紹介しましょう。これはあまり知られていない説かと思いますが，かつて私がスペインに行って実際に閲覧した書物，もちろんそれは中国から伝わってきた古い書物ですが，その中に，明代の戯曲の台本がありまして，貂蟬の知られざる姿を窺わせる貴重な資料となっています。それはどういう話かと言いますと，結論から言えば，貂蟬が関羽に斬り殺される話です。これは意外な展開です。先ほども申しましたように，小説の中では，董卓討伐の重責を無事に果たした後，貂蟬はまず呂布に引き取られ，呂布が曹操によって殺害されると，今度は曹操の本拠地に送られたことになっています。その後の消息は不明のままです。

　ところが，明代の演劇の台本の中には，関羽との接点をうかがわせる話があったようです。関羽と貂蟬の接点はどのようにして出来たかと言いますと，曹操が催した宴会に関羽も出席する，その宴会に貂蟬も出て

きてお酌をする，そこで二人が顔見知りになる，という設定です。関羽は天下無双の武人として名高い人物ですから，宴会の場で面識を得た貂蝉は，関羽に対して盛んにご機嫌をとろうとする。ご機嫌を取るだけなら良かったのですが，あろうことか，関羽を言葉巧みに誘惑しようとする，そんな場面も描かれています。一方，関羽はというと，董卓や呂布のように，美人を見るとすぐに気持ちが傾いてしまう，そんな軟弱な男ではありませんから，貂蝉の誘惑を逆に不愉快に感じ，断固これを拒絶します。貂蝉はそれでもなお関羽の意を迎えようとして，あろうことか，自分がかつて連れ添っていた呂布の悪口まで言い出す。そこまでいくと，さすがの関羽も我慢の限界に達し，貂蝉のような悪女をこのまま生かしておけば，漢王朝の前途に必ずや暗雲をもたらすに違いないと考え，ついに剣を抜いて斬り殺してしまう。関羽が貂蝉を殺害する，そんな話が，異説の一つとして明代には存在していたことがわかります。

　小説の編者がこの異説の存在を知っていたかどうかはわかりませんが，仮に知っていたとしても，美女を斬り殺す関羽というのは，小説の中には取り入れにくかったのではないでしょうか。ご存知のように，小説の中の関羽は，あくまでも正義を貫く，義に厚い存在として登場しますので，無抵抗のかよわい女性を手にかけたとなると，全体のイメージに傷がついてしまうように思われます。小説の編者は，当時存在していた様々な異説の中から，都合のよいものを選択して自分のイメージにかなう人物像を作り上げたはずですので，人格破綻につながるような説は敢えて採用しない，そんな配慮もあったのではないかと思われます。これまでご紹介した貂蝉に関する異説は，そうした，小説の成り立ちの過程を考える上でも，恰好の例になるのではないかと思います。人物にまつわる様々な説を丁寧に探っていくと，まだ他にも似たような例はいくらでも見つかるのではないかと思います。

　以上，今回は「連環の計」について，主な登場人物とともにご紹介しましたが，この場面は，私は個人的には，結構『三国志演義』の前半の山場ではないかと考えています。それは何故かと言えば，先ほどから何

度も申し上げましたように，呂布という男は，義無き男，勇あって義無き男の代表格として登場する。そして，義を踏みにじる行為を次々に繰り返しては，結局自分も殺されてしまう。これは，一体何を言おうとしているのか。小説の編者は何故このように呂布の不義を綿々と書き綴るのか。そのことを考えてみたいと思うのですが，結論から申しますと，私の見るところでは，小説『三国志演義』というものは，一つの大きなテーマとして，関羽ですね，関羽の義というものを強調する，言い換えれば，関羽という武将の生き方を顕彰する，そういう意図が込められているのではないかと，そう思われます。もちろん，関羽の義を強調するやり方は他にもいろいろ考えられます。また，関羽の行為の中にも，それはいろいろと描かれていきますので，それについては，次回以降に詳しくお話ししたいと思いますが，関羽の義を強調するためには，関羽自身の義にまつわる行為を直接的に述べる方法もありますが，それだけではなく，編者は，関羽の登場以前に，呂布という真逆の性格を持った男，不義の代表格を持ってきて，不義の男のたどる運命を明らかに示して見せた。呂布の話が一段落した後で，それと対照的な性格を持った関羽を登場させることで，より一層，関羽の義というものを強く印象付ける，そういう効果を狙っているのではないかと，そういうふうに私は思っています。そんなことから，この「連環の計」は，前半の山場であると言えるように思います。

　また，「連環の計」の場面は，小説『三国志演義』の中ではかなりめずらしい部分に属すと思われます。と言いますのは，『三国志演義』は天下取りの経緯を描く物語ですから，どうしても戦いの場面が中心になることが多いのですが，この「連環の計」の場面だけは，そのような武器を用いることなく，貂蝉の弁舌，舌先三寸ですね，それによって董卓と呂布とを見事に手玉にとって二人を仲違いさせ，そして最終的に目的を果たす。いわば，戦乱の中の「静」なる場面といいますか，舌戦を通して水面下で静かに戦いが進行する，そういった数少ない場面であると言えるのではないかと思います。実戦の前には綿密な作戦が必要です

が，戦闘の裏舞台を見せてくれるという点では，この「連環の計」の場面は非常に良くできた，成功した場面の一つに数えることができるように思います。

第6講　小説に於ける善悪の強調
　～劉備と曹操～

　今回は主に，小説『三国志演義』の中心的人物，と断言してよいのかどうか，少し疑問も残りますが，息子の劉禅に位を譲るまで蜀の国の皇帝として活躍した劉備という人物，そして，その敵役といいますか，三国に分かれてからお互いに天下を争う好敵手となる，魏の国の曹操，この二人に焦点をあてて，編者によって意図的に強調された人物像の違いを探ってみたいと思っております。

　劉備と曹操を比較する場合，そのポイントは，二人の対照的な性格，さらには，そこから生じる様々な人間関係といったことになるかと思いますが，この点を考える上で依拠する資料としては，やはり歴史書ではなく，小説の中に描かれた二人の人物像ということになると思います。私は歴史研究の専門家ではありませんので，実際に三国の歴史の中で劉備と曹操がどのような人物で，二人の間にどのような交渉があったかということに対しては，あまり興味はありませんし，主な研究対象とはしていません。そもそも残された記録の少ない二千年前の人物の実像に迫ることなどほとんど不可能に近い，という諦めの気持ちをぬぐえないことがその根底にあることは確かですが，彼等の実像そのものよりも，彼等がどういう人物として後世に語り伝えられていったか，むしろそのことに興味を覚えるからです。

　ただ，歴史書の中にも実像とされる姿が記述された部分があって，人物像を考える上で参考にすべきものもあることは確かですが，私の興味の中心は，そうした歴史書の中の記述が後人の手によって潤色され，より印象的な形でドラマ化されていく，その過程に興味があるのです。劉備と曹操が物語の中で絡み合っていく，それをより感動的に描くため

に，小説の編者はいろいろな場面で手を加えていきました。そこには確かに誇張もあり，時には事実と異なる要素も混じるかもしれません。ですので，小説に描かれた人物像というものは，それがどの程度まで実像を反映しているかということは誰にもわからないのですが，しかし，私は小説を研究する人間ですので，どうしてもそちらの方に興味があって，小説の中で編者がどのように登場人物を描いていくか，劉備と曹操の二人をどのように対照させて描いていくか，そういったことにむしろ興味を覚えるのです。従って，今回の話も，そういった点を中心にお話しすることになると思います。二人の性格の違い，編者がそれをどう意識的に描いているか，そういった点をあらましお伝えできればと思っております。

　ただし，そうは言っても，実際に劉備と曹操が面と向かって対峙し合う場面というのは，小説の中でもそれほど多くはありません。二人の活躍はそれぞれ独自に場面が設定されていることが多く，直接対決の場面は頻繁にあるわけではありません。もちろん，様々な場面に於いてお互いの存在は意識されていますので，意識の上では常にライバル同士であることは確かですが，お互い異なる個別の事件を通して活躍が描かれることが多いのです。

　今回も，まずは歴史書である『蜀書』「先主伝」に描かれた劉備の姿を確認しておきたいと思います。歴史書の中では冒頭の部分で劉備の生い立ちなどにも触れています。小説『三国志演義』を読んだことのある人は一般に，劉備という人物に対して，温厚篤実な指導者というイメージが強いと思います。実際，小説の中では，そうした善人としての側面が強調されています。ところが，歴史書に描かれた劉備はあまり温厚な人物，人徳に満ちた人物であったようには書かれていません。とくに，若い頃は英雄豪傑と交わったりして，むしろなかなかの暴れ者であったようです。

　歴史書の記述の中で最も興味深い点は，そこに劉備の将来性に関するエピソードが含まれていることです。劉備は若い頃父親を亡くし，母子

家庭の子として育ったようです。母親と一緒にゴザを編んだり，草鞋を編んだりして，生計を立てていた。家の近くに高い桑の木があって，時期になると青々とした葉を茂らせ，日陰を作ってくれていた。子供の頃，劉備はその木の下で近所の子供たちと遊んでいた。その時劉備が言った言葉として，「自分はきっとこの木のように立派な幌を付けた車に乗ってみせるぞ」と書かれています。幌をつけた車とは，つまり天子の乗る車を指しています。それを聞いた叔父さんが，滅多な事を言うな，一族皆殺しにされるぞ，といって戒めたというのです。つまり，歴史書の中でも，劉備が将来漢王朝を背負って立つような人物であることを，こうしたエピソードに込めて，それとなく暗示しています。こうした記述を見ますと，中国の歴史書というのは，部分的には小説的な要素をかなり持っているような気がします。事実だけを記したというよりも，その当時存在していた説話的なものも取り込んで，物語風に書いているところも多々あるような気がします。中国には「文史不分」という言葉があります。文学と歴史はお互いに深く関連しているので，どちらか一方だけを研究していては真実にたどりつけない，という事を述べたものですが，このあたりは，歴史とは何か，といった問題を改めて投げかけているように思います。

　劉備に関するエピソードをもう一つ挙げておきましょう。このエピソードは以前すでに簡単に概要を説明しておきましたが，劉備の性格を考える立場から，小説の中でどのように描かれているか，再度詳しく見てみましょう。この場面は，小説の中で劉備の性格がかなり意図的に改変されている典型的な部分であると思われます。

　劉備・関羽・張飛の三人は，黄巾賊を破って手柄を立てます。その手柄が中央政府に伝わって，劉備は安喜県という小さな県の県知事に任命されます。赴任してしばらく経った時点で，中央政府から査察官が調査にやってきます。論功行賞が正しく行われているか，役人が人民から過剰に搾取していないか，といった治政の状況を調査することが本来の目的です。派遣されてきたのは督郵という人物ですが，この督郵という男

がなかなか強欲な官僚でして，安喜県に査察にやってきて，あろうことか，劉備にいきなり賄賂を要求します。ところが劉備は潔癖な性格の持ち主ですから，そんな要求には応じない。人民を虐げている事実もないので，平然と構えて督郵の要求を突っぱねます。賄賂をよこさないとわかると，督郵はあの手この手で劉備に意地悪します。劉備が挨拶に行っても，門前払いして面会しない。そのことを知った張飛が，いきなり役所に乗り込んで行って督郵を縛り上げ，柳の枝で出来た鞭で傷だらけになるまで打ち据える。そんな場面が小説で描かれていまして，後先を考えずに行動する猪突猛進型の張飛の性格をよく表した一コマにもなっていますが，実はこの事件は歴史書にも描かれています。以前お話しした通りです。しかし，督郵を縛りあげて殴るところは同じですが，殴るのは張飛ではなく，劉備自身が手を下したことになっています。歴史書では，督郵を打ち据えたのは劉備だったことになっていますが，小説の編者はそれを張飛がやったことに変更したのです。

　歴史書の原文を見てみますと，督郵は「公事を以て県に至る，先主謁を求む」，つまり，督郵が査察にやってきたので劉備が会いたいと申し出た，ところが，「通ぜず」とあります。督郵がわざと面会を拒絶した。そこで，「直入す」，つまりまっすぐ入って行って，「督郵を縛る」。そこで，「杖二百」，つまり200回の棒叩きにした。「杖」はここでは動作を表す言葉で，棒で殴ることです。そして，県令の印綬をその場に置いたまま逃亡した，そんな事が書いてあります。歴史書の記述の中には，張飛の名前は全く出てきません。鞭で督郵を殴ったのは劉備本人であったことになっています。ところが，小説では役割が交代して，張飛の行為になった。これはやはり，小説の編者が劉備を暴力的な人物とせずに，人徳ある穏やかな人間に仕立てあげようとした，そういった意図がうかがえるような気がします。小説に於ける性格操作の典型的な例ではないかと思われます。

　次に，曹操に関する話ですが，歴史書にはやはり，曹操の子供の頃のエピソードが記されています。それによれば，曹操は幼い頃から，なか

なか悪智恵の働く子供だったようです。この点は小説の中のイメージと同じで，いわゆる「奸智」の側面を強く持っていたようです。どういうことかと言いますと，曹操には叔父さんがいて，曹操の放蕩ぶりをいちいち父親に報告していた。当然ながら，曹操にとっては，そんな叔父さんが煙たくて仕方がない。そこで，ある日のこと，叔父さんの目につきやすいところで，突然難病に罹ったふりをして，顔をゆがめ，唇をひん曲げて見せた。それを見た叔父さんは驚いて，すぐに父親にそのことを報告した。ところが，父親がびっくりしてその場に駆けつけると，曹操は何食わぬ顔をして，自分は何ともない，叔父さんが自分を嫌っているためにそんなでたらめを言ったに過ぎない，と言ってケロリとしていた。父親はそれ以降叔父を信用しなくなり，結果的に曹操は以前にも増して放蕩の限りを尽くすようになったというのです。このエピソードからは，子供ながら，「奸智」に長けた曹操の姿が浮かび上がってくるように思います。小説の編者も，こうした歴史書の記述に基づいて，そんな姿をそのまま曹操の性格の中に盛り込んでいったものと思われます。

　以上は曹操の子供の頃のエピソードですが，歴史書にはもう一つ，大人になってからのエピソードも記録されています。曹操は魏を建国する以前に多くの布告を出しています。布告とは政府からの通達のようなものですが，歴史書を見ますと，様々な布告を出して統制を図ったことがわかります。それらを見ますと，公平とか平等の精神に基づくと思われる布告を出していることがわかります。小説が描くような，悪のイメージを強く背負った存在とは少し違う側面が強調されているのです。その典型的な例を一つご紹介しましょう。207年に出された布告は以下のようなものでした。

　　十二年（207）春二月，公は淳于から鄴に帰還した。丁酉の日（五日）布告を出した。「わしは義兵をあげて暴乱を罰し，現在十九年を経過したが，征伐した相手に必ず勝てたのは，いったいわしの功績であろうか。それこそ賢明なる士大夫の力である。天下はいまだ完全に

は平定されていないが，わしは必ず賢明なる士大夫とともにそれを平定できるにちがいない。ところがその功績の報酬をただ一人享受するとなると，わしはどうしておちついておれようぞ。よって，急いで功績を決定して封爵を行え。」その結果大いに封爵を行い，功臣二十余人を皆，列侯にとりたてた。その他の者はそれぞれ功績の順序に従って封爵を受けた。さらに，戦死者の孤児にもそれぞれの軽重の等差をつけて特別待遇を与えた。

　ここには，立てた戦功の大小に基づいて公平な論功行賞を行おうとする曹操の姿が記録されています。
　先ほど述べた「奸智」に関する描写についてですが，小説には次のようなエピソードもあります。後漢の朝廷内部で権力争いが繰り広げられている隙に乗じて，董卓という軍閥が都に乗り込んできます。董卓は呂布という英雄を味方に引き込んで，悪行の限りを尽くします。漢の遺臣たちはなんとかして董卓を討伐しようとしますが，呂布がいるためになかなか手が出せない。そんな時，曹操が暗殺役を買って出ます。名刀を献上するという名目で董卓の屋敷に入り込んだ曹操は，あと一歩で暗殺成功という所まで行きますが，外出先から帰宅した呂布に企みを見破られてしまい，危うく逮捕されそうになります。適当な口実を設けてなんとかその場を切り抜ける曹操の態度は，まさに「奸智」そのもので，その場を離れた曹操は，そのまま都にいられなくなって，いわばお尋ね者となって逃げて行く。その途中で，遠い親戚である呂伯奢という叔父さんの家に立ち寄って一晩の宿を提供されたところまではよかったのですが，疑心暗鬼にかられた曹操は，呂伯奢の家族を皆殺しにしてしまい，挙げ句の果てには，呂伯奢までも殺してしまう。そして，「わしが天下の者に背くとも，天下の者がわしに背くことは許さない」とうそぶくわけです。この場面を見ると，なるほど曹操の「奸智」とはこういうものかということがはっきりと理解できます。
　ところで，こうした描写は小説の中だけにあるのかと言いますと，実

はそうではありません。歴史書の『魏書』ですが，その中の「武帝記」に次のように書いてあります。太祖は姓名を換えて間道を通って東へ帰った。関所を出て中牟県という所を通過する時に，亭長である陳宮という男に疑惑を抱かれ，連行された。町の中には曹操を知っている人がいた。しかし，陳宮は曹操の心意気に感じて，役人に頼み込んで釈放してやった。本文の記述としてはこれだけしか描かれていませんが，裴松之という人物が南朝の宋の時代に『魏書』に対して詳しい注釈を付けました。その注釈を見ますと，次のような記載があります。曹操は逃亡する途中に，旧知の間柄である呂伯奢の家に立ち寄った。呂伯奢は留守だった。子供たちは食客と結託して太祖，つまり曹操を脅かした。さらに，曹操の馬と持ち物を奪い取ろうとした。そこで，太祖は刀を抜いて，数人を殺した。こんな記述があります。

また，『世語』という本もあった。それによると，太祖は呂伯奢の家に立ち寄った。呂伯奢は外出していた。そこには五人の子供たちがいて，主人と客の礼儀も備わっていた。ここでは，曹操をきちんともてなしたことになっています。しかし，曹操は，自分が董卓の命令に背いていたため，子供たちもその命令を受けて自分を始末するのではないかと疑いを抱いた。そこで，剣を振るって，夜中に八人を殺害した。この記述を見ると，呂伯奢の側は曹操を客人としてもてなしていたが，曹操は疑心暗鬼にかられて，罪のない人々を殺した，という方向で書かれています。

さらに三つ目の注釈の記事を見ますと，今度は『雑記』という本を引用しています。太祖は彼らが用意する食器の音を耳にした。そこで，自分を始末するつもりだと思った。そう書いてあります。食器の音から自分への殺意を疑う，というところはやや直結しにくいところですが，とにかく，曹操は夜のうちに彼らを殺してしまった。その後，悲惨な心にとらわれ，曹操はこう言った。わしが人を裏切ることがあろうとも，他人にわしを裏切らせはしないぞ，と。そう言って，その場を立ち去ったというのです。

こういった記述がすでに歴史書の中に出てきます。本文ではないにしても，注釈の中にすでに引かれています。小説の編者は当然，歴史書も読んでいたと思われますので，こういった部分をそのまま取り込んだものと推測されます。小説の中に書かれているような，呂伯奢の家の料理人がブタを料理するために厨房で刀を研ぎ，それを曹操が夜中に聞いて自分を殺そうとしていると誤解した，といった記述は歴史書には書いてありませんけれども，編者は歴史書の記述をより具体的にするために，そんな話を作り出したとも考えられますし，また，当時すでに存在していた講談などの中に，そんなエピソードが語られていたのかもしれません。
　このように，小説の中の曹操は，董卓の手から逃げる途中で親戚の家に立ち寄り，叔父さんが親切に応対してくれたにもかかわらず，疑心暗鬼の塊となって一家を殺害してしまう。その際，自分を正当化するための捨て台詞を残して立ち去った，ということになっていて，この場面の発言から，曹操の性格は一つの方向が決定付けられ，「奸者」と「悪」のイメージを背負わされることになります。そして，そのイメージが小説全体を通して貫かれる，そんな仕掛けになっているように思われます。劉備を善玉として描くためには，それと対極的な位置を占める人物がいた方がわかりやすい。曹操こそは，まさしく，劉備の「善」を逆説的に強調するために作り上げられたキャラクターであると言えるのではないでしょうか。
　さらに，次にお話しするエピソードも，曹操の「奸者」としてのイメージ作りに大いに貢献しているように思います。「連環の計」の場面でご紹介しましたように，白門楼で呂布の命を断った後，曹操は劉備らとともに本拠地である許都に帰還し，献帝に仕えますが，劉備が漢王朝の血筋を引くことから，曹操陣営の中には，劉備が単独で天下を狙っているのではないかと疑う連中が現れます。それに対して曹操はとりあえず，かつての友好関係を重視してそうした疑心を打ち消しますが，一方で，曹操自身も次第に天下統一への野望を抱くようになり，二人の緊張

関係は微妙な段階に達していきます。劉備としては、漢王朝再興を望んではいるものの、確固たる地盤を持たない以上、ただちに行動に移すこともできず、疑心を抱く曹操の前では野心の無いことを無理に装ってみたりします。有名な「酒を煮て英雄を論ず」の場面では、そうした劉備の隠れた野心を見抜こうとする曹操とのやりとりが巧みに描かれていきます。

　そのような状況の中、荊州からもどった使者が曹操に報告し、劉表がなかなか曹操陣営に降ろうとしないことを伝えます。劉表は元来優柔不断な性格の持ち主で、天下の情勢を正しく読み解く力もないため、曹操に投降を迫られても、にわかには決断できずにいるのです。曹操の部下の張繡が、弁の立つ人物を派遣して劉表を改めて説得するよう曹操に進言すると、突然孔融が現れ、クセは強いが適任であるとして、一人の人物を推薦します。それが他ならぬ禰衡でした。小説の中で、禰衡は孔融の口を通して次のように紹介されています。「才能も学問も極めて高いのですが、ただ度量が狭く、人を傷つけるようなことを平気で言ってのけます」。劉表と親密な間柄であることを理由に、孔融は敢えて禰衡を曹操に紹介したのですが、このことがきっかけとなって、曹操自身の陰険な性格がはっきりと暴かれることになってしまいます。これは私自身の個人的な考えですが、小説の編者がここで禰衡という奇矯な人物を登場させ、曹操に面会させる場面を設定したのは、曹操の「奸」なる側面を強調するという明確な目的があったからだと思います。その点を確認する意味で、禰衡と曹操とのやりとりを詳しくたどってみることにします。

　孔融の進言を容れて、曹操はただちに禰衡を呼び出します。面前にやって来た禰衡は当然、曹操に対してきちんと挨拶をします。ところが、曹操は禰衡を席に座らせず、立ったままの姿勢で応対させます。そんな屈辱的な応対をされては、名士をもって自認する自尊心の強い禰衡が黙って指示に従うはずはありません。たちまち怒りを爆発させます。二人のやりとりを、小川環樹・金田純一郎訳『完訳　三国志』（岩波書

店, 2011年) によって示しますと,

 禰衡:「天地は広大であるにもかかわらず, どうして人物が一人も
  いないのか」

禰衡の発した失礼極まりないこの言葉を聞いて, 曹操も黙っているわけ
にはいきません。

 曹操:「わしの配下には数十人もの人物がおる。みな当世きっての
  英雄じゃ。一人もいないとは何事か」

それを聞いた禰衡は, 曹操配下の武将たちについて各自の才能をひとと
おり披瀝するよう求めます。それに対する曹操の答えは次のようなもの
でした。

 曹操:「荀彧, 荀攸はどちらも智謀の士, 蕭何, 陳平も及ばぬほど。
  張遼, 許褚, 李典, 楽進は勇猛そのもの, 岑彭, 馬武も比べ
  ものにならぬ。呂虔, 満寵を従事とし, 于禁, 徐晃を先鋒
  とす。夏侯惇は天下の鬼才, 曹子孝は世間に知られた副将
  じゃ。人物がいないなどと言えようか」

この言葉を聞いた禰衡は真っ向からそれを否定し, 荀彧はせいぜい葬儀
の場でのお悔やみ係, 荀攸はせいぜい墓守が適任, 張遼は戦の際の太鼓
打ち, 許褚は放牧でもさせればよろしい, 李典は伝令係が関の山, 楽進
は書簡の読み上げ役, 呂虔は刀剣の研ぎ役, 満寵は配膳係, 于禁には土
塀を築かせ, 徐晃には屠殺係でもやらせるが良い, 夏侯惇は「五体満足
将軍」と呼び, 曹子孝は「賄賂好みの太守」と名付けるが良い, などと
歯に衣着せずまくしたてたものですから, さすがの曹操も堪忍袋の緒が
切れてしまいます。側にいた張遼も我慢の限界に達し, その場で禰衡を

斬り殺そうとします。しかし,そこはさすがに曹操のことですから,その場でただちに禰衡を処刑したりはしません。鼻息の荒い禰衡の自尊心をくじく作戦に出て,時を知らせるための太鼓打ちの役目を与えます。屈辱的な役職をあてがわれた禰衡は,しかしその場ではそれ以上反駁せず,黙って引き下がります。事態の思わぬ展開に,推薦した孔融もすっかり立場をなくしてしまいます。張遼はなおも怒りが収まらず,あんな無礼な輩をどうして生かしておくのですかと,曹操に詰め寄りますが,それに対する曹操の言葉は,いかにも「奸」そのものといった感じです。曹操はこう答えたのです。

 曹操:「この者,日頃から虚名だけは世間に広く伝わっておる。この場で殺してしまっては,天下の人にこのわしが度量の狭い人間だと噂されるじゃろう。禰衡のやつが自身の才能を吹聴しおった故,わざと太鼓係に任命してあいつの鼻をくじいてやったのだ」

まさに,「奸者」曹操の面目躍如といったところです。
 曹操の「奸者」としての性格はこれ以後ますます顕わになっていきます。建安五年八月初旬,曹操は参内した後,賓客を招いて大宴会を催し,鼓吏の禰衡に太鼓を打たせます。省内の規定によれば,太鼓を打つ者は真新しい着物に着替えて臨むことになっていましたが,禰衡は敢えて規律を破り,古着のまま登場して太鼓を打ち鳴らします。その音色は誰もが聞き入るほどの,すばらしいものだったようですが,服装が規律にかなっていないため,何故着替えてこなかったのかと,役人にとがめられます。すると禰衡は,意外な行動に出ます。着ていた古着を脱ぎ捨て,素っ裸になって,その場に立ち尽くしたのです。客人が大勢いる宴会の場でそんなことをされては,曹操の顔も丸つぶれです。怒った曹操が,廟堂の中で何たる無礼な真似を,と叱責すると,禰衡は次のようにうそぶきます。

第6講　小説に於ける善悪の強調　　77

禰衡：「君主を欺き天子をないがしろにすることこそ無礼というもの，俺は父母にもらった身体を見せて，身の貞潔なることを示したまでだ」

思わぬ反論に，曹操も黙ってはいません。

　　曹操：「貴様が潔白なら，濁った奴は誰だ」

禰衡はすぐさま答えます。

　　禰衡：貴様は賢者と愚者の区別がわからん，それは眼が濁っているからだ。詩経も書経も読まぬのは，口が濁っているからだ。忠言を聞く耳持たぬのは，耳が濁っているからだ。古今の出来事に通じぬのは，身体が濁っているからだ。諸侯を受け入れぬのは，腹が濁っているからだ。常に簒奪の気持ちを抱いているのは，心が濁っているからだ。俺は天下の名士にもかかわらず，鼓吏として使うとは，陽貨が孔子をそしり，臧倉が孟子をおとしめたようなもの。覇業を成し遂げようとする者が，これほどまでに人をばかにするとは。まさに匹夫の行いそのもの」

人格を全否定するに等しい暴言を浴びせられた曹操は，これに対してどう反応したか。誰しも興味津々たるものがありますが，なんと，意外にも曹操は平然として笑みさえも浮かべ，禰衡に対して使者となって荊州に行くよう命じます。孔融の推薦を容れ，使者として荊州に赴き，劉表を投降させることができたならば，高官に取り立てることを約束したのです。そして，命令を拒む禰衡にはお構いなしに，無理矢理馬に乗せ，荊州へと旅立たせます。
　こうしたやりとりの後，禰衡はやむなく劉表のもとに行きますが，ま

たしても失言が祟って劉表に嫌われ，今度は江夏の黄祖のもとに送られます。次々にたらい回しにされた挙げ句，結局禰衡は気の短い黄祖の手にかかって殺されてしまいます。

　これまで，曹操にたてつく禰衡の姿を，小説の描写に即して細かく追ってみましたが，ここで，こうした描写が何を意図して挿入されているかという問題を改めて考えてみたいと思います。この場面で最も印象的なのは，やはり禰衡という人物の奇矯な性格と歯に衣着せぬ言動です。徐々に権力を増しつつある曹操を前にして，臆するところなくその人格を徹底的に否定するだけでなく，規律を無視した，ほとんど無謀とも思える行動に出てみずから禍を招くところなど，むしろ無謀な奇人としか言いようのない存在ですが，編者の意図は，単に一人の奇人を登場させて曹操の度量を示すという，それだけの目的ではなく，そこには，もう一つ別の意図が隠されているように思います。つまり，どんなに気に食わない人物であっても，世間体を第一に考え，自分の評判が墜ちるような真似はしない。さんざん罵られても，その場は踏みとどまって体裁を取り繕い，ほとぼりが冷めた頃を見計らって，みずから手を汚すことなく，他人の手で禰衡を殺させる。曹操の深謀遠慮こそは，まさしく「奸者」としての性格を余すところなく示しているように思われます。そして，曹操の「奸者」としての性格が強まれば強まるほど，それとは対照的な存在である劉備の人徳が光りを増すことも，小説の編者は織り込み済みであったのではないかと思われます。

　以上，小説に登場して曹操を罵倒する禰衡という人物について考えてみました。曹操のイメージ作りに大いに貢献するエピソードであるように思われますが，ところで，この禰衡なる人物は歴史書の中ではどのような人物として記述されているでしょうか。ここでその点を確認しておきたいと思います。禰衡の伝記は『後漢書』「文苑伝」に記載されています。それによれば，禰衡は若くして弁舌に長け，人一倍気位の高い男であったようです。建安の始めに曹操のいる許という所にやって来た時，当時賢人の誉れ高かった陳長文や司馬伯達，あるいは荀文若や趙稚

長などを無能者呼ばわりして自分の存在感を誇示したことが記されています。安易に他人を認めない一徹な性格の持ち主だったようですが，20歳以上年上の孔融や楊脩とだけは親しく交わり，孔融が彼の才能を愛して曹操に推薦したことも記録されています。しかし，禰衡が病気を口実にして曹操に面会することを拒み続けたため，曹操の怒りを買うことになります。ただし，曹操は彼の才能を惜しんで殺さなかったようです。

　ところが，禰衡には太鼓をうまく打つ特技があったようで，それを知った曹操が宴会の席に彼を呼び出して太鼓を打たせたことがきっかけとなって，禰衡の運命が狂い始めます。太鼓の音色そのものは宴会に出席した人々をうならせるほど立派なものだったようですが，真新しい服装に着替えて打つという規則を無視して古着のまま打ったことがまず問題になり，さらに，打ち終わった後，禰衡が曹操に近づき，面前で素っ裸になったことから，曹操は公の席で赤恥をかかされた恰好になってしまいます。曹操はその場では笑いながら，「禰衡に恥をかかせてやるつもりだったが，逆にわしの方が恥をかかされてしまった」と言ってごまかしたものの，内心では禰衡の無礼な振る舞いを深く憎んだに違いありません。本心としては，自分の手で即座に禰衡を殺したかったものと思われますが，禰衡が才能の持ち主であることが世間に知られていたため，自分の手で殺してしまったのでは世間の人に度量の小さい人間だと思われてしまう，そんな思惑もからんで，荊州の劉表のもとに送って様子を見ることにします。劉表に面会した禰衡は初めのうち文才を認められて厚遇されたようですが，やはり持ち前の口禍がたたって劉表の機嫌をそこねてしまい，その結果，江夏の黄祖のもとに送られて，そこで殺されてしまいます。享年わずか26歳でした。

　このように，小説の中に描かれている禰衡と曹操とのやりとりは，ほぼそのままの形で『後漢書』にも記載があり，小説の編者が禰衡の奇矯な行動と言動に着目して曹操のイメージ作りに利用したことがわかります。もちろん，歴史書の記述をそっくりそのまま取り込んだわけではなく，とくに，小説の中の禰衡は曹操の人格を完膚なきまでに罵倒し否定

しますが，歴史書にはそうした具体的な面罵の記述は無く，小説になる段階でかなり強調されていることは確かですが，曹操とのやりとりに関する大枠が歴史書にすでに記載されていることも注意しておく必要があると思います。

「奸」に関連することとして，最後に一つ付け加えておきたいと思います。『三国志演義』の登場人物に関して「三絶」という言葉があります。これは清代になって『三国志演義』の原文を大幅に改訂した毛宗崗という人の言葉ですが，「三絶」つまり，「三つの観念についての傑出した人物」とでも申しますか，『三国志演義』には三つの比類なき人物がいる，という主張です。「三絶」とは何かと言いますと，「義絶」「智絶」「奸絶」です。「義」と「智」と「奸」の面で，その極点に立つ人物がいる，というのです。「義絶」は関羽，「智絶」は孔明，そして，「奸絶」は曹操である，と言っています。何事につけても抜け目のない，「奸」のイメージ，それを代表する人物が曹操である，と述べています。先ほど紹介した呂伯奢殺害とその直後に吐き出された曹操の台詞を見ますと，なるほどうまいことを言ったものだと納得してしまいますが，ただ，曹操の生きた三国という時代背景を考えてみますと，平時と違って戦乱の世を生き抜くための厳しい哲学，そんなものも曹操の性格の中に込められているような気がします。曹操に対しては，「治世の能臣，乱世の奸雄」という言葉もありまして，世が世だけに，平和な時代とはまた違った人生観のもとに行動したのが曹操であった，そんな見方もできるように思います。劉備が「善玉」の代表的存在として正道を歩むのに対して，手段を選ばず，時には他人を裏切ってでも自分の生き方を貫こうとする曹操。この二人の対照的な性格が『三国志演義』の世界に，より一層深みを持たせる効果をもたらしていることは，間違いないように思われます。その意味で，劉備と曹操との確執を追うことは，小説に込められた作者の意図を窺う意味でも，大切な切り口となり得るのではないか，私はそのように考えている次第です。

第7講　小説に於ける「義」の強調
　～関羽の登場～

　今回は主に関羽の話をしたいと思います。小説に於いて関羽が初めて登場する際の描写については、すでに「桃園結義」の場面でご紹介した通りです。出身地は現在の山西省の南端に位置する解良という所ですが、土地の豪族の横暴な振る舞いに我慢できず、その男を殺害したことから故郷を逐われる身となり、張飛の故郷・涿県に流れて行って劉備や張飛と出逢い、義兄弟の契りを結んで漢王朝再興を誓い合う、そんな話をいたしました。また、「連環の計」の場面で、呂布という不義なる男についてもご紹介しました。繰り返しになりますが、呂布という男は、小説の中のイメージとしては、義に薄いと言いますか、義を重んじない、次々に自分の上司を裏切って殺害する。それによって、より大きな見返りと言いますか、地位を手に入れようとする。物欲も非常に強く、スカウトされると簡単に寝返ってしまう、董卓から立派な馬をもらうと、ただちに目がくらんで、丁原という義父を殺害して董卓のもとに奔る、そんな不義の人物として描かれています。

　こうした「勇あって義なき男」、つまり一般に、武勇にのみ優れていて、精神的な支柱を持っていない男の代表格として、呂布が登場するのですが、その後の関羽の登場と活躍を念頭に置いた上で呂布の存在を改めて考えてみますと、単にそうした不義の人物をもってきてその際立った性格を描いて見せるということも、作者の目的の一つであるのかもしれませんが、もう一つ別の見方もできるように思います。それはどういうことかと申しますと、呂布の不義の性格というものは、一体何故物語の前半、それも冒頭の部分で、「連環の計」という大がかりな場面を用意して力を入れて書いてあるのか、ということが少し気になるところで

す。

　そこで，この話の後の部分を読み進めてみますと，呂布の後には関羽が登場する。劉備も張飛も併せて登場しますけれども，とくに関羽はその後の展開を主導する形で活躍の場が設定され，しかも劉備に対する忠誠心，これがきわめて強い。いわば，忠義の権化のような存在として描かれています。何があっても劉備への恩義は忘れない。そうした，いわば呂布の対極にいる男として関羽は位置付けられているように思われます。ということは，この二人の登場の仕方を考えてみますと，呂布の不義を最初に強調しておくことによって，対極にいる関羽の姿をますます印象付けることになるのではないかと，そう思われます。

　小説の編者というものは，歴史上の評判如何にかかわらず，小説の中味を，自分の思うように操って，人物像を操作することもできると思います。当然，その場合には，その当時世間に存在していた様々な伝説や逸話などが材料になっていると思いますが，文字化して一つの小説に仕立てる段階で，作者自身の抱いているイメージがかなり濃厚に反映されることになると思われます。また，そうしなければ小説としての面白みも半減してしまいますので，編者の腕の見せ所も，そうした点にあるのではないかと思います。私の考えでは，呂布という男の行動と生涯を細かく描いておいて，つまり，そこに不義の色合いを強く反映させておいて，その後に，対極にいる忠義の士である関羽を，満を持して登場させる。言い換えれば，描きたい対象，強調したい対象は，呂布ではなく，むしろ関羽の方であったと，そう考えています。

　小説が何をポイントとして描いているかということについては，様々な見方があってよいと思いますが，私としては，主要な筋は，劉備と関羽の交わりを中心とした，蜀の集団の人間模様，義によって結ばれた世界観を描くことにあるのではないかと思います。ですから，この関羽の存在，とくに，劉備との関係，あるいはそれを逆の意味で裏付けるような，曹操との関係，そういったものに焦点をあてて見ていくと，『三国志演義』の世界に託された一つの大きな筋道が見えてくる，そんな気が

します。今回はその点について深く掘り下げ，さらに詳しくお話ししたいと思っています。

　話のおおまかな段取りとしては，まず関羽と曹操のデビューの仕方，小説の場面で二人がどのように登場するか，それを検討して，続いて，関羽と曹操の関係，二人がどういった形で物語の展開に関わってくるか，そして，その二人の関係を通して，改めて関羽と劉備との結びつきについて考える，そんな形で先ほど申し上げたテーマを掘り下げてみたいと思っています。

　『三国志演義』という小説を考える上で，その元になった歴史書との対比，これはいつも重要であると思われますが，今回も，必要に応じて，歴史書の記述についても，原文を翻訳した資料をお示しして，小説への理解を深めていただきたいと思います。歴史家というのは，本来「三国志」の人物をどのように描いてきたか，ということと，それが，小説家によってどのように潤色されていったかということ，この両面を考える上で参考になればと思っています。

　まず，関羽の登場は，いわゆる「桃園結義」の場面，劉備と関羽と張飛の三人が，張飛の故郷である涿県というところで出逢って，衰退した漢王朝の再興を決意する，そういった場面から始まることはすでにお話ししました。後漢末に各地に発生した「黄巾の乱」と呼ばれる反乱，それを鎮圧するために義勇軍に参加する，その過程で三人が出逢う，ということになっています。桃の花の咲き乱れる庭園で宴会を開いて，生まれた時は違っても，死ぬ時は同じだ，といって酒を酌み交わして誓う，有名な場面ですね。そこから物語が始まりますが，まず，関羽の登場について，小説では次のように描かれています。涿県というところでの出来事になっていますが，関羽の出身地は，この涿県ではなく，山西省の解良県という所です。

　中国には二つの大きな河が流れていますが，そのうちの一つである黄河は北から南下して東に曲がり，山東省を通って渤海に注ぎます。解良県というのは，その黄河が北から南下して東流する，そのちょうど曲

がり角のあたりです。ところが，関羽が最初に小説に登場する場面では，もうすでに涿県に移ってきていまして，故郷を離れている理由を劉備に聞かれて，関羽自身が自己紹介の形で答えます。原文をたどりますと，「私は姓は関，名は羽です。もとの字は長生。後に改めて雲長と申すもので，河東郡解良県の出身です」。その後で，次のように述べています。「郷里の豪族に，勢力を笠に着て，人もなげな振る舞いに及ぶ者がいたので，そいつを殺してしまいました」。つまり，豪族を殺めたために，故郷にいられなくなって，各地を放浪している身として出てきます。5，6年間放浪していて，たまたま涿県にやってきて，そこで御触れ書きを見る。つまり，黄巾賊が次第に勢力を伸ばしてきて，社会不安が増大する，そこで，政府としては，討伐のための義勇軍を募る，その御触れ書きを見て志願しに来たという紹介をします。この点は，劉備や張飛も同じで，そこで三人が意気投合して，誓いを立てる，そんな場面から始まります。

次に，関羽の風貌はこんな風に描かれます。「身長は九尺，あごひげの長さは二尺」，身長に比して，ひげは非常に長いと思われます。胸のあたりまで垂れるような長い鬚を蓄えている。「重棗のような赤い顔」，この「重棗」というのは，熟した棗のことだと言われていますが，赤ら顔だったことを指しているものと思われます。しかも，唇が赤い。そして，「鳳凰の眼」。鳳凰の眼というのは，つり上がった目だと思いますが，次に，「蚕のような眉」。やはり全体的に見て，関羽の顔立ちは，「異相」ですね。登場の場面から，関羽は普通の人間とはかけ離れた容貌の持ち主として描かれている。実は関羽は物語の後半で神格化されるのですが，最初からそれを予告するような顔立ちとして描かれています。とくに，身長が九尺というのは，かなり背が高いことを表しています。しかも，体格ががっしりしていて，唇が赤い。男ではあっても，唇が赤い。そして，蚕のような眉をしている。これはぶ厚い眉を指していると思いますが，とくに唇が赤いといった表現の仕方は，他の小説や，あるいは英雄伝説などを見ても，将来，国を背負って立つような人物

は，これと似たような，特殊な容貌として描かれています。この点は，中国では伝統的にそのようでして，体型あるいは容貌がその人物の性格とか将来を見通す目安になる，そういった考え方があります。

　これは中国に限らず，アジアの他の国でも共通しているようでして，体格そのものは，あまり立派でなくても，例えば，日本では一寸法師の話であるとか，あるいは，中国では，関羽の息子として活躍する関索という男の物語がありますが，そういった人物も，非常に小作りではあるけれども，共通する特徴があって，唇が真っ赤で，今のイメージで言えば，まるで化粧したような外観をしている。唇の色が赤いということは非常に重要なポイントのようでして，小説は明らかにそういった文化的背景を背負って，関羽の描写を行っているものと考えられます。こうした，一見何気ない描写の中にも，当時の人々が持っていたイメージ，それが投影されているように思われます。

　次に，関羽のデビュー戦の様子について見てみましょう。劉備や張飛と義兄弟の契りを結んだ後の涿県での黄巾賊との戦い，それが関羽の初戦です。程遠志という黄巾賊の一味を，青龍偃月刀，これは関羽が持っている武器ですが，それで真二つに斬り捨ててしまう。そんな描写がありますけれども，ここは非常に簡単に描かれていまして，むしろ本格的なデビュー戦は，氾水関という所での戦いになるかと思います。その頃，董卓が専横を極めているということで，董卓討伐のための連合軍が結成されます。その時には，袁紹や曹操，あるいは孫堅や劉備なども連合軍に加わって董卓討伐に乗り出します。そんな戦いが繰り広げられることになりますが，そこに，董卓の配下の武将として，華雄という男が登場します。この男がなかなかの腕前で，連合軍の大将たちは次々に敗北してしまう。まず袁紹の部下である兪渉・潘鳳という二人の武将が出て行って華雄と対戦するのですが，たちまち負けてしまう。その様子を見た関羽が，もう自分が出ていかなければだめだということで，自ら志願して，華雄を討ち取らせてくれと頼む。ところが，当時の関羽は全く無名の武将で，何の官職も得ていない。当時の関羽の職位は馬弓手と

なっていますが，これは，馬の世話係で，非常に低い官職でした。そのため，体面を重んじる袁紹としては，あまり賛成できない。名も無い男が出て行っても，勝ち目などないし，仮に勝ったとしても，他の武将への示しがつかないということで，袁紹は反対します。しかし，曹操は袁紹とは違った考えを持っていて，関羽がそこまで言うなら試しにやらせてみようということになって，その才能を抜擢する。無名ではあっても才能さえあれば目をかけるという能力主義の曹操の考え方を反映した形になっていますが，ともかく，ここで関羽が華雄と対戦することになります。

　曹操が出てきたついでに触れておきますと，曹操は小説の中ではいわゆる「奸雄」として描かれています。「奸雄」という言葉が持つニュアンスは，あまりいいイメージではなく，知恵者ではあるが，悪巧みに長けている，そんな含みを持った言葉です。曹操はまさにそうした一癖も二癖もある，油断のならない人物として描かれています。小説の中では，この「奸」の側面が非常に強調されていますが，一方，歴史書である『魏書』の伝を見ますと，それとは少し違ったニュアンスが伝わってきます。それほど悪い人物としては描かれていないのです。むしろ，他人の才能を見抜いて，それを抜擢する。官職の有無にかかわらず，本人の能力そのものを積極的に評価しようとする姿勢が見えます。小説に於いても，時々ですが，そういった，歴史書に記述されているような側面も取り込まれています。

　少し脇道にそれてしまいましたが，氾水関の戦いの場面は，関羽が華雄と対戦するにあたって，すでに与えられた過去の官職でなく，本人が持っている潜在的な能力にかけてみようとする曹操の人材抜擢の特徴がはっきりと示されている場面であると思います。曹操は出陣する関羽に向かって，励ます意味を込めて，一杯酒を飲んでから行くように，と指示します。熱燗を飲ませて景気を付けさせようとするわけです。しかし，関羽はそれを断ります。断るというよりも，その酒をそのまま取っておいてくれと頼む。そう言い終わると，馬に飛び乗って出陣し，いよ

いよ華雄との決戦になる。両陣営の武将たちは盛んに囃し立てる。鬨の声を挙げて、二人の対戦の模様を見守っていると、戦が始まったと思った瞬間、華雄の首が落ちて、一瞬で勝敗が決する。関羽の馬が戦場に躍り出た途端、早くも勝負がつく。周囲が唖然として見守る中を、関羽が悠々と引き上げて来て、華雄の首を曹操の前に投げ出す。そのとき、関羽が飲まずに置いていた酒はまだ熱いままだったと、そう書いてあります。酒の描写がここでは非常に効果的に使われていて、きわめて短時間のうちに関羽が敵将を倒したことを巧みに表現する効果を持っています。これ以後、関羽の名前が世間に知れ渡ることになります。

　このあたりから、関羽が物語の中心に躍り出てきます。その後の展開を見ますと、劉備の命令を受けて、関羽は下邳城というところの守備を任されます。劉備の二人の妻、甘夫人と糜夫人ですが、この二人を守りながら、下邳の城に駐屯する。下邳は、現在で言えば、山東省にある小さな町です。そこの守備を任される。ところが、その後曹操と敵対関係になり、曹操の計略にはまって、関羽はついに捕虜になってしまいます。しかし、いきなり捕虜になるわけではなく、関羽としては、劉備にしか師事するつもりはありませんので、なかなか投降せず、死を覚悟してあくまでも戦おうとする。ところが、曹操の配下に張遼という男がいまして、この男は昔から関羽の友達でしたが、その張遼が関羽のもとに派遣されて、関羽を投降させるための説得工作にあたります。

　その際、張遼はどんな風に関羽を説得するかと言いますと、関羽がこのまま曹操に決戦を挑んで戦死した場合、関羽には三つの罪が残るであろうと言います。そのうちの一つは何かと言うと、以前、桃園結義の際に、劉備と義を結んで、生死を共にしようと誓ったはずだ。ここで死んでしまっては、その約束に背くことになる。これが第一点ですね。次に、二番目の罪は何かというと、劉備の奥方二人を託されて守るべき立場にある。それなのに、ここで関羽一人が死を選ぶようなことになっては、誰が夫人を守るのか。劉備との約束に背くつもりか、と。この場では、生きて劉備の夫人を守るのが関羽の責務ではないかと諭します。そ

して，三つ目としては，ここで犬死してしまえば，将来劉備が仮に無事に生き延びていた場合，二度と会えなくなってしまい，劉備を補佐して天下を治めるという約束を果たせなくなるではないか。漢王朝の再興を果たしたとしても，その補佐役がいなくなっては，劉備が困るではないかと詰め寄る。張遼は最後に付け加えて，そうなっては，義が失われてしまう，といって，関羽に対して義という言葉を投げかけます。関羽としては，義を失う恐れあり，と言われては，もはや黙っているわけにはいかない。最も痛い所を突かれた形です。そうなると，関羽は，やおら奮い立つ，と言いますか，そこで目が覚める。義という言葉を張遼の口から言わせるところは，編者のうまいところだと思いますが，ともかく，ここで関羽はそれまでの決戦一辺倒であった姿勢を改めて，一時的に曹操に投降する選択肢を模索し始めます。さらに畳みかけるようにして，張遼は言います。ここは一旦曹操に投降しなさい。一時的に曹操に投降して，将来，劉備の居場所が判明したら，その時点で曹操の元を去って行けばよいと，そんな風に説得します。

　その言葉を聞いて，関羽はついに投降を決意しますが，関羽としては，無条件で投降するのではなく，曹操に対して三つの条件を提示し，それを認めてくれれば，投降に応じると言い出します。三つの条件とは何かと言いますと，まず，自分は曹操に降伏するのではなく，あくまでも漢の皇帝に降伏するのであると主張して，そのことを認めるよう要求します。これはよく考えてみるといかにも変な理屈でして，あまり筋の通らない話ではないかと思いますが，この場合の関羽としては，精神的に突っ張っていたいということではなかったかと想像されます。次に，二人の夫人の処遇に関しても，一つのことを要求します。それは何かと言いますと，夫人に与えられる物資は，曹操から与えられたものではなく，あくまでも劉備から与えられたものであるということにしてほしい。そういう立て前で給付することを求めます。これもいかにも体面にこだわった屁理屈のように思われますが，絶体絶命の窮地に追いやられた関羽としては，苦し紛れの要求であったように思われます。そして三

つ目が最も大事な点ですが，いずれそのうち劉備の行方が判明したならば，そこがどんなに離れていても，ただちに夫人を引き連れて訪ねていくことを認めてほしいと言い出す。常識的に考えても，三つ目の要求はあまりに身勝手な感じがしますが，ともかく，この三つの条件を了承してくれなければ，曹操には投降しない。そんな要求を突きつけます。

　一方，張遼はすぐさま曹操にそのことを報告します。曹操は，それを聞いて，どんな反応を示したかと言いますと，さすがに，二つ返事で全ての条件をのんだわけではなく，大いに戸惑います。関羽が提示した条件のうち，はじめの二つは何とか了承できるにしても，三つ目の，劉備の居所がわかったらただちにそこへ向かうことを許せ，という条件だけは，どうにも承服し難い。これはもっともな話でして，曹操がもともと関羽を生かしておいて捕虜にしようと思ったのは，関羽の武勇と義侠心に惚れ込んだからで，なんとしてでも関羽を自分の陣営に引き入れて味方にしたいと思ったからです。にもかかわらず，いわば一時の腰掛け的な場所として降伏されたのでは，そもそも捕虜にした意味が薄れてしまいます。そのため，最初のうち，曹操は難色を示します。そんな曹操に対して，張遼は一つの策を提示します。関羽は現時点ではそんな希望を述べ立てているが，今後いろいろな手を使って関羽を懐柔すれば，そのうちに気が変わって，曹操に仕えることを承知する日も来る。今は劉備のことが頭から離れないけれども，金銭や女性をあてがえば，いずれそのうち，目がくらんで，なびきますよと，そう進言する。それを聞いた曹操は，ようやく関羽の条件をのむことを承知します。このあたりの駆け引きも，劉備に対する関羽の義を強調するために設定された恰好のエピソードになっているように思われます。

　次に，これも小説からの引用ですが，降伏して一旦曹操の元に身を寄せた関羽が，その後どういった態度を見せたか，それについても詳しい描写がありまして，曹操としては，なんとかして関羽の気持ちを自分の方に向けさせたい，そのために，あの手この手で関羽を懐柔しようとします。そこで曹操が最初に行ったことは，関羽と劉備の二人の夫人との

間に男女関係を作って，劉備との精神的な距離を作り出すことでした。具体的に言えば，関羽と夫人とを同じ屋敷の中に住まわせようとします。しかし，関羽はその企みをいち早く見抜き，あらかじめ曹操に対して，夫人たちの住まいとして独立した別棟を用意してくれと要求し，さらに，夫人の屋敷を守る護衛の兵士は十人の老兵をもってその任務につかせたことになっています。何故老兵に護衛させたか，その理由については，ここで敢えて申し上げる必要もないかと思います。また，時には関羽自身が一晩中一睡もせず，屋敷の表に立って見張り役を買って出ることもあったようです。こうなっては，さすがの曹操の企みも実現するはずはありません。

　しかし，曹操はさらに次の手を打ってきます。倫理を乱す作戦に失敗すると，今度は物欲に訴えようとします。人間誰しも，生きている以上，最低限の物欲から逃れることはできません。関羽も人間ですから，その手で懐柔できると，曹操はそう考えたようです。そこで，綾絹や錦織，金銀の器や皿，そうした貴重な品物を次々に贈って，関羽の歓心を買おうとします。ところが関羽はその手にも乗らない。贈られた品々は全て劉備の夫人に与えて，そのまま保管させ，一切手をつけません。そこで曹操は，今度は宴会作戦とでも申しますか，食欲と色欲に訴える。ご馳走を用意し，美女を侍らせて，関羽のご機嫌を取り結ぼうとする。十人の美女があてがわれたことになっています。関羽の身辺に何人もの美女を侍らせて，いわば色仕掛けで関羽を寝返らせようとした。ところが，予期に反して，関羽という男は全く女性に興味を示さず，与えられた美女たちを全て，二人の夫人の身の周りの世話をする役目につけさせます。その上，定期的に夫人たちのご機嫌伺いに出向いて，あくまでも劉備に対するかの如く振る舞った。こうした一段も，劉備に対する関羽の義心を強調する手段として設定されているように思われます。

　そんなある日のこと，劉備への忠誠心を示す決定的な事件が起こります。関羽が着ている陣羽織を見た曹操は，それがいかにも古びていてみすぼらしいので，新しいものを作って関羽に与えます。曹操としては，

その当時，関羽が何故そんな古びた陣羽織を着ているのか，深くは考えなかったようです。ですので，関羽が倹約するために古着を身にまとっていると考えた。ところが，関羽としては，別に倹約するためではなく，その古着が以前劉備から贈られたものであったために，いつまでも大切に着ていたに過ぎない。曹操はそうした事情を知らずに，新しい陣羽織を与えたのです。結果的にどうなったかと言いますと，関羽は曹操からもらった新しい陣羽織を内側に着て，劉備から与えられた古いものをその上から羽織り，いわば二重にして身にまとったというのです。つまり，外から見える部分に劉備からもらった陣羽織を着た。それを目にした曹操が，関羽に理由を尋ねたところ，関羽は，見える部分に劉備からもらった陣羽織を着ることによって，いつも劉備が身近にいるような気がする，と答えます。

　これについては，いろいろな考え方があり得ると思いますが，日本的な感覚で言いますと，肌身に近い部分に，より親密な人の衣類を着けるようにも思いますが，中国はどうも反対のようでして，外見上見える部分の方に重きを置いている感じがします。この点などは，文化の違いとも関わるような気もします。それはともかく，関羽の本心を知った曹操は，ますます関羽の義に感動して，誠の義士だ，といって感嘆したとされていますが，口では褒めたものの，内心は愉快ではなかった，という言葉が付け加えられています。このあたりは，曹操の本音をよく表現しているように思われます。ここまでくると，さすがの曹操も，関羽の気持ちを変えさせることは到底困難であることを思い知ったのではないかと思います。

　さらに加えて，決定的な事態が起こります。関羽は普段から馬に乗っていましたが，その馬がかなり痩せていた。それを知った曹操が関羽に理由を尋ねたところ，関羽は，自分の身体が重いので馬も痩せてしまった，と答えます。そこで曹操は，今度は名馬を与えて，関羽のご機嫌をとろうとします。当時曹操のもとには，かつて呂布が乗っていた赤兎馬という名馬がいましたが，それを関羽に与えて，痩馬の代わりに乗るこ

とを許します。すると，それまで何を与えても喜ばなかった関羽が，曹操に鄭重なる感謝の意を表明します。態度を一変させた関羽に驚いた曹操が，その理由を尋ねますと，関羽の答えは，次のようなものでした。「私はこの馬が一日に千里を行くことを知っております。いま幸いにもこれをいただきました。兄上の居場所がわかれば，一日で対面することができます」。つまり，この名馬さえいれば，劉備の生存が明らかになってその居場所が判明した際，ただちに劉備のもとに駆けつけることができるから，というものでした。いついかなる時にも決して劉備への忠義心を忘れない関羽に，曹操は改めて感じ入ると同時に，関羽への懐柔がもはや無意味であることを最終的に悟った瞬間だったと思われます。原文には，曹操はそれを知って「愕然として後悔した」とあります。

　関羽に赤兎馬を与えるくだりは，小説の編者が創作した部分だと思いますが，私の見るところでは，あまり成功しているようには思えません。それは何故かと言いますと，曹操ほどの人物が，馬をもらった時の関羽の気持ちに気づかないはずはない。それなのに，何故わざわざ関羽に逃げるための足を与えるような贈り物をしたのか，そのことが疑問に思われるからです。関羽の義を過度に強調するあまり，編者が思わず策に溺れたのではないかとさえ思われます。赤兎馬を与えるというのは，作戦的には明らかに失策です。曹操ほどの人物の取るべき態度として，もっと他の方法はなかったのかと，改めて思いますが，しかし，一方で，その後の展開，つまり，五つの関所を突破して劉備の元へと走り去る場面を描くためには，この赤兎馬はやはり重要な鍵ともなることを考慮すれば，編者が加えた不用意な失敗とまでは言えないのかもしれません。

　以上，関羽と曹操とのやりとりをいくつかご紹介しましたが，小説では，次から次へと畳みかけて，関羽の気持ちがあくまでも劉備から離れないということを執拗に描いていきます。このあたりは，小説ならではの，なかなか巧みな構成になっているように，私には思われます。

その後，劉備が袁紹のもとに身を寄せて生きていることがわかると，関羽はただちに劉備のもとに駆けつけようとします。これは関羽が曹操に降伏した時点で，条件の中の一つに含まれていましたので，曹操としては，それを拒否することはできない。しかし，そうは言っても，自分から離れていく関羽を快く送り出すこともできない。曹操としては複雑な心境であったと思われます。そこで，曹操はどういう態度を取ったかといいますと，別れの挨拶に来た関羽に会おうとしない。固く門を閉ざして，関羽が別れの挨拶をする機会を与えないようにして，引き延ばし作戦に出ます。一方，関羽としては，黙って立ち去るのは礼儀に反するということで，やむなく手紙をしたためて，曹操のもとを立ち去ります。その際，曹操からかつて贈られた金銀財宝には一切手をつけず，蔵に残したまま施錠して立ち去ったと書いてあります。関羽の潔癖な一面を物語っているように思います。関羽が書いた置き手紙の中味の一部には，「（曹操から）新たに受けた恩義がどんなに深くても，昔からの義理は忘れ難いものです」という一節があります。この点は，すでにお話しした呂布の場合とは全く正反対でして，呂布の場合には，新たに恩義を受ければ，すぐさま古い恩義を忘れてそれに飛びつく。しかし，関羽はそうではなく，以前交わした劉備との約束は，あくまでも守り抜く。古い恩義をいつまでも大切にする，そうした関羽の考え方が強調されている一文であると思われます。

　しかし，曹操には面会できずに黙って立ち去る以上，曹操に対してはまだ恩返しをしていないという気持ちが関羽の中に残っています。そこで，手紙の文面の中に「将来恩返しをします」という予言を残しておきます。そうやって去っていきます。その予言が現実のものとなるのは，有名な「白馬の戦い」の場面です。袁紹の軍と曹操の軍とが対峙する，その際に，関羽が袁紹配下の武将である顔良という武将を斬り捨てて曹操軍を有利に導きます。その手柄によって，曹操への恩義を返すという設定です。それについては，今後機会を改めて詳しくお話しするつもりです。

曹操の陣営を立ち去った関羽が，夫人を連れて劉備のもとを尋ねていく，その途中の出来事も重要な見せ場の一つです。「五つの関所を通過して六人の武将を斬る」という有名な場面です。六人の武将の名前を挙げますと，孔秀・韓福・孟坦・卞喜・王植・秦琪ですが，こういった，曹操配下の武将たちを次々に斬って，苦難を乗り越えながら劉備のもとへと逃げ帰っていく。このあたりはかなりパターン化した描写も見られますが，関所に到達する度に怪しまれて捕らわれそうになる，その直前に関羽が一刀のもとに斬り殺して通過していく，そういった場面が繰り返されていきます。このあたりも，小説の編者が関羽の義を強調する手段としてうまく利用しているように思われます。ともかく，以上のような様々な経緯を経て，関羽はようやく劉備と再会することになります。
　ここで，歴史書の中の記述を見ておきたいと思います。『魏書』の中の「関羽伝」でも，やはり関羽の義というものをかなり描いています。劉備に対して忠誠を誓い，普段の行動も同様であったということを印象付けています。劉備と一緒にいる時には，一日中そばに付き従って立ち尽くし，劉備を守っていた。そういった描写がありますし，また，他にも，曹操のもとで捕虜になった時の様子も書いてあります。小説ほど詳しくはありませんが，関羽の義が読み取れる程度に記述されています。小説の編者はこうした歴史書の記述に基づいて，それをさらに敷衍し，時には尾鰭も付けて，段々と膨らませていったものと思われます。関羽の義は，歴史書の中の記述にも見られますが，小説ではそれをより一層強調するために，様々な工夫を凝らしているのです。
　以上述べたように，関羽の「義士」としての性格は様々な手段によって強調されていきますが，先ほどから何度も申し上げてきましたように，やはり，小説の中では，事前に呂布との対比があるがために，関羽を単独で取り上げるよりもさらに効果的に描くことが可能となったのではないか。小説の編者はそのことをはっきりと意識した上で，あらかじめ呂布の不義の振る舞いを設定したのではないか，私にはそのように思われます。その意味で，小説の編者の企みは見事に成功していると，私

は思っております。

　さきほどから，義という言葉を何度も使ってきましたが，義という言葉は，どういうものか。日本でも一般的によく使われる言葉ではあるのですが，中国では特に，仁・義・礼・智・信と並べて使いまして，五つの重要な徳目の一つです。義というのは，最近の字書の定義によりますと，利害を超えて他人のために尽くす心，結ばれる信頼関係，それを指す言葉のようです。人間の情理に従って，公共のために尽くすといいますか，それを義というようです。そういった解釈で充分かと思いますが，物事の道理にかなったことを，人間として行うべき道筋，それを義と呼んでいるように思います。曖昧な部分もありますけれども，関羽の人格の中にそうした理想的理念が込められていることは確かなことです。

　小説『三国志演義』は何を描いた作品かと問われれば，私は躊躇することなく，義の世界を描いたものであると答えます。もちろんそれだけではないと思いますが，しかし，非常に義に重点を置いた書き方がされていることも事実でして，それが最も強調されているのが，関羽という人物の行動と思考ではないかと思います。すでにお話ししました呂布の不義，関羽と真逆の性格を持った呂布という人物をまず登場させて，その後に，義の化身のような関羽を登場させる。それは，さきほど見ていただきましたように，対曹操への行動を通して集中的に表れますが，そこには，編者の隠された意図が込められているように思います。つまり，関羽の，劉備に対する義の気持ち，それが明確に示されている。関羽の人格として，最後まで義を重んじて離れない，そこにはやはり，編者が意図した世界が表現されているように思います。もちろん，関羽だけがヒーローではありませんから，孔明の活躍なども，当然考慮しなければいけないとは思いますが，いくつかある主な柱の，しかもその中の重要な柱は，やはり，関羽という人物が担っている，そのように思われます。

　一方で，曹操はどうかと言いますと，始めにご説明しましたように，

「奸絶」の代表格として描かれ，「奸」の側面が非常に強調されています。それが最も突出した形で表現される場面が，呂伯奢という人物の殺害事件です。歴史書の中での曹操は，それほど「奸智」を働かせるような，マイナスの側面ばかりを背負った人物として描かれているわけではありません。むしろ逆に，政治上の手腕とか，あるいは，他人の才能を見抜く目とか，人を信頼する力とか，そういう側面が中心になって描かれています。しかし，小説となると，そうではありません。小説の編者は，曹操の性格の一面，つまり「奸」の側面を大いに強調して，ひとつの方向に収斂させようとします。いわば，マイナス面を誇張して，どこまでもしたたかな，油断のならない人物に仕立て上げていきます。その意図はどこにあるのか，といった点はしっかりと考えるべきであると思いますが，一つの考え方としては，『三国志演義』という小説は，やはり劉備を中心とした世界観，劉備を正統とする立場に立って物語を展開していきますので，それ以外の人物を過度に評価して描くわけにはいかない。劉備が善玉であるとすれば，その対極に悪玉が必要になる，その役割を曹操が担わされた。そんな風にも考えられるように思います。ただ，これについては，さらに詳しい分析が必要かと思われますので，ここでは，私の個人的な感想程度に留めておきたいと思います。

　以上，今回は主に関羽の義を中心にして，それが曹操という人物とのからみでどのように描かれているかといった点を中心にお話ししました。次回は曹操に焦点をあてて，その性格と役割を探ってみたいと思います。

第8講　英雄の虚像と実像（1）
〜曹操の二面性〜

　今回は曹操の人物像について考えてみたいと思います。曹操の生い立ちと事績は『魏書』に記録されていますが、それと小説『三国志演義』の中の姿を比べてみますと、かなり違います。小説化された段階で、様々な人物の性格は、かなり色づけされたり、あるいは、本来備わっていたはずの性格が改変されたりといった、ある種の操作が行われがちですが、曹操の場合も、歴史書で伝えられている姿と、小説の中の姿とは、かなりの径庭がある、しかもその差がかなり激しいように思われます。それは何故かということも問題になろうかと思いますが、私の個人的な考えによりますと、やはり、関羽の義を強調するためには、あるいはまた、善人としての劉備、有徳の士劉備を印象付けるためには、それとは正反対の存在としての悪者が必要になる。そこで、その役割を担って登場するのが、どうやら曹操であるように思います。作者は意図的に、曹操の人物像、つまり本来歴史家がイメージしていた曹操の姿を、劉備を意識し、また関羽を意識するが故に、意図的にねじ曲げているのではないかと、そんなふうに思うのです。そのことを確認するために、まずは歴史書の中の曹操像について、いくつか特徴的な部分を拾って確認してみたいと思います。

　『魏書』「武帝紀」の冒頭の部分を見てみますと、どこの出身で、字は何か、あるいは先祖がどういう人であるか、といった事が簡単に書いてありまして、姓は曹、諱は操、字は孟徳である、と。前漢の宰相の子孫ということになっております。曹参という宰相の子孫だった。ですから、ある程度由緒ある家柄であることを示しています。ところが、「養子の曹嵩が爵位を継ぎ、大尉の官にまで出世したが、彼の出自について

は明確にできない。曹嵩は太祖を生んだ」とあります。つまり，曹操の先祖は由緒ある人物だったが，曹嵩が養子に入った段階から，どうも言葉を濁している感じがします。このあたりについて，歴史家はどう考えているのか，よくわかりませんが，曹操の出自については，純粋な王侯貴族の家系ではなく，外部の人の血が混じっているという，思わせぶりな表現になっています。曹操自身もそのことをある程度意識していたようで，そのことが曹操の人格形成に，ある程度影響を与えているのかもしれません。

曹操は若い頃，非常に機智に富んだ，男伊達気取りの，言い換えれば，任侠を重んじるタイプの人物であり，あまり品行方正ではなかった。したがって，世間では評価する人はいなかった，とあります。ただ，二人の人物だけは曹操に注目していた。その二人とは誰か。一人は梁国の橋玄，もう一人は南陽の華顒，この二人の人物が，曹操に対して次のように言った。「天下はまさに乱れんとしている，一世を風靡する才能が無ければ，救済できないであろう。よく乱世を鎮められる者は君であろうか」と。こうした記述から，曹操は一部の友人たちから，乱世を治める人物になるだろうと期待されていたことがわかります。これが正史の記述です。

次に出てくる『曹瞞伝』というのは，本来の「武帝紀」の本文ではなく，その注釈の部分に示されたもので，南北朝時代の裴松之という人が付けた注釈に挙げられている文献です。これは正史以外の，いわば当時のエピソード集のようなもので，やや正統からはずれた文献だったように思われますが，そこには，さらに興味深いことが書いてあります。その部分を読んでみますと，「太祖は」，つまり曹操ですね，「若い頃，鷹を飛ばし，犬を走らせて狩りをすることが好きで，限度の無い放蕩ぶりだった。彼の叔父は三度そのことを曹嵩に語った。太祖はそのことを，やっかいな事だと思っていた。その後，道で叔父に出逢った。そこで太祖はわざと顔面を崩し，口をひん曲げてみせた。叔父が不審に思ってそのわけを尋ねると，太祖は，突然ひどい麻痺症に罹ったと言った。叔父

はそのことを曹嵩に知らせた。それを聞いた曹嵩は，仰天して曹操を呼びつけたが，曹操の口の様子はとくに異変はなく，もとの通りだった。そこで，曹嵩は尋ねた。叔父さんはお前が麻痺病に罹ったと言っていたが，もう治ったのか，と。すると曹操は平然と答えて，まったく麻痺など罹っておりません，ただ，私が叔父さんのお気に召さないものですから，叔父が出まかせを言われただけですよ」と。そんな風に言い逃れしたというのです。それで，曹嵩は疑念を抱いた。以後，叔父が曹操について何か知らせてきても，曹嵩はまるっきり信用しなかった，と。太祖はその結果いよいよ勝手に振る舞うことができた。ここには，曹操の奸臣としての姿が描かれていて，なかなか悪知恵の働く男だったということがわかります。いわば，策士と言いますか，そういった雰囲気を伝えています。

　さらに，これは曹操が権力を握ってからの，役人になってからの事ですが，やはり同じく『曹瞞伝』という書物に，「太祖は尉の門に入ると，まず四カ所の門を修理させた。五色の棒を作らせて，門の左右にそれぞれ十数本吊りさげ，禁令に違反する者がいると，権勢のある者でも遠慮せず，全て容赦なくその棒で殴り殺した。その後，数ヶ月後に，霊帝が目をかけていた小黄門」，これは宦官で，当時，皇帝の取り巻きとして，皇帝のすぐそばにいて，いろいろと進言したり，あるいは逆に情報を遮ったりする，そういう連中がいたのですが，その内の一人，宦官である「蹇碩の叔父が」，夜間，禁止されているにもかかわらず「城門を通った」。すると曹操は，「即座にその人物を殺した」。それ以降，「首都の洛陽では禁令を犯して夜間外出する勇気のある者はなかった。近習や寵臣たちはみな彼を憎んだ」。つまり，曹操は周囲の者から憎まれることになった。しかし，法律で決められていたために，「曹操につけこむ隙がなかった」。「そこで一緒になって彼を称揚し」，曹操は「そのために昇進して，頓丘の令となった」。ここには，法律を厳守する曹操の姿がはっきり現れていると思います。それによって，当時の，権力を笠に着てずるいことをする連中を徹底的に懲らしめた，というエピソードに

なっています。これは曹操の一つの重要な性格を伝えているように思われます。

「布告」と言いまして，曹操があれこれと通達を出す。庶民に周知徹底するための，あるいは役人たちに守らせるための「通達」を出す，その「布告」の内容ですね。それを拾ってみますと，やはり曹操の，当時曹操に与えられていたイメージがある程度浮かんでくるかと思います。その一部をかいつまんでご紹介しますと，細かい内容は省略しますが，個人的な復讐というものを許さなかったことが載っています。さらに，贅沢な葬儀も禁止した。全て法律によって統一した，とあります。贅沢を禁止するということは，後にも出てきますし，個人的な復讐というのは，得てして法律を乱す恐れもあるわけでしょうから，そういうものは一律に禁止したようです。

次に，これも，法律を遵守するとはいえ，やはり，臨機応変の対応を取った曹操の姿が浮き彫りにされているかと思います。袁譚を討伐した時，氷を割る仕事を避けて逃亡した人民がいた。労働がきついので，仕事を放り出して逃げてしまう労働者もいた。寒いし，氷を割る仕事はいやだということで，逃げてしまう。すると，「布令によって降伏することを許さなかった」とあります。一旦逃亡した人物は，たとえ再びもどって来ても，あるいはとらえられたとしても，降伏することは許さない。しばらくして，逃亡した民のうち，軍門に出頭して自首したものがいた。いったん逃げたものの，もどってきて，自首して出たようです。すると，曹操は彼に向かって言った。「お前を許せば布告に違反する。お前を殺せば，自首した者を処刑することになる」。つまり，許してやりたいけれども，すでに布告を出しているので，違反になる。しかし，その場で殺してしまえば，いったん逃げてもどってきた者を全員処刑することになって，それもできない，ということでしょうか。そこで，「帰って深く隠れていろ」と言った。「役人にとらえられないようにしろ」と，そう言って，彼を逃がした。すると，その民は涙を流しながら去っていった。しかし，「後に結局逮捕された」となっています。事態

の詳しい事はこれ以上わかりませんが、この場で曹操は、法律の抜け道を捜して、その場にふさわしい臨機応変の処置をした、ということになるのだと思います。公につかまってしまうと罪に問う必要が出てくる。さりとて、その場で即座に殺すのも忍びない。そこで、こっそり逃がしておいて、法律の手の及ばないところにじっと隠れていろと言って見逃してやった。このあたりは、ある程度、曹操の「奸者」としてのイメージを窺わせるエピソードになっているように思います。

さらに、これは論功行賞に関わる事ですが、歴史書ではこの点を非常に評価していまして、曹操は功績の挙がった者には大いに衣冠を与えたり、褒美を与えたりして、取り立てたようです。それから、戦死した兵士個人に対しても、軽重の等級に従って、特別に待遇したことが書かれています。そうすることによって、公平な論功行賞を行って、兵士たちの人望を取り付けた、ということになろうかと思います。

さらに、これも正史に於ける曹操のイメージ作りとしては非常に重要な項目かと思われますが、この布告の趣旨は、身分の低い地位にある者も、推薦せよということです。その場合、才能のみが推挙の基準である。才能さえあれば、その者を起用するであろう、と。つまり、才能という基準によって、現在の身分の如何にかかわらず、推薦するように布告を出したのです。ここには、曹操の、才能を重視する姿、これが如実に表れているように思います。才能による人材の抜擢、何故そのような発想が生まれたか、という点ですが、これはやはり、私には、曹操の出自が関係しているような気がいたします。始めに見たように、曹操の先祖は由緒ある家系だったようですが、途中で宦官の血が混じっている。そのことが曹操の心に影を落とし、家柄や身分よりも才能を重視する姿勢につながったのではないか。この点はかなり重要なポイントであるように思います。ここではこれ以上踏み込むことはしませんが、曹操自身の出身のあり方とどこかでつながっているような気がします。

次もやはり公正な判断に関わる内容ですが、事態を判断するにあたって、どのようにすれば良いかということについての曹操の考え方を示し

ていると思います。人の短所というものをどう見るか，ということですね。品行が正しい人物はもちろん評価されるべきでしょうが，それだけで良いのか，という点についての曹操の考え方を示しています。要は，昇進させるにあたって，そうした，いわば過去の落ち度というものをあまりに過大評価して，それのみを任用基準にすると，適材適所というわけにはいかなくなるということを，曹操は言っているように思います。これも，先ほど申し上げたような，曹操の公正な人物採用，そうした姿を示しているものと思います。

続いて，法律を遵守する姿勢を示したものもあります。刑罰を担当するような人物，裁判に携わるような人物は，やはり，法律に明るくなければいけない。これは当然のことですけれども，その重要性を改めて述べていると思います。

最後に，これも，先ほど出ました，贅沢を禁止するということと関連する曹操の姿を表しているかと思いますが，時はまだ乱世であるという認識ですね，これが背景にあるように思いますが，そういう時代にあって，あまり豪華な埋葬をしてはいけないと。簡単な葬儀で済ませるようにという趣旨の通達であると思います。高貴な人物が亡くなると，金銀珍宝，これを副葬品として棺桶の中に入れたりするのでしょうが，そういうことはしてはいけないと，そう言っています。

以上，駆け足で，歴史書の中の記述，特に，布告，曹操の出した布告の中に表れている曹操の考え方を見てきましたが，今申し上げたことからだけでも，ある程度，曹操の性格に関する方向が見えてくるかと思います。一つは，何度も申しましたように，才能重視主義ですね。それから論功行賞を行うにあたっての公平性の確保，それから，贅沢の戒め，といった，どちらかと言うと，今の時代でも充分通用しそうな曹操の姿が，ここから浮かび上がってきます。歴史書としての『魏書』，これはおおむね，そういう方向で曹操のイメージを作り上げているように思われます。『魏書』の著者である陳寿がそのように記述しているのです。

一方，小説の中に登場する曹操を見てみますと，これまで申し上げた

ようなイメージとはかなり違った曹操像が見られます。小説では，はじめの方，第4回のあたりで，すでに曹操のイメージがかなり強烈に固定される決定的な場面が描かれます。この場面は，すでにお話しした，董卓が呂布によって討伐される「連環の計」の場面の直前に起こる事件なのですが，董卓が次第に横暴な振る舞いをするようになって，天下を狙ってきますので，これはまずいということで，漢の官僚たちは大いなる危機感を感じて立ち上がり，董卓を討とうとします。そこで，何度も董卓暗殺未遂事件が起こります。実は曹操も，その一端を担っていまして，董卓をこのままのさばらせておくわけにはいかないという義憤にかられ，秘かに刀を隠し持って董卓に近づき，これを暗殺しようとします。ところが，董卓の部下である呂布が，運悪くというか，運良くというか，たまたまもどってきまして，董卓の暗殺計画を見破る。曹操は窮地に立たされますが，うまく言い逃れします。つまり，珍しい刀が手に入ったので，董卓に献上しようとしたのだ，というようなうまい口実によって，その場を切り抜ける。馬の試乗を装って逃げます。しかし，暗殺を企んでいた事実が明るみに出て曹操はその地にいられなくなる。そこで，地方に逃げていきますが，逃げる途中で，珍宮という男，地方の役人をしていましたが，この男にいったんとらえられる。しかし，話をするうちに，やはり，漢王朝の行く末を憂うる気持ちは同じだということがわかって，珍宮は曹操とともに逃げることになる。

　曹操は珍宮とともに逃げていく。その途中で，呂伯奢という，曹操の親戚筋にあたる人物がいるのですが，これは本当の親戚というよりも，遠縁の親戚にあたるようですが，一応昔からの知り合いで，かくまってくれそうだということで，一時的にそこに身を寄せます。すると，呂伯奢は，快く曹操と珍宮を迎えて，二人をかくまう。一晩泊まっていけということで，屋敷に休ませますが，何しろ片田舎なので，人をもてなすようなうまい酒もない。そこで，町まで行って酒を買って来る，と言い残して，呂伯奢はいったん買い物に出ていきます。呂伯奢を待っているうちに，曹操と珍宮は，夜になったので休んでいましたが，厨房の方か

ら，刀を研ぐ音がする。シュッシュッという音がする。曹操はもともと疑り深いタイプの人間ですから，ここで疑心暗鬼にかられる。呂伯奢が自分たちを騙して，酒を買いに行くという口実を設けて，役所に通報しに行ったのではないかと疑う。自分たちを殺そうとしているに相違ないと思ってしまう。さらに，人々の話し声が聞こえてくる。「殺っちまえ」という声が聞こえてきます。曹操としては極度の不安に陥り，このままでは殺されてしまう。その前に先手を打って殺さなければ，と思い込む。そこで，いきなり，珍宮と一緒に，台所に入って行って，そこで調理していた人たちを皆殺しにしてしまう。八人くらいいた，ということになっています。ところが，殺した後で，厨房の中をよく見てみると，一匹のブタが吊されていて，そのブタを殺して二人にご馳走しようとしていたことがわかる。「殺っちまえ」というのは，実はブタを殺そうという意味だったわけです。しかし，もはや後の祭りで，曹操としては，呂伯奢の家族を皆殺しにしてしまった以上，その場にとどまることはできず，ただちに珍宮とともに家を出て逃げていく。

　逃げている途中で，酒を買いに行っていた呂伯奢が帰ってきたところに出逢う。呂伯奢は，二人に向かって，どうして急に立ち去るのかと尋ねますが，曹操としては本当の事は言えませんので，追っ手が来れば呂伯奢に迷惑がかかるから，急遽立ち去ることにした，というようないい加減な事を言って立ち去ろうとする。しかし，そこで曹操は考える。このまま呂伯奢を家に帰らせてしまえば，家族を皆殺しにした事実が発覚してしまう。そうなれば，必ず役所に訴え出て，追っ手が迫って来ることになるだろう。そうなっては元も子もない。ここで，曹操は悪役としての本領を発揮します。悪知恵を働かせて，その場で呂伯奢も殺してしまうのです。やり口としては，誰かが後ろからやってきた，というような事を言って呂伯奢を振り向かせ，その隙に一刀のもとに斬り殺してしまうのです。その一部始終を見ていた珍宮は，驚いて，先ほどは誤解が原因で家族を皆殺しにしてしまった。それはまだ過失とも言える。しかし，何の罪もない呂伯奢まで不意打ちによって殺してしまうとは何事

か，と詰め寄ると，曹操は次のように答える。これが非常に有名な言葉でして，「わしが天下の者を裏切っても，天下の者がわしに背くことは許さない」といった趣旨の言葉です。この一言によって，曹操は小説の中で，いわゆる「奸臣」としての地位を確立する，といいますか，自分中心に世間を動かすためにはどんな手段をも厭わない，といった，悪役としてのイメージを植え付けられることになります。小説では，比較的早い段階でこうしたエピソードが詳しく語られるものですから，その後のあらゆる場面にも，曹操にはそうした「奸者」のイメージがついて回ることになる。善人の劉備に対して，奸計をめぐらす悪役曹操，といった対立する構図が，こうして生み出されることになります。一方，それを聞いた珍宮は，さすがに，そこまで非道な曹操にはついて行けない，ということで，その場で曹操と別れて，別々の道を行くことになります。

　以上述べたように，小説『三国志演義』の曹操には，目的のためには手段を選ばず，といった自己中心的な性格が付与されていることは確かですが，一方で，必ずしもそうした情け容赦ない残忍な一面ばかりが前面に出てくるわけではありません。場合によっては，世間の道理をわきまえた，分別あるリーダーとしての顔も見せてくれます。この点をご説明するには，やはり一時的に捕虜となった関羽に対して曹操が取った態度を見ておく必要があるように思います。

　関羽は荊州の守備を任され，孤立してしまう。その結果，城外におびき出されて，もはや援軍も来ないため，絶体絶命の窮地に立たされる。そこに，友人の張遼という男が説得にやってくる。このまま犬死にした場合に関羽が背負うことになる三つの罪を述べ立てて，関羽に投降を勧める。関羽としても，反対に三つの条件を出して，それを曹操にのませた上で，一旦降伏する。そして，曹操の本拠地である許昌に連行される。その時の関羽の様子については，以前お話しした通りですが，ここで再び，曹操の側に視点を置いて考えてみますと，関羽としては，劉備の二人の夫人を連れていますので，彼女たちを守らなければならない。

関羽はその場で潔く死ぬことができない。ですから，劉備の二人の夫人を大切に扱うこと，俸禄もあくまで劉備から与えることにしてくれ，といった要求を出す。さらに，今回の降伏は，曹操個人に降伏するのではなく，あくまでも漢王朝に対して降る，漢のために一時的に自由を放棄するのだ，といった条件を出す。その上で，曹操のもとに身を預ける。さらに，劉備の居場所が判明したならば，ただちに曹操の元を離れて，夫人とともに一目散に劉備の元に駆けつけることを承知せよ，という条件まで飲ませる。曹操としては，関羽に翻意させて何とか自分の配下に置きたいと願っていますので，三つ目の条件だけは，なかなか飲みにくい。いずれ劉備の元に去ってしまうのであれば，一旦降伏させても，あまり意味はない，と考えるのも当然といえば当然でしょう。そこで，曹操としては，三つ目の条件を飲むことをしぶるわけですが，張遼がさらに説得する。劉備は居場所もわからないし，すでに死んでいるかもしれない，関羽も，あの手この手で懐柔すれば，いずれそのうちに心変わりする日も来るであろう，というようなことを言って，曹操の了承を取り付けます。

　明らかに不利な立場にいる関羽を相手にして，関羽が提示した降伏条件，とくに三つ目の条件をも了解した曹操の心境を考えると，決断に至るまでには相当の葛藤があっただろうと思われますが，ともかく曹操はそうした無体な要求を突っぱねることもなく，素直に張遼の進言に従った。ここには曹操という人物の度量の大きさが窺えるように思います。こうして，一時的に関羽は曹操の捕虜になり，その後，様々なやりとりがなされるわけですが，何としても自分の方に心を向かせようとする曹操と，その誘惑をきっぱりと断って，あくまでも劉備と交わした義を忘れない関羽。そうした二人のすれ違いと申しますか，曹操の片思いと言いますか，そうした状況が小説の中にはかなり詳しく描かれていますが，関羽に対して取った曹操の一連の態度は，「義」を重んじる曹操の重要な一面を語っているように思われます。

　一時的に曹操の捕虜となっていた関羽は，その後劉備生存の情報を耳

にして，約束通り曹操の元を離れていきます。劉備のもとへと奔る関羽を送り出す曹操の態度の中に，曹操の性格が現れています。

　関羽や張飛と離ればなれになった後，劉備は袁紹の元に身を寄せて再起を図りますが，そのうちに，ある事をきっかけとして，関羽の耳に劉備の情報が入る。すると，関羽はただちに行動を開始して，二人の夫人とともに劉備の元に駆けつけようとする。このことは，降伏する時点で，三つの条件の中に入っていましたので，関羽としては，いわば当然の権利であって，別に曹操の諒解が無くても，立ち去ることはできる。しかし，かつて命を助けられた恩義もありますから，手ぶらで曹操の元を離れるのも忍びない。そこでどうするか，と言いますと，やはり，手柄を立てて，曹操に対して，形式的であるとはいえ，恩返しをしてから立ち去ることにする。そこで，袁紹の手下を二人，立ちどころに斬り捨てて，曹操への置き土産にする。そうなると，曹操としては，もはや如何ともし難いわけですが，そうは言っても，いざ関羽が去るとなると，気持ちの上では面白くない。そこで，別れの挨拶に訪れた関羽にも，理由をつけて会おうとしない。しかし，関羽としても，いつまでも面会が許可される時期を待っているわけにもいかない。そこでやむなく，置き手紙を残し，曹操からもらった全ての財宝類には一切手をつけず，そのまま封印して，曹操の元を立ち去ることにする。曹操から賜った「漢寿亭侯」という立派な印綬さえも，そのまま置いて行く。

　その後，劉備の元に無事到着するまでの間に，関羽は五つの関所を通って，六人の曹操の武将を斬る。一方，曹操は関羽を追いかけていきたいところですが，敢えてそうしない。逃げていく関羽を追いかけて行って殺すこともできたはずですが，結局劉備の元に逃がしてやる。曹操としては，五つの関所のどこかで関羽を遮って，捕縛することもできたわけですが，やはりそうしなかった。ここには，かつて交わした約束を守る曹操の義理堅い性格が現れているように思います。最終的に劉備との再会が実現するまでには，その他にもまだいろいろと困難が待ち構えていますが，小説では，その間のいきさつもまた，なかなか感動的に

描かれています。これが有名な関羽の「千里独行」の場面です。曹操が逃げていく関羽に贈り物を届けると，関羽は馬に乗ったままそれを受け取る。それは，関羽の用心深さを示すと同時に，そうした失礼な行為を敢えて許した曹操の寛容さをも示す場面であるように思います。

　こうした場面について改めて考えてみますと，曹操も，ある意味では，関羽の義というものを評価し，尊重しているように思われます。関羽の義に曹操も惚れ込んでいる，それを認めている，ということになります。その意味では，曹操でさえも，関羽の引き立て役となっている，と言えないこともないように思います。あくまでも一つの見方ではありますが。以上のような場面を詳細に描くことによって，関羽の義というものが，大々的にクローズアップされる。そういった効果を持っているように，私には思われます。

　ところが，曹操もなかなかしたたかな一面を持っていて，関羽の義侠心を逆に利用して生き延びる手段として使うこともあったようです。これもかなり有名な場面ですが，ご存知の「赤壁の戦い」に続く場面です。曹操は，許昌に本拠地を構えて，北から大軍を派遣して劉備と孫権の連合軍に迫ってくる。中国には二つの大きな河がありまして，北の黄河と南の揚子江，いわゆる長江ですが，この長江の支流を利用して，船団を組んでやってくる。戦力的に見ると，曹操の軍隊は圧倒的な強さを誇っていて，勝負は時間の問題であるように見えるのですが，そこで，劉備陣営の参謀である諸葛孔明が大活躍します。水上での戦いに慣れていない曹操の水軍を策略によって見事にうちのめし，大敗を喫した曹操は命からがら，ほうほうの態で逃げていく。生き残った兵士の数は次第に減っていき，最後は数えるほどしかいなくなって，敗残の兵を連れて，曹操は逃げていく先々で命を落とす寸前の状態に立ち至る。

　そうした中で，曹操が華容道という峡谷にさしかかると，そこには関羽が待ち構えている。これは，実は孔明があらかじめ曹操の逃げ道を予測して関羽に守らせていたのですが，その華容道にさしかかったところで，関羽と遭遇する。曹操の兵士はすでに戦意も失せて，絶体絶命に陥

りますが，この場面でも，関羽は持ち前の義俠心を発揮してしまう。かつて，曹操の元で捕虜になっていた時に，劉備の生存情報を得てただちに劉備の元に逃げ戻った際に，曹操は敢えて追撃せずに，命を助けてくれた。その恩義を忘れたわけではあるまいと，曹操に指摘されると，関羽はたちまち板挟みになる。孔明との約束，つまり，仮に曹操を討ち取れなかった場合には，首を差し出す，という約束があるために，曹操をそのまま逃がすわけにもいかない。さりとて，曹操をその場で情け容赦なく斬り殺せば，かつて被った恩義に背くことになる。関羽としては板挟みになって，どうにも身動きが取れなくなりますが，結局，曹操に涙ながらに懇願されると，息の根を止めることはできず，その場から逃がしてしまう。板挟みとなって苦悶する関羽の姿が非常に感動的に描写されています。こうした場面でも，やはり，関羽の義というものが背景にあるのですが，それをうまく利用する曹操の「奸者」としての一面も垣間見えるような気がします。捕虜になっていた関羽が曹操の元を立ち去る場面と，この華容道の場面は，つながっていて，いずれも，関羽の義理堅い性格，板挟みになりながらも，やはり義というものに忠実な，関羽の姿が浮き彫りにされる場面です。これもやはり，曹操という人物を通して，関羽の義が強調される場面であろうと，私は考えています。

　以上，今回は主として，歴史書の中に記録された曹操の姿と，小説の中で潤色されていく曹操の姿を対比することによって，曹操に付与された二面性についてご紹介しました。

第9講　英雄の虚像と実像（2）
〜関羽の二面性〜

　前回，曹操の性格に見られる二つの側面についてお話ししましたが，今回は関羽についても同じような傾向が見られることを指摘してみたいと思います。ご存知のように，関羽は小説『三国志演義』の中ではまさに英雄と呼ぶにふさわしい性格と活躍の場を与えられていますが，他の多くの英雄がそうであるように，小説化される以前は語り物として個別に伝承されてきたという背景も手伝って，必ずしも一貫性を持った，統一のとれた姿を見せるとは限りません。それどころか，逆に，一見理解し難いような，常識からはずれた行動をしてしまうこともあります。ここでは，そうした側面が小説の中の関羽にも見られることを，具体例を挙げてお話ししてみたいと思います。

　さて，長編白話小説『三国志演義』が文字化されて以来多くの読者を獲得し，明清時代を通じて多種多様なテキストが数多く刊行されたことはよく知られています。しかし，『三国志演義』の最も早い時期の形態，つまり「祖本」と言っても良いと思いますが，それが手書きの抄本であったか，それとも版木に彫られた刊本であったかは，未だに明らかにされていません。すでにお話ししたように，「祖本」の形態が確定されていない現段階に於いて，現存する版本のうち最も刊行年が古いと推定されるのは，明の嘉靖元年（1522年）の庸愚子の序を有する，いわゆる「嘉靖元年本」ですが，近年の研究の進展によって，嘉靖元年以後に出版された版本，例えばスペインに流出した「葉逢春本」（1548年序刊本）や，それと同系統に属する「双峰堂本」（1592年刊本）などの中にも『三国志演義』の「祖本」の片鱗が様々な形で残されていることが明らかになりつつあります。

『三国志演義』の「祖本」がどのような形態を持つものであったかという点については，研究者の間で様々な議論が行われていて，今後引き続き探求すべき興味深い問題ですが，それと同時に，明代以降続々と刊行された異なる版本の間で，物語の展開や人物の性格にどのような変化が見られるかという点も，版本研究と並んで重要な研究課題として位置づけることができるように思います。新たな版本の刊行によって，版式の変化や図版の有無など，書物の物理的側面が多様化していくことは当然ですが，形式の変化というものは得てして内容そのものの変化をも伴うものでして，人物像について申しますと，同一人物であっても，新たな版本に於いては別の新たな性格が付与される可能性があります。『三国志演義』はもともと史実をふまえて成立した物語ですから，その大枠を全面的に変えてしまうことはできないにしても，細部について微妙な変更を加えることは可能ですし，そうした操作を通じて刊行者自身の主張を盛り込んで独自性を際立たせることもできるからです。

　そこで，今回はとくに，明清二代にわたって刊行された『三国志演義』の幾つかの版本の間で人物の性格や行動にどのような変化が生じたかを明らかにしてみたいと思いますが，その手始めとして，まずは『三国志演義』の中心人物の一人である関羽を取り上げて，主要な版本の間で関羽の行動や性格がどのように変化しているかを検証してみることにします。それによって，関羽に対して従来付与されてきた一般的なイメージに関して，これまでとは異なる新たな一面が浮かび上がって来るのではないかと思います。

　小説『三国志演義』の中で関羽が物語の中心に位置する重要な人物であることはすでに何度もお話しした通りです。劉備に絶対的な忠誠を誓い，赤兎馬に跨がって，青龍偃月刀を振りかざしながら華々しく活躍する関羽ですが，そうした「忠義の英雄」としての関羽のイメージが最も強烈な形で最初に読者に植え付けられるのはどんな場面かと言いますと，既にお話ししましたように，それはまず，董卓配下の武将である華雄との一戦を描いた「氾水関の戦い」であると思われます。この場面で

は，袁紹・曹操・孫堅・劉備らの連合軍が天下取りの野望を抱いた董卓の討伐に立ち上がり，関羽が自ら志願して敵将華雄との一騎打ちに臨みます。対戦するやいなや，酒も冷めきらないわずかな時間に華雄の首を討ち取って凱旋する関羽は，このデビュー戦によって英雄としてのゆるぎない地位を確立することになります。そして，その後の数々の戦陣に臨む際にも，常にそうした勇ましいイメージを背負うことになります。余人を圧倒する無敵の関羽，いかなる相手に対しても正々堂々と渡り合う義に厚い関羽，そうした威風堂々たるイメージが，この「氾水関の戦い」によって固定されていきます。

しかし，こうした関羽のイメージは，いついかなる場面に於いても普遍的に維持されているかと言いますと，決してそうではありません。場合によっては，大きくイメージの変更を余儀なくされることもあります。そのことを示すために，これから「白馬の戦い」で有名な顔良との対決の様子を細かく分析してみることにします。

説明をわかりやすくするために，まず簡単に場面の紹介をしておきましょう。

曹操に攻め入られて根拠地としての小沛を失った劉備は，ただひとり袁紹のもとに逃れ，張飛とも離ればなれになってしまいます。一方，関羽は劉備の二人の夫人を守って下邳に籠城しますが，曹操の巧みな戦術によって城からおびき出され，やがて包囲されて孤立し，一旦は玉砕を覚悟するところまで追い詰められます。しかし，その後，同郷の友人である張遼に説得された結果，条件付きで曹操に降ることになります。投降した後も，あくまでも劉備に対して忠誠を誓う関羽は，曹操の度重なる懐柔策にも心を動かさず，ひたすら劉備との再会を待ち望んで，曹操への恩返しを済ませた後に必ず劉備のもとに赴く決意を崩そうとしません。そんな折，恩返しのための絶好の機会が訪れます。それが「白馬の戦い」です。

ここで「白馬の戦い」の場面について簡単に紹介しますと，まず袁紹が曹操に対して攻撃を仕掛け，配下の大将・顔良が大いに活躍します。

これに対して，曹操の部下である宋憲と魏続がまず顔良と対戦しますが，二人ともたちどころに斬り殺されてしまいます。ここで，程昱の推薦を得た関羽が満を持して登場し，顔良の陣営に単独で乗り込み，いともたやすく顔良に近づいて，一刀のもとに彼を斬り殺します。「白馬の戦い」は関羽のその後の活躍を予告するための重要な見せ場になっています。

ところで，清代に幅広い読者を獲得した「毛宗崗本」『三国志演義』の第25回では，この場面を次のように描写しています。説明を分かり易くするために，ポイントとなる部分に下線を引いておきました。

　　關公奮然上馬，<u>倒提青龍刀，跑下山來</u>，鳳目圓睜，蠶眉直豎，直衝彼陣。河北軍如波開浪裂，關公逕奔顔良。顔良正在麾蓋下，<u>見關公衝來，方欲問時</u>，關公赤兔馬快，早已跑到面前。顔良措手不及，被雲長手起一刀，刺於馬下。忽地下馬，割了顔良首級，拴於馬項之下，飛身上馬，提刀出陣，如入無人之境。河北兵將大驚，不戰自亂。曹軍乘勢攻擊，死者不可勝數，馬匹器械，搶奪極多。關公縱馬上山，眾將盡皆稱贊。公獻首級於曹操面前・・・・・

この部分について，「毛宗崗本」を底本とした井波律子氏の翻訳では次のように訳されています。

　　関羽は猛然と馬に飛び乗り，<u>青龍刀を逆手に持って，山を馳せ下った</u>。鳳凰のような眼をカッと見開き，蠶のような眉をピンと立て，まっすぐ敵陣に突っ込むと，河北の軍勢は大きな波のように二つに割れ，関羽はただちに顔良めがけて攻め寄せた。ちょうど傘の下にいた顔良は，<u>関羽が突撃して来たのを目にして，何か言おうとしたとき</u>，駿足の赤兎馬はすでにその前面に迫っていた。顔良は体勢を整える暇もあらばこそ，関羽の一太刀を浴び，刺し殺されて馬から転がり落ちた。関羽はパッと馬から飛び下り，その首をかき切っ

て、馬のうなじにくくりつけると、サッと馬に飛び乗り、刀をひっさげて敵陣を駆け抜けた。そのありさまは、無人の境地を行くようであった。びっくり仰天した河北の将兵は戦わずして大混乱に陥り、そこを曹操軍が勢いに乗って攻めたてたものだから、河北軍の死者は数えきれず、曹操軍が奪い取った馬や軍需品の数量もきわめて多かった。関羽が馬を飛ばして山に登って来ると、部将たちはこぞって祝いの言葉をかけた。関羽が曹操の前に顔良の首を捧げると、・・・・・（井波律子訳『三国志演義』、ちくま文庫、下線は引用者による）

　ここでは、関羽が人並みはずれた武勇を発揮して単独で敵陣に乗り込み、顔良を一刀のもとに討ち取る様子が生き生きと描かれています。この部分を「毛宗崗本」によって一読した限りでは、顔良の陣営に乗り込んで一気に手柄を立てる関羽の勇壮な戦いぶりだけが強く読者に印象付けられることになります。しかし、改めて考えてみますと、個人対集団の戦闘場面として見た場合、この部分の描写には明らかに不自然な点があるように思われます。とくに下線を施した部分には大いに疑問が残ります。さらに詳しく見てみましょう。
　まず、原文に「倒提青龍刀（青龍刀を逆手に持って）」とありますが、「倒提（逆手に持つ）」とはどのような持ち方でしょうか。通常の解釈によれば、言うまでもなくそれは、刀の向きを変えて逆さまに持つことを意味するはずです。本来ならば、戦闘に臨む際には武器の刃先を相手に向けて持つのが常識です。ところが、関羽は「倒提」、つまり柄の部分を敵に向けて突き進んでいます。これはいったい何を意味するのでしょうか。考え方によっては、腕に自信のある関羽の余裕綽々たる様子を強調するための意図的な描写であるとも考えられますが、しかし、関羽がどんなに腕に覚えがあるといっても、数多の軍勢を前にして取る態度としてはあまりにも自信過剰で、どう考えても不自然であるように思われます。小説の編者は何故この場面に「倒」の一字を加えたのでしょ

か。この点は改めて検討しなおす必要があるように思われます。

　さらに言えば，突進して来る関羽を迎え撃つ顔良の態度も大いに理解に苦しむものです。原文には「方欲問時」とあります。翻訳では，この部分は「何か言おうとしたとき」と訳してありますが，これは意訳であって，「問」は文字通り「質問する」ことです。つまり，顔良は突進して来た関羽に対して何か「尋ねようとした」のです。しかし，改めて考えてみると，戦闘の最中に「尋ねる」というのはいかにも悠長な話でして，突撃して来た相手に対して取る態度とは思えません。戦闘意欲をむき出しにして向かって来る敵将に何かを「尋ねる」余裕などあるはずもないからです。武器を「逆手に持つ」関羽と，戦闘の最中に何かを「尋ねる」顔良。二人のこうした態度は，生死を賭けた戦闘の場面にそぐわない不自然なものを感じさせます。これは一体どういうことでしょうか。

　「毛宗崗本」に於ける「白馬の戦い」の描写に関する疑問は先ほどお話しした通りですが，私自身の結論を先に申しますと，実は，この場面は単に関羽と顔良との一騎打ちの場面として読むべきではなく，背後に横たわる，もう一つ別の文脈を導入して理解すべきものであると考えます。この点理解するために，ここで，先ほど見た関羽の態度をもう一度思い起こしてみますと，関羽は顔良に近づくにあたって，戦闘意欲を露わにしていないことがわかります。猛スピードで近寄って行ったのは事実であるにしても，刀を「逆手に持って」突進したのですから，関羽の態度は明らかに，戦いに挑むもののそれではなく，待ち受ける顔良もまた，そのことを充分認識していたが故に，「方欲問（まさに尋ねようとする）」という態度に出たものと考えるのが自然かと思われます。ところが，予期に反して，関羽は至近距離まで近づいた後，一刀のもとに顔良を斬り捨て，その首を曹操のもとに差し出した。常識的に見れば，これではまるで不意打ちに等しく，関羽の勇猛さを示すどころか，逆に関羽の卑怯な一面を誇張しているようにさえ思われます。戦闘場面にふさわしくないこのような中途半端な描写が，小説に何故盛り込まれてい

るのか。この疑問を解く鍵は，実は異なるテキストの描写と比較することによって見つけ出すことができます。異なるテキストというのは，他でもなく，現存する中の最も古い刊行年を記した「嘉靖元年本」『三国志演義』です。ここで，この点についてさらに考察を加えてみたいと思います。

　現時点で私がたどりついた結論としては，さきほど指摘した関羽と顔良の一騎打ちの場面に見られる不自然な状況は，実は「毛宗崗本」がそれ以前のテキストに存在した字句の一部を不用意に，あるいは意図的であったかもしれませんが，あっさり削除してしまったことから起こったものであると思います。以下，その点について詳しくご説明しましょう。

　「嘉靖元年本」『三国志演義』を見てみますと，問題の部分を以下のように描写しています。なお，この部分の「則題」，つまりこれは，段落ごとの「小見出し」のようなものですが，それが「関雲長策馬刺顔良」となっていて，殺害することを示す動詞として「殺」や「斬」でなく「刺」の字が用いられていることは，後に展開する議論との関係上とくに注意していただきたいと思います。さきほどと同じく，下線は同じく私自身が施したものです。

> 公奮然上馬，<u>倒提青龍刀，跑下土山，將盔取下，放於鞍前</u>，鳳目圓睜，蠶眉直豎，來到陣前。河北軍見了，如波開浪裂，分作兩邊，放開一條大路。公飛奔前來，顏良正在麾蓋下，<u>見關公到來，恰欲問之</u>，馬已至近，雲長手起一刀，斬顏良於馬下。中軍眾將，心膽皆碎，抛旗鼓而走。雲長忽地下馬，割了顏良頭，拴於馬項之下，飛身上馬，提刀出陣，似入無人之境。河北兵將未嘗見此神威，誰敢近前。良兵自亂，曹軍一擊，死者不可勝數，馬匹器械，搶到極多。

　二重線を付けた部分はとくに重要です。「將盔取下，放於鞍前（兜を脱いで鞍の前に置き）」は「嘉靖元年本」にもともと存在する文句です。

つまり,「嘉靖元年本」では,関羽は顔良の陣営に突入するにあたって,「青竜刀を逆手に持った」だけでなく,さらに「兜を脱いで鞍の前に置いた」のです。こうなると,関羽は全く戦闘意欲を放棄した状態で,そうした姿を目にした顔良にしてみれば,関羽がはじめから闘う意欲が無いと考え,油断していたとしても無理のないところです。ところが,至近距離まで近づいた関羽は突然態度を豹変させ,一刀のもとに顔良を斬り捨てたのです。

このように,「嘉靖元年本」に拠って見る限り,関羽の戦いぶりは決して正々堂々たるものではなく,相手を油断させておいて意表を突く,いわば「不意打ち」ともいうべきものであることは明らかです。正々堂々と戦うどころか,むしろ卑怯な手口とも思えるこうした戦いぶりに対して,当時の編者はどう考えたのでしょうか。幸いなことに,「嘉靖元年本」にはこの問題について考えるための重要なヒントが残されています。というのは,そこには,先ほど示した一文「搶到極多」のすぐ後に,次のような注釈が添えられているのです。

<u>原來顔良辭袁紹時,劉玄德曾暗囑曰；吾有一弟乃關雲長也。身長九尺五寸,鬚長一尺八寸,面如重棗,丹鳳眼,臥蠶眉,喜穿綠錦戰袍,騎黃驃馬,使青龍大刀,必在曹操處。如見他,可教急來。因此顔良見關公來,只到(道)是他來投奔,故不準備迎敵,被關公斬於馬下。</u>

この一段の拙訳を示せば,

<u>もともと,顔良が袁紹のもとを辞す際に,劉玄德はかつてひそかに彼に言い含めた；それがしには関雲長という弟が一人いる。身の丈は九尺五寸,鬚は一尺八寸もあり,顔は棗のようで,鳳のような目,蚕を横たえたような眉をしていて,いつも緑の陣羽織をはおり,肉付きのいい馬に跨がり,青龍刀を使いこなす。きっと曹操の</u>

もとにいるだろうから，彼を見かけたら，急いで来るように伝えてほしい，と。そのため，<u>顔良は関公がやってきたのを見て，彼がてっきり身を寄せて来たものとばかり思い込み，そのため敵を迎え撃つ準備もせずに，関公によって馬前に斬って落とされたのである。</u>

「白馬の戦い」に於ける顔良の敗北を考える上で，この注釈は非常に重要な意味を持っているように思われます。というのも，原文だけからは読み取りにくい，隠された裏の事情をはっきりと伝えてくれるからです。つまり，顔良は出陣前に劉備から関羽の容貌といでたちについてあらかじめ詳しい情報を与えられていて，関羽が青龍刀を逆さまに持ち，兜を脱いで突然近づいてきた時，顔良は相手が関羽であることをはっきりと認識し，彼が自分の陣営にもどってきたものとばかり思い込み，油断していたというのです。そうなると，先ほどから問題としてきた「問（尋ねる）」の内容は，恐らく，関羽本人に対する素姓の確認，もしくは劉備のもとにもどってきたかどうかを確認するものであったと思われます。しかし，関羽はそれには答えず，隙に乗じて，いわば無防備の状態にあった顔良を突然不意打ちにしたわけです。

さらに，この部分に続いて，注釈の中に次のような一句が添えられていることも見逃すわけにはいきません。

　　史官故書刺者，就裏包含多少。

「史官」は歴史の編纂に携わる官僚を指し，「就裏」は「内情」あるいは「内部のいきさつ」といった意味の名詞です。「故書刺（故意に刺の字を記した）」とは，恐らく，歴史書である『蜀書』のこの場面の描写として「羽望見良麾蓋，策馬刺良於萬衆之中，斬其首還（関羽は顔良の旗印と車蓋を望見すると，馬に鞭打って大軍の中で顔良を刺し殺し，その首を斬ってもどって来た）」とあることを指すと思われます。つまり，

第9講　英雄の虚像と実像（2）　　121

この一句は、『蜀書』がこの場面を描写するにあたって敢えて「刺」の字を用いて「策馬刺良」と記したのは、それなりに「含むところ」があることを指摘したものです。「含むところ」とは何か。それは他でもなく、関羽の戦いぶりが公正さを欠くものであったことを示唆したもので、出陣する顔良に対して事前に劉備から情報が吹き込まれていたため、顔良が関羽に対して余計な先入観を抱き、味方と思って油断してしまったことを指すと思われます。

　以上のように、「白馬の戦い」に於ける関羽の戦法は、『三国志演義』が成立した早い段階からとかく議論を醸していたようです。現存する最古のテキストではそのことを隠蔽する意図は無く、わざわざ注釈まで付けて、顔良が無防備であった理由を読者に説明しようとしていたことがわかります。ところが、清代に刊行された「毛宗崗本」は、古いテキストにもともとあった注釈を削除しただけでなく、事態を正しく読み解くための鍵を握る重要な字句「將盜取下，放於鞍前」さえもあっさり切り捨ててしまいました。その結果、関羽の性格そのものをも左右しかねないような中途半端な描写に留まってしまい、誤解を招き易い表現になったのです。「毛宗崗本」に見られるそうした改編が、関羽の勇猛さを強調するために意図的になされたものかどうかについてはさらに慎重な検討が必要であると思われますが、ここまでの考察を通して言えることは、少なくとも「毛宗崗本」だけを目にした読者にとっては、顔良敗北の真相が見えにくくなってしまっているということです。

　さて、ここまでの考察を通じて、「白馬の戦い」の隠された真相がある程度明らかになったように思われますが、とはいっても、まだ疑問が完全に解消されたわけではないように思います。というのは、関羽の容姿やいでたちについて劉備が顔良に情報を吹き込んでいたことを、関羽があらかじめ知っていたかどうかという点について、「嘉靖元年本」の原文には何の説明もなく、曖昧なまま放置されているからです。関羽がそのことを事前に知らされていなければ、無防備の状態で敵陣に突進した理由がわからなくなってしまいます。しかし、仮に知っていたとして

も，劉備からの情報は敵陣にいる関羽にどのようにして伝えられたのか，また，それはどの段階で実行に移されたのか，といった疑問が残ります。言い換えれば，顔良は油断しているはずだから，袁紹の陣営に逃げ帰って来たような素振りを見せて至近距離まで近づいて不意打ちにしろ，といった内容のアドバイスが事前に関羽に伝えられていたのかどうか，その点がはっきりしないため，読者としては，関羽の取った戦法にやや唐突で不自然な印象を覚えてしまうのです。憶測を逞しくすれば，曹操陣営に関羽がいることを知った劉備が，顔良との対戦が始まる前に，密偵を通じてメモ書きや書簡の形で秘かに関羽に届けるという筋書きが，「嘉靖元年本」以前のテキストではどこかに盛り込まれていたのではないかという風にも考えられますが，現段階ではこの点に関して明確な根拠を提示することはできません。残念ながら，そうした疑問はまだ解決されないまま残されているのです。

　これまでの説明によって，「白馬の戦い」に於ける関羽の戦いぶりが相手の意表を突く不意打ちにあたるものであったことが明らかになったように思います。その際，手掛かりとなったのは，「嘉靖元年本」に添えられた注釈「史官故書刺者，就裏包含多少」の中にある「刺」の一文字でした。意図的に「刺」の文字を用いた理由として，関羽の戦法が正々堂々たるものでなく，不意打ちに相当するものであったことを，編者は注釈によって暗に示唆していたのです。その示唆を前提として，ここまでは，「刺」という動詞が不意打ちによる殺害を示すという仮定のもとに論を進めてきました。しかし，動詞「刺」の表す内容は本当にそのような意味に限定されるのでしょうか。ここでいま一度その点を検証しておく必要があるように思います。

　小説『三国志演義』が後漢から三国時代にかけての，個人あるいは集団の闘争を主要なテーマとする物語である以上，相手を殺害する動作に関する語彙が頻繁に出て来るのは無理のないことです。この点についてさらに考察してみますと，小説『三国志演義』の中では「殺害する」という意味を表す動詞としては，「殺」の他に「斬」や「砍」などが一般

的に使用されますが，時には「刺」も用いられます。これまで見たように，「白馬の戦い」の場面では，本文の中で，このうち「刺」（毛宗崗本）と「斬」（嘉靖元年本）が用いられています。日本語の翻訳では，「刺し殺す」あるいは「斬る」「殺す」「斬り殺す」といった訳語が与えられることが多いのですが，これらの動詞の表す内容には何か根本的な違いがあるのでしょうか。すでに確認したように，「嘉靖元年本」『三国志演義』に於いて，史官がわざわざ「刺」の字を選んだことを強調する注釈が挿入されていることを考えると，「刺」には何らかの特殊な意味がなければなりません。そうした視点に立った上で，ここでは，「嘉靖元年本」『三国志演義』に於ける「刺」と「斬」の用法について，具体例を分析しつつ，両者の意味の違いを確認しておくことにします。それによって，先ほど取り上げた注釈の持つ意味がより明確になると思われます。

　「殺害する」意味を表す動詞を検討するにあたっては，本文中に現れる全ての用例を抽出する方法もありますが，あまりにも厖大な数に上るため，ここではその方法によらず，物語の大まかな概要を示すために付けられている「則題」の字句の用例を検討してみることにします。ここでの当面の目的は，動詞の使用頻度を統計的に示すことにあるのではなく，あくまでも各々の動詞の表す意味，とりわけ「刺」の意味を確定することにありますから，こうした作業にも充分意味はあると思います。

　調査した結果，「嘉靖元年本」『三国志演義』の「則題」の中で「刺」が使われている例としては，次の三つの場面を検出することができました。

　　1　呂布刺殺丁建陽　（巻之一）
　　2　雲長策馬刺顔良　（巻之五）
　　3　范強張達刺張飛　（巻之十七）

　まず，「巻之一」の「呂布刺殺丁建陽」について検討してみることに

します。これは『三国志演義』の前半部分で活躍する呂布に関する一段です。「人中の呂布，馬中の赤兎」という言葉がありますが，呂布は英雄の誉れ高く，董卓の片腕として後漢の天下を狙うほどの腕前を持った武将です。一方，「有勇無義（勇有って義なし）」という言葉が示すように，武勇には優れているものの，己の利益のためには他を一切顧みない不義の男としてのイメージを強く背負った存在でもあります。この一段はまさしくそうした呂布の不義なる一面を描いたもので，董卓に買収された呂布はたちまち寝返り，それまで恩義を蒙った義理の父親・丁原の首を取って董卓のもとに奔ります。「嘉靖元年本」ではそのあたりの状況を次のように描いています。

　　布提刀便起，徑到軍中。丁原秉燭觀書，當見提刀而至，丁原曰："吾兒來，有何事故。" 布曰："吾乃當世之大丈夫也，安肯為汝子乎。" 丁原曰："奉先何故心變。" <u>布向前，一刀砍下丁原首級</u>，大呼左右；"丁原不仁，吾已殺之。肯從吾者在此，不從者自去。" 軍士散其太半。

この部分の拙訳を示しておきますと，

　　呂布は刀を手に提げて立ち上がり，まっすぐ陣営に向かった。丁原は灯火の下で本を読んでいたが，呂布が刀を提げてやって来たのを見て言った。「せがれや，何か用か」。呂布が言うには，「おれは当世きっての立派な男だ，おまえのせがれなどになるものか」。丁原は言う，「奉先，どうして心変わりしたのか」。<u>呂布は進み出ると一刀のもとに丁原の首を切り落とし</u>，大声で左右の者に呼ばわった。「丁原は道にはずれたため，わしが殺した。わしについて来る者は残れ，いやなら去るがよい」。すると大半の兵士が去ってしまった。

この場面で注目すべき点は，呂布が丁原の殺害を決意して陣営に乗り

第9講　英雄の虚像と実像（2）

込んだ時の状況です。原文が示しているように，呂布が入って来た時，丁原は「灯火の下で本を読んでいた」ところでした。丁原は呂布にとって義理の父親です。呂布はそれまで丁原の信頼を得ていて，丁原にとっていわば片腕同然の存在であったため，刀を持ったまま丁原に近づいたとしても，何ら疑われるはずはありません。当然のことながら，近づいて来た呂布に対して丁原がかけた言葉は「何か用か」でした。これは日常の中で交わされるごく普通のやりとりであって，そこには疑念のかけらさえ見出すことはできません。信頼していた義理の息子を前にして，丁原は全く油断しきっていたはずです。そんな丁原に対して，呂布は有無を言わさず刀を振り下ろした。つまり，この場面では，呂布は全く無防備な状態に置かれている相手に突然切りつけ，その首を取ったことになります。これは不意打ち以外の何物でもありません。本文では首を切る動詞として「砍」が使用されていますが，「則題」で「刺」の字が選ばれたのは決して偶然ではなく，むしろ不意打ちであることを明確に示すための意図的な措辞であったと思われます。

　続いて「巻之五」について検討してみましょう。これについてはすでに詳しく述べましたので，改めて説明する必要はないと思いますが，ここでとくに注意すべきこととして，原文に「雲長手起一刀，斬顔良於馬下」とあるように，本文では「斬」が使用されているにもかかわらず，「則題」ではやはり「刺」という動詞が選択されていることで，それが不意打ちを示すためであることについては，すでに見てきた通りです。

　残る「巻之十七」の用例ですが，この一段は張飛が殺害される場面で，部下に厳しく命令した張飛が反対に恨みを買って寝首を搔かれる場面です。原文はその様子を以下のように描写しています。

　　　當日飛在帳中，神思昏亂，動止非常，乃問部曲諸將曰；"吾今日心驚肉顫，坐臥不安，如之何也。"部曲答曰；"此是君侯思念關公，以致如此。"飛令人將酒來，與部曲同飲，不覺大醉，臥於帳中。范張二賊探知消息，各藏短刀，夜至初更，密入帳中，詐言有人欲稟

機密大事，直至床前。飛鼻息如雷。<u>二賊下手，將飛殺之，</u>藏其首級而出，便下船來，引數十人投東吳去了。

この部分を拙訳によって示せば，

　その日張飛は陣営の中にいたが，頭がボーッとして身体も思うように動かない。そこで部曲の兵士たちに尋ねて言うには，「わしは今日動悸がして震えが止まらず，じっとしていても不安でたまらぬ。どうしたわけじゃろう」。兵士は答えて言う，「関羽様のことが頭から離れないからでございましょう」。張飛は酒を持ってこさせ，兵士たちとともに飲んだが，いつの間にか泥酔してしまい，陣営の中で眠ってしまった。范強と張達の悪党は様子を探ると，二人とも短刀を忍ばせ，真夜中になるのを待ってこっそり陣営に忍び込み，重大な機密を伝えたいと言う者が現れたという口実を作って寝床の前までたどり着いた。張飛は雷の如き鼾をかいて眠ったままである。<u>二人の悪党は手を下して張飛を殺害すると</u>，首をかくして陣営を出て，ただちに船に乗り込み，数十人を引き連れて呉の国へと向かった。

　場面の説明を補っておきましょう。関羽の死を知った張飛は弔い合戦を敢行すべく部下の范強と張達の二人に戦闘の準備を命じますが，厳しい期限を切った無理な要求を突きつけられた二人は懲罰を恐れ，先手を打って，秘かに張飛の暗殺計画を立てます。一方，張飛は関羽を失った悲しみに耐えかねて酒で憂さを晴らし，泥酔して寝込んでしまいます。日頃から張飛に拷問されて不満を抱いていた范強と張達の二人は，この時とばかり張飛の寝首を掻きます。言うまでもなく，張飛は大酔して寝込んでいたわけですから，迫り来る身の危険に対しては全く無防備な状態でした。部下の不意打ちによって，張飛はあえなく命を落とします。ここでも，本文では「殺」の字が使用されていますが，「則題」に

は「刺」の文字が選ばれていることは、やはり偶然ではないように思われます。

　以上の各場面の分析によって、これら三つの場面には共通した特徴があることが明らかになりました。それは言うまでもなく、各場面で実行される殺害行為が、いずれも相手の意表を突く形で行われることです。義理の父親である丁原の陣営に押し入って突然殺害する呂布、張飛を恨んで秘かに寝首を搔く范強と張達。彼等はいずれも、正々堂々と渡り合って相手を倒したのではなく、相手の虚を衝く形で目的を達成したのです。

　三つの場面の「則題」の中に「刺」が共通して出現することから、「刺」という動詞の表す意味に関する一つの仮説を導き出すことが可能となります。つまり、「則題」に「刺」の文字が記された場面で実行される殺害行為は全て、正々堂々たるものではなく、むしろ、相手が予期しない手段による「不意打ち」の意味合いが強いということです。考えてみれば、「刺客」という言葉はあっても、「斬客」あるいは「殺客」という言葉は存在しません。このことから考えても、「刺」には、至近距離まで近づいて不意に相手を倒すイメージが強く込められた文字であることがわかります。「刺」に基本的にそのような意味があるからこそ、先に見た関羽と顔良との戦いの場面で、「嘉靖元年本」の編者が、「斬」や「砍」、あるいは「殺」などではなく、わざわざ「刺」が選ばれた理由を注釈の形で示したものと思われます。

　ここまでは「刺」の用例を検討してきました。では「斬」についてはどうでしょうか。「嘉靖元年本」『三国志演義』の「則題」の中で「斬」が使われている例としては、以下に示す12例を検出することができます。

　　1　劉玄徳斬寇立功（巻之一）
　　2　白門曹操斬呂布（巻之四）
　　3　関雲長襲斬車冑（巻之五）

4　関雲長五関斬將（巻之六）
　　5　雲長擂鼓斬蔡陽（巻之六）
　　6　孫策怒斬于神仙（巻之六）
　　7　玄徳斬楊懐高沛（巻之十三）
　　8　黄忠馘斬夏侯淵（巻之十五）
　　9　関興斬將救張苞（巻之十七）
　10　孔明揮涙斬馬謖（巻之二十）
　11　孔明遺計斬王雙（巻之二十）
　12　武侯遺計斬魏延（巻之二十一）

　これらの用例のうち，関羽が動作の主体となるのは，3・4・5の3例です。「斬」の持つ意味を考えるために，とりあえずこの三つの例を分析してみますと，例えば「巻之六」の「関雲長五関斬將」は，曹操に降っていた関羽が劉備生存の消息を得て劉備のもとへ逃げ帰る途中，関所を守っていた曹操配下の武将を次々に倒すくだりを描いたものですが，こうした場面ではいずれも，敵将を相手に正々堂々と闘って相手を倒しながら進むのであって，不意打ちによって殺すわけではありません。その他の場面に於いても同様で，卑怯な手段に訴えて関羽を強引に勝利に導くような描写は見られません。つまり，「斬」の文字には，不正な手段によって殺すというイメージは付与されていないことがわかります。逆に言うと，不意打ちでない以上，これらの場面では，原則として「刺」の文字は使用できないことになります。関羽以外が動作の主体となるその他の場合についても同様で，各場面の内容を検討すれば，どのケースも不意打ちに該当するような殺害は行われていないことがわかります。

　このように，各場面に於ける殺害の状況を細かく分析してみると，「刺」と「斬」・「砍」・「殺」の使用には明確な区別があることが理解されます。すなわち，これまでに挙げた12例の場面には不意打ちの要素が無いのに対して，それ以前に検討した3例にはいずれも，油断している

相手に不意打ちをかける，といった違いがあることが見て取れます。

　以上，今回は「毛宗崗本」に見られる関羽の戦法に関する疑問を出発点として，殺害を意味するいくつかの動詞の用法について細かく検討してみました。対戦相手を「斬る」のか「刺す」のか。動詞の選択次第によっては，関羽はそのイメージを大きく崩しかねない状況が生まれてきます。言い換えれば，動詞を検討することによって，小説の編者が関羽に対してどのようなイメージを背負わせようとしたか，その方向を見定めることができるのです。「嘉靖元年本」の編者はそのことをはっきりと認識した上で，関羽と顔良との戦いの場面の「則題」に，『蜀書』に倣って敢えて「刺」という動詞を残したのです。

　「刺」という言葉に含まれる意味が「不意打ちによって殺害する」ことに限定されるとすれば，『三国志演義』の本文中に使用される殺害を示す動詞の扱い方に関しても，ある程度慎重に対処する必要が出てきます。「斬」や「砍」ではなく，敢えて「刺」が選ばれている場合には，編者がそこに込めた意図までも忖度する必要が生じることになります。従って日本語に翻訳するにあたっても，訳語の選択にはそれなりの細かな配慮が要求されるように思われます。

　最後に一つ付け加えておきたいと思います。『三国志演義』研究の専門家である後藤裕也氏は「「斬蔡陽」故事について〜語り物を含めた白話文学研究へ〜」（『中国古典小説研究』第17号，2012年12月）という論文の中で，今回取り上げてきた「白馬の戦い」の戦闘場面について言及し，関羽が正々堂々と戦わずに，不意打ちによって敵を倒す一例として挙げています。後藤氏の論文の目的は，清代に流行した語り物としての『三国志演義』を取り上げ，関羽の戦い方の中に公正ならざる手段に訴えたものがあることを指摘し，それが当時存在していたであろう，不意打ちをも智者の正当な選択であるとして褒め称える文化的背景に支えられて成立したものであることを論証することにあるようです。

　後藤氏が指摘しているように，清代以降の語り物が，関羽の戦法について，不意打ちであることを認識しつつも，それを賛美する雰囲気を前

提として描写しているとすれば，その芽はすでに明代の版本の段階から生じていたのであり，小説に内在していた要素を語り物の中ではっきりと示した一つの例であると言えるように思います。氏の考察によれば，先に取り上げた「巻之六」の「雲長擂鼓斬蔡陽」の場面についても，清代の語り物になると，やはり関羽が正当ならざる手口によって勝利を収めたように改編されているとのことですが，仮にその結論が正しいとすれば，関羽は至る所で公正ならざる手段に訴えて勝利を手にしていたことになります。そうなると，正々堂々たる関羽のイメージも，ある程度変更を余儀なくされることになるのかもしれません。

　関羽像の変遷については，今後さらに検証を重ねる必要があるように思われますが，いずれにしても，常に正々堂々たる態度を失わない神格化された関羽像のみが宣伝され，そうしたイメージだけが一般に広まっているとすれば，それはやはり事実とは異なるものであり，たとえ関羽であっても，兵法に則って，勝つためには敢えて手段を選ばないこともあるという，より人間臭い要素を加味した方向へと軌道修正される必要があるように思われるのですが，いかがでしょうか。

　以上，今回は関羽の性格に見られる二面性について考えてみました。

第10講　天才軍師の誕生
～小説に於ける孔明の位置付け～

　今回は『三国志演義』の中で最も有名な存在と言ってもいいと思いますが，諸葛亮，諸葛孔明についての話をしたいと思います。ご存知のように，三国，すなわち魏と蜀と呉の中で，物語の最後の方まで活躍する人物，それが諸葛孔明です。また，「三国物語」のかなり早い段階から登場して，劉備の片腕となって蜀の国を作り上げていくことに貢献する，そんな経緯もあって，『三国志演義』の中では，長期にわたって活躍する数少ない人物の一人です。しかも，これは他の人物も多分にそうなのですが，小説の中の諸葛孔明は，かなり意図的な形で，手柄が彼一人に集中して描かれる，そういう傾向が認められます。そうすることによって，場面を盛り上げる効果を狙っていると考えられますが，本来は他の人物の手柄だとされているものも，小説の中では，なぜか諸葛孔明の手柄にされていたりして，孔明は活躍を独り占めする，かなり目立つ特殊な存在になっています。今回は，孔明の事績をたどりながら，そのあたりのこともお話ししてみたいと思います。

　まずは，例によって，いきなり小説に話を持っていくのではなく，歴史書の中では，孔明はどのように描かれているか，どんな人物として記録されているか，ということを見ておきたいと思います。歴史書としての『三国志』は『魏書』『呉書』『蜀書』の三つから成っていて，国ごとに歴史が書かれています。陳寿という人が書いたとされていますが，陳寿も当時存在した資料をいろいろと利用して書き上げたもので，時代が近いということもあって，陳寿の記述は，おおむね，「三国物語」の人物の真実を突いている，もちろんすべてが真実とは言えないかもしれませんが，かなりそれに近い人物像を伝えていると言われています。です

ので、そこにどう書かれているかということをまず探ってみたいと思います。

『蜀書』の中に「諸葛亮伝」という部分があります。歴史書には、それぞれの人物ごとに、伝記が書かれていて、諸葛亮についても、それほど長いものではありませんが、「伝」が立てられています。

他の人物の場合も同じようなスタイルで書かれていますが、初めに字は何か、出身はどこか、といったことを書く、それが「伝」の通例です。字は孔明、そして、出身地は瑯邪郡陽都県の人であると書いてあります。次に祖先について。先祖はどういう人物で、どういう官職についていたかといったことです。孔明の場合は、先祖は司令校尉という官職であった。そして、諸葛豊、これは何代くらい前の人か、よく調べていませんが、ともかく、先祖にはかなりの高官がいたということが書いてあります。孔明の父親は諸葛珪です。この父親は泰山郡の丞をつとめていた。しかし、早くに亡くなったようです。幼い時に父を亡くした、とありまして、孔明は叔父さんを頼って、弟と一緒に叔父さんの任地に行ったりしたようです。孔明には弟がいて、名前は均です。昔はよくあったことのようですが、同じ親から生まれた兄弟でも、別々の君主に仕える、そういうことがあったようでして、弟の均は孫権が支配する呉の国に仕えました。ご存知の通り、孔明は蜀の国に仕えましたので、その後、国と国との交渉になった時に、良く作用する面もあれば、兄弟が敵国にいるということで、ややこしい関係になる場合もあります。これは日本の戦国時代などにもあったことかと思います。

それはともかく、伝記には、孔明の小さい頃の話として、叔父さんに助けてもらったことなどが中心に描かれています。また、その叔父さんが亡くなった後のことも少し書いてあります。叔父さんは諸葛玄という人ですが、その叔父さんが亡くなると、「農耕に携わり」とありますように、孔明は農業をして暮らしていた。そして、これはかなり重要なことだと思いますが、いつも隠者の歌をうたっていた、とあります。「梁甫吟」という歌ですが、隠者が唱う歌をいつも唱っていた。このあた

りの記述からすでに，孔明にはある種の道士のようなイメージが付きまとっています。

　次に述べられていることは，体形についてですが，身長は八尺，これは1メートル7，80センチくらいでしょうか。劉備の身長を述べて七尺五寸と出てきますので，劉備よりも孔明の方が少し背が高かったようです。こうした記述の差異は，中国の場合は単に物理的な意味での身長の違いを述べているだけではなく，もっと違う意味も込められている。どういうことかといいますと，古代の中国では，人物を描くにあたって，容貌や体格といった外見上の姿と，精神的，内面的なものとは大いに関連があるとされていまして，身長が高く，威風堂々とした立派な人物は，その外貌と体格にふさわしい才能の持ち主で，将来大物になることをも表しています。外見と人格とをかなり結び付けて考える習慣があったようです。そう考えますと，孔明の身長に関する描写も，そこに込められた意味を同時に感じ取ることができます。つまり，将来蜀の国の参謀として大活躍する立派な人物である，といった印象を与えようとしているように思われます。

　孔明自身の性格については，かなり自信家だったことが記されています。原文には，自分を管仲・楽毅にも比していた，と書いてあります。管仲・楽毅というのは古代の名宰相として有名な人物で，しばしば理想的な参謀として言及される存在です。そういう連中に自分は匹敵すると言っていたと述べています。しかし，この時点ではあくまでも自己評価に過ぎません。周囲にはあまりそれを認める人はいなかったと書いてあります。ところが，友人の中には，孔明の言葉を信じていた人物もいたようです。それは，崔州平と徐庶であった。この二人だけは，孔明と親しかったこともあって，彼の将来を見抜いていた。二人のうちの徐庶ですが，彼は，孔明が劉備のもとに身を寄せる，そのきっかけを作った人物です。徐庶は劉備に会いに行きますが，その時に，孔明を劉備に紹介します。その時の紹介の仕方は，孔明は「臥龍」です，と言って紹介する。臥せった龍，まだ寝ている龍，つまり，本来持っている才能や能力

を未だ充分には発揮できずにいる存在であることを述べたものです。逆に言えば，孔明は将来必ずその力を発揮して劉備のために働いてくれるであろうと，保証したことになります。そんな紹介の仕方になっています。それを聞いた劉備は，即座に，では是非連れて来てほしいと頼む。すると徐庶は，それでは駄目だと言う。こちらから出向いて行かなければ会えない，相手をこちらに連れて来るのは無理だ，と。徐庶は孔明の性格をよく知っていたと思われますし，一般的な考えに従えば，名利や出世を求めて自分から誰かの元に身を寄せる，そんな人物は当時数えきれないくらいいたのでしょうが，孔明は自分から売り込みに行くようなタイプの人間ではないということを，よく知っていたのだと思います。そんなこともあって，是非ともこちらから足を運んで，直々に頼みに行くべきであると進言します。これが，ご存知のように，所謂「三顧の礼」という有名な場面につながっていきます。ただし，小説の中では，劉備が孔明の元を尋ねて行っても，すぐには会えない。すぐには会わせないというべきかと思いますが，いくつかの障壁を設定して，読者を焦らす作戦に出る。それによって，孔明という人物が，そう簡単には獲得することのできない存在であることを読者に印象付ける効果もあるように思います。

　「三顧の礼」の場面は，小説の中ではもっと詳しく書いてありまして，劉備が何度訪ねて行っても留守であったり，あるいは孔明と思わせて実は別の人物が出て来たりと，なかなか手の込んだ場面が設定されています。ただし，歴史書の記述を見る限りでは，そのあたりの経緯についてあまり詳しくは触れていません（関連資料8・9）。最終的に孔明に面会した後の，劉備の言葉が書かれています。それは，漢王朝は傾き崩れ，奸臣が天命を盗み，皇帝は都を離れておられる。わしは，自らの徳や力を思慮に入れないで，天下に大義を浸透させようと願っている。しかし，智慧も術策も不足している。結局つまずいて今日に及んでいる。しかし，志は捨てきれない。何か良い智慧はないか，というようなことを言った。そのように陳寿は記録しています。これだけ見ますと，二人

の出逢いには特に変わったところもなく，劉備がいきなり孔明に名案を求めたように見えますけれども，この場面について，二人の年齢を頭に置いた上で改めて考えてみますと，また別の興味深い側面が見えてくるように思います。
　以前申し上げましたように，劉備と孔明の間には年齢差が20歳あります。劉備が孔明のもとを訪れた時，孔明はだいたい25，6歳だったと思われます。それに対して劉備は当時40代半ばでした。したがって，「三顧の礼」というのは，言ってみれば，20代の若者に向かって，40代の熟年男が，膝を屈して自分の陣営に入ってくれないかと言って懇願する，そういう構図になる。しかも，劉備は自分自身の能力を謙遜して，智慧も術策も不足している，と言っています。へりくだった態度で自分を低くして頼み込んでいるところも，陳寿はきちんと書き込んでいます。それに対して孔明はどうであったか。孔明はまず，天下の情勢を分析した話をします。董卓の名前も出して，それ以降の動きを述べ，それから曹操のことに説き及びます。曹操はすでに力を蓄えているので，まともに戦ってはいけない，ということを進言します。次に呉の国，孫権が率いる呉の国について分析し，呉の国は味方に取り込むべきであると，そう述べています。孫権は江東の地を拠点としてすでに三代を経ている。三代というのは父親と兄を含めた言い方のようですが，ともかく，呉の国は安定した地盤を持っていて，有能な人物も数多く存在し，土地も豊かで人民もなついているから，これは是非共闘を組んで，北から攻めてくる曹操に対抗すべきであると，そういう議論を展開します。さらに，具体的な地名を列挙して，荊州や益州といった，後に劉備が根拠地にする場所を指名して，そういった土地を中心に勢力を固めていくのが得策であるというようなことを述べます。そして，さらに一歩進めて，荊州や益州を支配下に置いて，孫権と同盟を結んで，曹操に対抗すべきであると勧告します。これが，一般に言われる「天下三分の計」といわれているものです。ただ，孔明は当時まだ臥竜山のふもとにこもっていて，いわば隠居状態にあったと思われます。にもかかわらず何故このように，

天下の情勢をよく知っていたかということが疑問になるわけですが，これについては，歴史書にはあまり詳しいことは書かれていません。ただ，隠遁生活を送っている中で，道士の身分を持つ人物同士の交流というものはかなりあったようでして，いわば同業の人脈を通して天下のいろいろな情報を手に入れていたのではないかと，そう思われます。また，孔明がかなりの読書家であったということも見逃せないと思います。

　ところで，「三顧の礼」に関しては一つ興味深い話がありますので，ここでついでにご紹介しておきます。すでにお話ししたように，「三顧の礼」については，歴史書はもちろん，小説に於いても，劉備の方から身を屈して孔明に会いに行ったことになっています。年上の劉備が何度も孔明のもとを訪問して頼み込む，これがよく知られた一般的な構図ですが，一方，当時はこれに関する別伝のようなものもありまして，その中には，まったく逆の形で描いているものもあります。つまり，「三顧の礼」というのは，劉備が孔明を尋ねたのではなく，反対に孔明が劉備のもとを訪れて，自分を劉備の配下として使ってくれないかと言って売り込んだと，そんな風に書いている書物もあったようです。これはどこまで根拠があるのか，今となってはよくわかりませんが，この話からわかることは，孔明は相当の野心を抱いていて，劉備に対して策略を授けることによって自らの才能を見せつけた，そんな人物として描いている別伝も存在することです。このような逸話が存在していたことを考えますと，孔明は当時隠遁生活を送っていたとされていますが，やはりそれなりの野心をひそかに抱いて，然るべき人が迎えに来たならば，表舞台に躍り出て，自分の才能を世間に見せつけてやろうと，そういういわば野心家としての側面を持っていたのではないか，そんなことを思わせるエピソードです。劉備に何度も足を運ばせて，いわば満を持して登場する，そういった態度の中からも，一方で，劉備の本心，本気度を確かめる意図もあり，また，本当に自分を重用してくれる人物でなければ決して安易には靡かない，そういった気概といいますか，自負のようなもの

が見え隠れする，そんな気がします。ともかく，孔明は小説の中ではかなり潤色されていますので，いま申し上げたような，孔明の方から劉備を尋ねて行ったというようなことは微塵も感じ取れないわけですが，一方で，そんなエピソードもあって，必ずしも現行の孔明像だけではなかったのだということを考える材料にしてみるのも大切なことではないかと思います。

　しかし，小説化された段階になっても，孔明の内面に関する詳しいことは何も書かれていません。とにかく，孔明は人並みはずれた偉い人物である，情報通で兵法にも詳しく，彼を巻き込めば必ず天下を取れるような人物であると，初めからそういう立場で書かれています。物語の出発点からすでにそういう前提で始まります。しかし，さきほどご紹介したような別伝の存在などを考えますと，孔明という男も，やはりかなりの野心家であったのではないか，私は個人的にそのように推測しています。この点は，古代の中国における隠者の本質，つまり，一見，世間と一線を画して悠々と生きているように見える人物も，実は俗世の政治情勢と全く無関係に生きているわけではなく，むしろ逆に，時世に対して人一倍強い関心を持っている。持ってはいるけれども，様々な状況の中で，当面自分が参画して活躍する余地が見出せない，そういう状況にあるため，やむなく名前を隠して隠遁している，そんなケースが多いのではないかと，そう思われます。言い換えれば，静かに時を待って「雌伏」しているわけです。これは，日本の場合と比較してみると，また大いに興味深い問題が浮かび上がってくるのではないかと，私は密かに考えていますが，本題から離れてしまいますので，ここではこれ以上触れないこととします。

　次に，これもやはり「三顧の礼」に関することですが，劉備に対して最初に孔明の存在を紹介したのは，実は徐庶ではなく，司馬徽という，これもやはり道士で，道号，つまり道士としての通称は「水鏡先生」です。水の鏡という名称は，おそらく，世の中の実態をよく映す，そういう目を備えている，ということだと思いますが，ともかく，この人物が

劉備に対して二人の人物を推薦します。二人の人物というのは，一人は「伏龍」孔明，もう一人は鳳統です。この二人のうち，一人でも味方に引き入れられれば，間違いなく天下を取れるであろうと，そう言って太鼓判を押す。この記述は，『資治通鑑』という宋代に編纂された歴史書の中のものでして，司馬光が中心になって編纂したことになっていますが，このあたりの記述もすでに，明代の小説の記述に近いものがあります。つまり，小説の作者も，以前にあった歴史書の記述をかなり利用している，そんな部分があちらこちらに見られます。このことは，歴史書と小説の関係を考える上でも重要なポイントになるように思われます。

これまで申し上げましたように，諸葛亮という人物は，最初は司馬徽という道士の推薦によって劉備の耳に入り，その後さらに徐庶という人物が実際の仲立ちをすることによって，ようやく劉備の配下に入っていく。120回本に基づいて孔明の主な活躍の場面を拾ってみますと，第35回で司馬徽が一つの予言をします。「伏龍」と「鳳雛」，これが鳳統ですが，この二人のうちの一人でも手に入れれば天下を手中に収めることができると，そう予言します。ですから，諸葛亮の名前が最初に出るのは，小説では第35回ということです。その後の第36回では，徐庶が推薦する。

これについても，いろいろと背景がありまして，徐庶の母親が曹操のもとで囚われの身になっている。捕虜になっている。曹操は狡猾な男ですから，偽造した母親の手紙によって徐庶を自分のもとにおびき寄せようと企む。徐庶は儒教倫理を貫ぶ親孝行な息子として描かれていますので，母親から来てほしいという手紙を受け取った以上，劉備のもとを去って曹操のところに行かないわけにはいかない。そこで別れ際に，劉備に対して孔明のことを推薦して，曹操のもとへと去っていく。このあたりは，小説ではそれなりに間を持たせる工夫がしてありまして，徐庶は一旦別れを告げて出発するのですが，またもどって来て，大切なことを言い忘れていたと，そう言って孔明のことを本格的に劉備に推薦します。「襄陽城から二十里離れた郊外，隆中に住んでいます」といった具

合で，隠遁している孔明の姿が描かれています。

　少し脇道にそれますが，徐庶は劉備と別れた後，曹操のもとに母親を尋ねて行きますが，母親に面会した際に，いきなり母親は徐庶を叱責する。お前は何故劉備のような有徳の人士のもとを離れて，曹操のような徳のない輩のもとにやってきたのだといって，怒鳴りつけます。徐庶としては，あくまでも母親からの手紙に従ってやってきたに過ぎず，いきなり叱られても何のことやら，初めのうちはさっぱりわけがわからない。母親としては，劉備が人徳のある存在であることを知っていますから，息子の行動が納得いかない。息子の徐庶としては，わざわざ呼びつけておいて叱責する母親の気持ちが理解できない。小説の中では，そんな親子の行き違いの状況が巧みに描かれていて，なかなか感動的な場面になっていますが，その後の展開はさらに衝撃的なもので，叱責した後，母親は徐庶に向かって，お前のような息子を持った以上，私は恥ずかしくて生きてはいられない，と言って，その場で自害してしまいます。このあたりの展開を見ますと，母親の倫理観として儒教道徳が強く反映されているように感じます。儒教倫理を一身に背負ったような存在として徐庶の母親は描かれています。もちろん息子の徐庶も同じことでして，母親の命令には絶対に服従する，そのためにわざわざ劉備のもとを離れて曹操のところにやって来たのです。しかし，意外にも母親は目の前で自殺してしまう。孔明登場の前後には，こうした推薦者にまつわる悲劇も添えられています。

　それはさておき，この徐庶に孔明を紹介された劉備は，いよいよ第37回で「三顧の礼」をとって，ついに孔明を自分の陣営に引き入れることに成功します。そして，さきほど言いました「天下三分の計」を孔明から授けられるのが第38回。その後，「博望坡の戦い」があり，新野，これは劉備が根拠地にしていた場所ですが，そこを攻められて，みずから火を放って焼き尽くし，逃げていく。そんな場面が描かれたりして，このあたりで劉備はかなり追いつめられるのですが，やがて，単独では曹操にかなわないということがわかってきて，第43回あたりから，孔明は

一つの策を献上します。それが，呉との連合，呉の孫権と同盟関係を結んで北から攻め入る曹操に対抗する，そういう作戦です。そこで，手紙を書いたくらいではなかなか兵隊を送ってくれませんので，孔明はじきじきに呉の国に乗り込んで行って，居並ぶ呉の論敵を次々に論破していく。小説では，呉の文官が一人また一人と出て来て，孔明と論戦を交わし，これを迎え撃つ孔明が次々に説き伏せていく，そんな状況が延々と描かれていきます。

　そんな過程を経た後に，孫権としては，孔明のことが次第に気に入ってきまして，ようやく同盟にこぎつけることになりますが，問題は周瑜という男です。周瑜という武将は，なかなか才能もあり，武力もあって，呉の中では有名な武人ですが，残念ながら彼は36歳の若さで早く死んでしまいます。とはいえ，一時は相当世間に名を馳せた人物で，孔明が呉に乗り込んでくると，その才能を認めながらも，同時にそれを嫉妬する気持ちが生まれる。自分よりも優れた相手というものはとかく目の上の瘤と言いますか，目障りな存在になりがちだと思いますが，周瑜と孔明の関係もまさしくそんなものかもしれません。周瑜は自分自身が優れた才能の持ち主であることを自負していましたので，孔明が鬱陶しくて仕方がない。なんとかして孔明の鼻をあかしてやりたい。周瑜はそこで，いろいろな手段を使って，孔明を窮地に立たせようと画策します。そのあたりのやりとりが小説の中ではかなり細かく描かれています。周瑜対孔明の知恵比べのような場面がいくつも挿入されています。

　最後に一つ確認しておきたいことがあります。それは孔明の伝記に関することです。孔明の「伝」は『三国志』の中の「蜀書」に項目が立てられていますが，その記述は陳寿が書いたものとされています。それによれば，孔明は非常に才能があって，劉備に仕えた後も法律を制定したり，あるいは軍備を整えたり，小説の中では，いろいろな新しい技術を開発して，木牛や流馬といった武具を発明して貢献する。また，政治面においても，論功行賞を公平な形で行ったことなども書かれていますが，少し気になる描写も見られます。陳寿は孔明に対して最終的にどう

いう評価を下しているかといいますと，「諸葛亮の才能は，軍隊の統治には長じておりましたが，奇策の点で劣り，人民を統治する才幹のほうが将軍としての才略よりすぐれておりました」と述べています。このあたりが孔明の限界であったと，陳寿は言いたかったのではないかと思います。また，「天命の帰するところは定まっていて，智力をもって争うことは不可能なのです」とも述べています。このあたりは非常に運命論的な言い方になっています。さらに，孔明の軍事に関する能力については，「毎年軍勢を動かしながら，よく成功をおさめることができなかったのは，思うに，臨機応変の軍略は，彼の得手でなかったからであろうか」とも述べています。人民を統治する能力は優れていたが，戦争は得意ではなかったと言っています。まさに「天は二物を与えず」といったところでしょうか。

　以上，今回は諸葛亮の活躍の一部を，場面を限ってお伝えしました。小説の中では，孔明は超人的な能力を備えた人物として描かれていて，他の人物とはかなり異なるキャラクターであるように思います。細かく見ると，そこにはある種の矛盾も生じているように思いますが，そこは長編小説の特徴でもあるのかもしれません。ただ，一つ考えられることとして，関羽や張飛が非常に人間的な性格を持っているのに比して，孔明は神がかり的な雰囲気を帯びている。そのことによって，ある時は現実の物語を大きな飛躍に導くことも可能となる，小説の編者はその点をよくわきまえた上で敢えてそうした要素を孔明の性格の中に取り込んだ，そういった見方もできるように思います。

　今回お話しした孔明の活躍は，ほんの一部でして，劉備が死んだ後も，孔明はたびたび北伐を敢行したり，孟獲という異民族の親玉を手玉に取ったりして，大いに活躍します。最後は五丈原というところで，思わぬ事故が原因となって死んでしまいますが，いずれにしても，諸葛亮という人物は『三国志演義』の中で最も重要な地位を占めるスーパーマン的な人物であることは確かです。

第11講　天才軍師の活躍
〜「赤壁の戦い」前夜の周瑜との軋轢〜

　今回は『三国志演義』の前半の大きな山場である「赤壁の戦い」についてお話しします。まずは、そこに至るまでの経緯について、様々な人間関係も含めてお伝えし、その後、この戦いによって何がどう変化したのか、さらに、この戦いはどういう意味を持っていたのか、といった問題についても考えてみたいと思います。

　『三国志演義』の日本語訳を手がけられた小川環樹氏は、かつて、翻訳の解説の中で、『三国志演義』全体の構成は二段に分かれていると言われました。それによれば、前半は劉備が即位して蜀の皇帝になり、三国鼎立の状況が生まれるまで。そして、後半では、劉備が死んで劉禅が後を継ぎ、補佐役としての孔明の一人舞台が展開される。後半を主導する役者は何と言っても諸葛孔明その人です。

　ここからは、二段構成の前半部分についての話ですが、「赤壁の戦い」に至るまでの経緯を簡単におさらいしておきますと、後漢の末、黄巾の乱によって政情不安が生まれ、それを平定するための連合軍が組織されますが、内部に足並みの乱れが生じて、なかなかうまく機能しない。そのうちに宮廷内部の権力闘争が熾烈になって董卓が都に入り込み、横暴な振る舞いをして、後漢王朝は滅亡の危機に瀕する。王允の奇策「連環の計」によって、董卓の野望は阻止できたものの、一旦乱れ始めた政治はその後も混乱を極め、かつて連合軍を組んで黄巾賊討伐に協力してきた袁紹や曹操は、やがて単独で天下統一への野望を抱くようになり、曹操は北方の許昌を拠点として南方の地を狙うようになります。

　一方、南の方には、劉備や孫権といった人物がいますが、劉備はまだ地盤が弱く、落ち着かない状況にある。孫権のいる呉の国は、江南の肥

沃な土地を利用して昔から一定の地盤を築いてはいるものの，単独では曹操の軍事力にかなわない。曹操に攻め入られると，とても持ちこたえることはできない。そんな勢力地図の中で，劉備が取った生き残り策は，呉の孫権と連合して曹操に対抗することでした。孫権自身は，はじめのうち，劉備との連合策にはあまり乗り気ではなかったのですが，孔明が呉の国に乗り込んで行って，あれこれと弁舌を尽くして孫権を説得したお陰で，最終的に孫権はついに重い腰をあげて劉備との連合を決意します。そんな状況が生まれた後，いよいよ曹操が北から攻め寄せてくる。南を併呑して天下統一を企む曹操と，あくまでその野望を阻止しようとする劉備孫権の連合軍が激突する，それが「赤壁の戦い」の場面です。

　中国には二つの大きな河が流れています。北を流れるのが黄河，南が揚子江，中国では長江と言いますが，激突の場所となった赤壁は，長江の沿岸にあります。南船北馬という言葉が象徴するように，北方の交通手段は主に陸路です。それに対して，南方では水路が発達していて，物資を運ぶ際には水上輸送が主流となっている。一旦戦いになった場合も事情は同じで，北方の軍勢は，水上での戦いには慣れていない。しかし，曹操の軍勢が南に攻め入る場合，地理的事情から，どうしても水上での戦いを余儀なくされます。そうした北方軍の弱点を熟知した孔明が，地の理を最大限に活かして曹操の大軍を撃退する，その攻防を描いたのが「赤壁の戦い」です。水上戦に弱い曹操は，孔明の策略にはまって大敗を喫し，それが三国鼎立の遠因となります。その意味で，赤壁の攻防は，やはり『三国志演義』の話の展開を左右する大きな出来事であると言えるように思います。

　ここで，「赤壁の戦い」に関連する主な人物を確認しておきたいと思います。資料の「人物生卒年表」をご覧ください（関連資料２）。まず，諸葛亮，孔明ですが，劉備よりも20歳若いにもかかわらず，劉備が三顧の礼をとって，自分の陣営に招いて参謀としての活躍を期待します。次に呉の国の人物としては，周瑜という人物がいますが，孫権の参謀とし

て重要な役割を果たします。孔明と周瑜，この二人の参謀同士のかけひきが，実は「赤壁の戦い」に至る準備段階の中で大きな見せ場を形成しています。小説の編者は二人に知恵比べをさせますが，結果的に常に孔明の方に軍配を挙げて，手柄を独り占めさせる。小説の中では，ある意味で，周瑜は孔明の引き立て役に過ぎないと言っても過言ではないと思います。

　ところで，「赤壁の戦い」は歴史上実際に起こった出来事ですが，それは208年ということになっています。後漢王朝が滅亡した年は220年です。従って，後漢が滅びる12年ほど前に起こった戦いということになります。逆に言えば，赤壁の戦いから12年後に後漢が滅びたことになります。孔明はその頃何歳くらいだったかと申しますと，27歳くらい。一方，周瑜の年齢はというと，計算すると34歳くらいだったかと思われます。周瑜よりも孔明の方が年下です。当時の寿命を考えますと，大雑把な話ですが，人生50年といった言葉によって考えますと，現代のわれわれが思うほど二人は若くもないと思われます。ちなみに，劉備は孔明よりも20歳上ですから，「赤壁の戦い」の当時は47歳，当時の感覚からすれば，すでに前期高齢者の部類に入るかもしれません。年齢にこだわるようですが，主要人物の年齢差を一応頭に置いておくことによって，各自が取った行動の意味付けも多少変わってくる場合があるように思いますので，敢えて年齢の差にこだわってみた次第です。

　次に，呉の周瑜について見ておきたいと思います。北から攻めて来る曹操の脅威に対抗するため，劉備は呉の国と手を組む作戦に出ます。そのために，孔明を呉の国に派遣して，曹操軍の脅威を吹き込み，連盟への説得工作にあたらせます。その当時，呉の国には様々な意見が存在していて，一部の官僚は，圧倒的な軍事力を持つ魏の曹操が南下して来る以上，無理に抗わずに，ただちに魏の属国になった方が得策であるとの見解を出す人々もいたようです。不戦を主張する和睦派です。

　一方，周瑜はもともと，そうした和睦派ではなく，主戦派と申しますか，曹操が仮に攻めてきても，堂々とこれを迎え撃つべきであるという

意見を持っていたようです。その背景には，確固たる情勢分析もあって，自分自身の信念を持っていた。主戦を主張する理由としては，魏の軍勢は数字の上から言えば確かに多いが，その内実を見ると，柱となって戦える武将はそれほど多くはない。しかも，北方から南方に攻めて来て，長期にわたって戦い続けているため，兵士は疲れている。さらに，曹操は当時各地を転戦して，勝利を収め，打ち負かした兵士たちを次々に自分の軍隊に組み入れていたのですが，それはいわば烏合の衆であって，曹操に心服してはいない，にわか作りの軍勢にすぎない，よって，数は多くても，団結力には欠ける。そうした弱点を周瑜は見抜いていたため，戦わずに魏の属国になることは容認できなかったものと思われます。

　歴史書である『呉書』「周瑜伝」には，そのあたりのことがかなり詳細に記されていて，周瑜が主戦論を唱える様子が具体的な発言内容とともに記録されています。孫権と周瑜が一緒に孫権の母親に会いに行った際の様子なども書かれています。当時曹操は袁紹を打ち破って勢いをつけていて，孫権に対しても，人質を要求して脅していたようです。対応策を決しかねた孫権が母親のもとを訪れると，居合わせた周瑜があれこれと理由を述べ立てて，曹操の出方を見守るように進言します。肥沃な土地を国土として有する呉の国は，戦うだけの充分な物資を持っている。一旦人質を差し出してしまえば，以後，曹操の思うままに操られてしまい，呉国の存続は危うくなる，といった様々な理由を縷々並べ立てて，魏の属国になることを拒絶します。

　これまでにご紹介した呉の国の態度は，歴史書に描かれていることですが，歴史書である『呉書』に注釈を加えた裴松之という人物の見解によれば，実は主戦論を主張した本当の人物は周瑜の配下にいた魯粛であったと言っています。その部分を少し引用してみますと，「曹公を拒絶するとの方針が立てられるについては，実は魯粛がその口火を切ったのであった。当時，周瑜は鄱陽に派遣されていたのであるが，魯粛は，周瑜を呼びもどすよう孫権に勧めた。周瑜が鄱陽の派遣先からもどる

と，彼だけが魯粛と期せずして考えが合致し，それゆえ，二人して（曹操を退けるという）大功を立てることができたのである。この伝の本文では，『孫権は群臣たちを召集すると，どのように対処すべきかを尋ねた。周瑜は，人々の議論をおし止め，ただひとり，曹公の進出に対抗すべきだとの計りごとを言上した』とのみいって，魯粛がそれより先に計りごとをめぐらせていたことについてはまったく言及していない。これでは，魯粛の手柄を盗み取ったに等しいであろう」と，このように述べて，魯粛の功績を正当に評価すべきであると主張しています。

さて，孔明が呉の国に乗り込んで行って孫権を説得した結果，最終的に劉備陣営との連合が成立して，北から攻め寄せて来る曹操に対抗することになるのですが，実際にどのような作戦によって曹操を迎え撃てばよいか，その具体的な方策を検討する段階に入ります。先ほど南船北馬という言葉を出しましたが，北方の軍隊である魏の軍隊は，水上の戦い，船による戦には慣れていない。そこで，曹操も水軍の大将を任命したりしますが，大して才能の無い連中，毛玠や于禁などを誤って任用してしまったために，聡明な孔明にすっかり見抜かれてしまい，あんな連中が大将に任命されるようでは，曹操の水軍の力量はたかが知れているとして，すっかり侮られてしまいます。周瑜自身もこの点をよく見抜いていて，曹操軍との対戦方法は水上戦以外にはありえないということで意見が一致します。孔明が周瑜と作戦を練る際に，お互いの思い描く最良の方法を掌に書いて一斉に見せ合ったところ，二人の手にはどちらも「火」という字が書かれていたことになっています。つまり，水上戦によって曹操の船団を火攻めにするのが最上の策であるという点で，二人の見解は一致していたことになります。

そこで，次の段階として，水上戦のための準備が始まります。ただ，問題は残っています。曹操は船団を連ねて南下して来るため，小さな船が数多く存在する。それをどうやって一斉に焼き討ちにするかという問題です。一艘一艘焼き討ちにしたのでは，きりがない。そこでどうするかというと，「連環の計」が功を奏することになります。そこに至るま

での経緯をもう少し詳しくご説明しますと，戦いの日が迫ってくると，曹操は南の状況を探るためにスパイを送り込んできます。孫権の方も同じで，曹操陣営にスパイを派遣する。お互いにスパイ合戦が展開されます。魏の国からは，蔡仲や蔡和といった人物が送り込まれる。そのやり口はだいたい決まっていて，自分たちは曹操が気に入らなくて呉に投降してきたと嘘を言う。そうやって呉の内情，戦力や作戦情報を探る。ところが，呉の国の周瑜は，彼らがスパイであることを見抜いた上で，それにまったく気づかないようなふりをして，偽りの情報をスパイに握らせ，曹操のもとに送り帰す。そういった虚々実々のかけひきが行われます。

　一方，周瑜の陣営から曹操の陣営には黄蓋という老兵が送り込まれます。その際，黄蓋を鞭打って傷だらけにさせ，あたかも呉の国の裏切り者であるかのごとくに見せかけておいて，秘かに曹操のもとに逃亡させる。蔡仲・蔡和といった連中の目の前でその拷問を実行することによって，黄蓋が本当に呉の国の裏切り者であるかの如く装わせます。彼らとともに曹操のもとに奔った黄蓋は，いわゆる「苦肉の計」を実行したのです。身体を犠牲にしてまで曹操のもとに奔った黄蓋ですが，疑い深い曹操のことですから，すぐには信用してくれません。「苦肉の計」であることも即座に見抜きます。ですが，その後に，闞沢という男が傍からしきりに曹操に進言し，その自尊心をうまく利用して，なんとか黄蓋の投降を信じ込ませる。その結果，曹操の水軍は全滅するはめになってしまいます。どうするかというと，黄蓋が曹操に対して，曹操の船団をあらかじめ繋いでおくよう勧告する。複数の小船を繋いで安定させれば，兵士たちの船酔いを防ぐことができ，疫病の発生も抑えることができると言って，その気にさせる。本当の目的は，焼き討ちするのに効率がいいように，バラバラに点在する船を繋がせることにあった。これがつまり「連環の計」です。董卓殺害の場面にも「連環の計」が使われましたが，これが二度目の計ということになります。

　ところで，船を連結することは焼き討ち作戦を成功させるための重要

なポイントですが，それだけでは十分とは言えません。火矢を放って次々に焼き討ちにするためには，やはり風の力が必要です。風は火の勢いをあおってくれますから。そうは言うものの，当時の季節は真冬でしたから，火の勢いをあおってくれるような温かい風は吹いてくれない。自然に吹いて来る風は期待できないとなると，何らかの人為的な操作が必要になります。そこで満を持して登場するのが孔明です。小説の中の孔明は時に超能力を発揮して事態を急展開させますが，ここでもそうした力を発揮して，真冬に東南の風を吹かせることに成功する。ある種の道術を使って天候異変を起こさせるわけです。季節はずれの東南の風が吹いたお陰で，劉備と孫権が曹操の水軍を大敗させ，南を併呑しようとする曹操の野望はくじかれることになります。つまり，「赤壁の戦い」は，三国鼎立の情勢をもたらすための重要なポイントになる戦であったと言うことができます。

　小説の中で描かれている孔明のイメージは，多分にスーパーマン的な側面を持っていますが，一方ではそれとは反対の，一人の知恵者としての活躍が描かれる場合もあります。その例を一つ挙げますと，「赤壁の戦い」の直前に，戦のための準備をめぐって周瑜との間にちょっとした意見の対立が起こります。それは，戦のために使用する矢の調達をめぐって交わされるやりとりですが，ある日のこと，周瑜が孔明に向かって，十万本の矢を調達するように命令する。周瑜としては，孔明に無理難題を吹きかけて，彼の鼻をあかすつもりでいたのですが，それを聞いた孔明は，あっさりその要求を受け入れ，しかも，それを3日以内に達成することを約束します。到底実現不可能と判断した周瑜は孔明に誓約書を書かせ，万が一期限に遅れた場合には，首を差し出すことを約束させます。

　孔明がどうやって短期間のうちに莫大な数の矢を手に入れたかというと，霧の深い夜に，曹操が駐屯している陣営の近くまで藁人形を積み込んだ船を繰り出し，一斉に銅鑼を打ち鳴らして曹操の兵士を驚かせ，矢を射かけさせる。実際に船に積んであるのは藁人形ですが，曹操の兵士

が射た矢は全てそれに刺さったため，持ち帰って周瑜に提供して，無事に約束を果たす，そんな経緯が描かれます。ここでは周瑜と孔明の知恵比べが描かれますが，周瑜はどうしても孔明の知恵に敵わず，常に敗北する，それによって孔明の才能がますます強調される，そういう構図になっています。いわゆる「草船借箭」，草船で矢を借りる，の場面です。

ここには，水上の戦い，ということと，霧というキーワードがあるように思います。ご存知のように，孔明は天文学に長じていて，天候の変化を読むことにも長けていたと思われます。時期的に見て，霧が発生しやすい時期であることを事前に孔明は知っていて，その知識を巧みに利用したと思われます。一方で，大量の矢をわずか3日間で準備できるはずもないと考えていた周瑜にしてみれば，まさかの展開で，またしても孔明の知恵を前にして敗北を喫することになる。小説ではこのあたりのやりとりを非常に詳しく書いていまして，周瑜が投げかける難題を平然と切り抜ける孔明の姿を描くと同時に，どうしても孔明に勝てない周瑜の悔しい思いを丹念に描写しています。まさに，孔明の智謀が光る，そんな場面になっています。

ところで，この場面をもう一度振り返ってみますと，孔明は何故その夜に霧が出ることを知っていたか。天文学に長けていた，とさきほど申しましたが，科学が進歩した現在でも気象の変化を100パーセント予測することは困難です。まして古代にあって，いかに孔明といえども，必ず霧が出ることを予測できるはずはありません。よく考えてみれば，いかにも不思議な話です。小説だから，と言ってしまえばそれまでですが，そのあたりのことを小説はあまり詳しく説明していません。孔明については，登場した当初から，どこか人間離れした力が付与されていまして，この場面についても，合理的な説明はなく，いきなり孔明の予測が的中する形になっています。このあたりは，いかにも小説らしいといえば小説らしいところで，孔明にはすでに神がかった力が与えられていて，読者もそれを特に不思議とも思わないどころか，逆に，そうしたスーパーマン的な才能とパワーを期待する，そういった側面があるよう

に思われます。この点は小説という虚構の世界を作り上げる上ではよく使われる手段の一つかと思われます。ただ，私個人としては，いきなり孔明を超人として描くよりも，抜群の知恵に頼って苦境を切り抜ける，そんな人間くさい姿も描いてほしいと思います。山場を作る上では当然のことなのかもしれませんが，あまりにも人間離れした孔明の行動を見ると，何となく注文をつけたくなってくるのは私だけでしょうか。
　孔明と周瑜の関係について，小説の中では次のようなエピソードも盛り込まれています。すでにお話ししたように，周瑜はもともと曹操の南下政策に対しては反感を抱いていて，曹操の軍勢に堂々と立ち向かうべきだと主張していたのですが，孔明へのライバル意識が強いため，ただちに孔明の説得に同調せず，事あるごとに意地悪をして孔明の鼻をあかそうと画策します。さきほどご紹介した「草船借箭」の場面もその一つですが，対する孔明はその一枚上を行き，心理作戦を実行して巧みに周瑜の心を操り，最終的に曹操への怒りをあおって，北から攻めて来る曹操との対決を決意させます。孔明が実行した心理作戦とはどのようなものだったか，これについて少し詳しく見てみましょう。
　この場面も，ある意味では周瑜との知恵比べといいますか，周瑜から見ると孔明は確かに並外れた才能の持ち主で，自分よりも優れた存在であることを見抜いて，かなり焦ります。それを証明するかのように，常に孔明の方が上を行ってしまう。その結果，嫉妬心に阻まれて孔明のめざす連合はなかなか実現しません。周瑜はどちらかと言えば主戦派ではありましたが，劉備との連合には反対していまして，おいそれと孔明の提案に同意しない。そこで，孔明としては，最終的な策略に出る。場面としては，先ほどの「矢を借りる」場面の少し前ですが，ある情報を周瑜の耳に吹き込むことで，かなり決定的な衝撃を与え，その結果，周瑜はようやく劉備との連合に賛成することになります。
　その策略とは何かと言いますと，周瑜が娶っていた美人妻を持ち出して，曹操が南方に攻めて来る目的の一つは，ほかでもなく，彼女を狙ってのことであると，当事者である周瑜にわざと吹き込みます。自分の妻

を略奪するために曹操が攻めて来ると思い込んだ周瑜がそのまま黙っているはずはありません。意外な事実を知らされた周瑜は激怒して，ただちに孔明が提案した連合策に賛成することになる。周瑜という人物はなかなか一本気なところがありまして，曲がったことに対しては我慢ならない，そういう性格の人です。他人の妻を奪い取るなどといった非道な企みを黙って見過ごすはずはありません。ましてそれが自分の妻である，そう知った周瑜は，たちどころに孔明の策略にはまってしまう。そんな場面がありまして，これもまた，孔明が他人の性格を推察する能力に長けていることを示す一例となっています。

具体的に言いますと，曹操から聞いた話として，孔明は周瑜に対して以下のようなことを吹き込みます。曹操は二つの願いを持っている。一つは天下を平定して皇帝になること。もう一つは，女性に関することで，絶世の美人として名高い二人の女性を手に入れることだというのです。それは誰かと言いますと，江東の二喬と申しまして，美人として名高い美人の姉妹がいたのですが，その二人を自分のものにすると豪語する。実はこの二人の美人のうちの姉の方，大喬の方は，孫権の身内の孫策という男の妻になっている。それから，妹の小喬の方も，この時点ですでに周瑜の妻になっている。周瑜の方が先に，二喬のうちの妹の方を手に入れていた。孔明はその事実を知っていながら，知らないふりをして，曹操がその二人の美人を狙っていると周瑜にわざと吹き込んだのです。曹操の真の狙いはそこにあるのだと，素知らぬふりをして周瑜の耳に入れ，彼の感情を揺さぶる作戦に出る。その結果，周瑜の心は大いに乱れて，曹操に対する憎しみが募り，まんまと孔明の思うつぼにはまってしまいます。

英雄の影に女性ありと申しますけれども，周瑜もやはり男には違いありません。愛する妻の略奪計画を知った以上，曹操に対する敵愾心を強めたのも，無理からぬことかと思われます。逆に言えば，そうした心理を見抜いて，連合への同意を取り付ける作戦に出た孔明もまた，策士の最たるものというべきかもしれません。曹操の強大な力を防ぐために

は、いかなる手段も辞さないという、非常な決意があったことも事実かと思われます。事実孔明は、周瑜に対して、曹操の野心を砕くには、二人の美女を探して金で買い求め、曹操のもとに送ってしまえばよろしい、などと言って、周瑜の怒りをあおる場面も描かれています。これでもか、これでもかと畳みかけて周瑜を追いつめる、そんな孔明の姿を、小説では非常にリアルに描いています。

　さて、劉備と孫権が手を組んで、北から攻めて来る曹操を迎え撃ち、両者が激突する、それが映画化されて話題となった「レッドクリフ」、すなわち「赤壁の戦い」の場面ですが、連合軍が入念な準備をして挑んだ甲斐あって、曹操船団の焼き討ちにみごと成功し、敗北を喫した曹操は大半の軍勢を失って、命からがら逃げ延びていきます。曹操が逃げていく途中で、劉備配下の武将が待ち伏せして、曹操は次第に勢力を減らしていく。逃亡する曹操の様子を描いた最後の見せ場は、華容道という場所での出来事です。孔明は曹操の逃亡経路をあらかじめ予測し、要所に伏兵を待機させ、逃げて来る曹操を迎え撃ちますが、この華容道には関羽を派遣して待ち伏せさせていた。関羽を華容道に配置することについては、初めのうち、孔明はあまり乗り気ではありませんでした。というのは、かつての二人の関係、つまり、関羽が一時的に曹操の捕虜となり、その後劉備のもとに逃げ帰った際に敢えて関羽を捕縛しなかったという経緯があったからです。しかし、関羽の強い希望を容れて、孔明はやむなく関羽を華容道に派遣して、曹操を待ち伏せさせます。曹操は数少ない敗残兵を引き連れて、華容道に逃げてきますが、孔明の予測した通り、曹操と対面した関羽はかつて蒙った恩義に負けて、曹操を逃がしてしまいます。涙を流して見逃すよう懇願する曹操と、板挟みになって苦しむ関羽の様子が、非常に印象的に描かれています。この場面は「義によって曹操を釈す」と呼ばれる場面です。この言葉が示すように、この場面では関羽の性格である「義」が非常に強調されています。極端に言えば、華容道の場面は、もっぱらそのために設定されているといってもよいように思います。

ここで気になるのは，孔明が採った態度です。孔明ほどの人物ならば，華容道に関羽を派遣すればどういう結果になるか，あらかじめ予測できたのではないかと，そう思われます。義侠心の塊である関羽の性格を考えれば，彼を配置しないという選択肢もあったはずです。にもかかわらず，孔明は敢えて関羽にその任務を与えた。この点について，小説では，曹操の命運が未だ尽きていないことを孔明が知っていたからだ，という，取ってつけたような理由を述べています。考えてみれば，華容道で曹操が殺されてしまうと，その後の三国鼎立の条件が根本的に崩れてしまいますから，物語の展開に大きく影響するだけに，ここではどうしても関羽に曹操を討たせるわけにはいかない，それは確かなことです。しかし，それにしても，単に曹操の命運が尽きていないから敢えて関羽を配置したとするのは，読者としては何となく腑に落ちないものが残ります。やや苦しい言い訳になっているように思われます。
　ところで，孔明という人物に対する評価は歴史書の記述ではどうなっているか，この点をもう少し探ってみたいと思います。『蜀書』を書いた陳寿は，孔明をどのように評価しているかと申しますと，総合的な評価としては，人並み優れた人物であると書いていますが，気になる部分もありまして，『蜀書』「諸葛亮伝」によれば，劉備亡き後の行動を評価して，「劉備が死去するに及び，後継ぎが幼かったため，政治は大小となくすべて諸葛亮が取りしきることになりました。こうして外は東呉と連盟し，内は南越を平定して，法律を作り制度を施き，軍隊を整備し，機械や技術はすべて最高を究め，刑罰・命令は厳格かつ明晰で，信賞必罰，悪事をなした者は必ず罰し，善事をなしたものは必ず顕彰したため，官吏は悪を受けつけず，人々はみずから努力せんと心がけ，道に落ちているものを拾う人もなく，強者が弱者を侵害することもなくなるに至りまして，その教化は世の中を引き締めたのであります」と述べる一方，軍隊の指揮についてはその実力を疑うような発言を残しています。原文には次のようにあります。「しかしながら，諸葛亮の才能は，軍隊の統治には長じておりましたが，奇策の点で劣り，人民を統治する才幹

のほうが将軍としての才略よりすぐれておりました。(中略)諸葛亮の才能や政治は、そもそも管仲や蕭何に次ぐものでありましたのに、当時の名将の中に王子敬や韓信のような人物がおりませんでした。そのために功業は次第に衰え、大義は遂行されなかったのでありましょうか。思うに、天命の帰するところは定まっていて、智力をもって争うことは不可能なのです」。こうした記述を見ると、優れた参謀であったことは認めながらも、天命には逆らえないものであるとして、その限界を指摘しているように思われます。

　ただし、以上に述べた孔明に対する評価はあくまでも歴史書の中での評価であって、それを小説化する段階では、編者がどのように潤色しようとも、それは自由です。事実、小説の中の孔明は多分に魔術師的な要素を加えられ、多くの場面で超人的な力を発揮して苦難を切り抜けることは、すでにご説明した通りです。ただ、陳寿が指摘したような弱い側面も、小説の中の孔明には残っているような気がして、少し気になるところです。その最大の点は、孔明自身の死に関する描写です。孔明は五丈原というところで、病気になって死んでしまいますが、それについては、思いがけない事態がその引き金になった。みずからの死期を悟った孔明は陣中で蝋燭を燃やし、天に祈りを捧げて延命を願いますが、部下の不注意によって灯りが消えてしまったために、祈りは届かず、あえなく命を落としてしまいます。小説の描写では、それもまた天運であるという風に説明していますが、こうした説明も、どこかしっくりこないものが残ります。将来の命運を予測する能力を備えた孔明ならば、自身の死期さえも正確に予測できるのではないかと、つい期待してしまうのですが、現実はそうはいかず、部下の思いがけない裏切りのために、あっさり運命が変わってしまう。このあたりの処理はなかなか難しい側面もあるかと思いますが、何となく釈然としないものが残るのも事実です。スーパーマンとして位置付けようと努力してはいるものの、やはりどこかに人間としての孔明が顔を出す、そのことが性格上の矛盾につながっている、私にはそのように思われます。

ここで改めて小説『三国志演義』に込められたテーマについてもう一度整理してみますと、私の個人的な意見ですが、大きな柱としてあるのは、関羽という人物、とくにその義を描きたかったのではないかと思います。それが全てとは申しませんが、少なくとも主要なテーマの一つであることは疑いない、そう思っております。そのために、初めに申し上げましたように、関羽とは真逆の人物、つまり「不義」の代表としての呂布という男を出してきて、その男がいかに不義であるかということを強調してみせる。そして、その後で、満を持して関羽を登場させることで、関羽の義を強調する。義を強調するための手段として、曹操に関羽を捉えさせる。捕虜にさせて、劉備に対して如何に忠義心を抱いているかということを、いくつもの山場を作って、見せつける。これもやはり、関羽の義を浮き彫りにするための一つの布石であろうと、そう思います。

　そして、さらには、今回見ていただいた「赤壁の戦い」も、ある意味で関羽のために設定されているとも考えられる。もちろん、赤壁自体が、『三国志演義』前半の大きな見せ場ではあることは疑いのないところですが、それが終わった後に、曹操が逃げ惑う中に、関羽との出逢いの場面を作って、曹操と対面させて、彼をあっさり逃がしてやる。これも、よく考えると、以前から文脈としてはずっと続いている。曹操の捕虜になった頃の関羽と、それから、華容道で曹操を追い詰めた後の関羽とは、義という言葉でつながっているのです。

　そこで、この問題に関連することとして、改めて小川環樹氏の見解を考えてみたいと思います。「三国物語」は、三国時代以降、絶えず成長してきました。どういう方向に『三国志演義』が向かったのか、ということについて、小川環樹氏は翻訳の解説の中で意見を述べておられます。それを私なりにまとめてみますと、元代から明代に移行するにつれて、小説の世界は仏教から決定的に離れたと、そう述べておられます。しかし、それと同時に、新たに加わった色彩が、儒教の思想であると。つまり、元明の間に、仏教から離れて儒教へと向かった。こういうご指

摘です。この問題について考えてみますと，今回はあまり深入りする時間がありませんでしたが，いわゆる「三国物語」というのは，最初は音声として，語りの芸によって伝えられていた。それが，ある段階で，恐らく元末か明初に，読めるように文字化された。その段階で，「三国志」は大きく変化したと思われます。元代になって，『全相平話三国志』が刊行されます。その冒頭部分に盛り込まれているのは，前漢時代の人物が後漢の時代に生まれ変わって再び活躍するという，一種の輪廻転生譚です。これは，仏教の考え方です。それが，小説の『三国志演義』として本格的に文字化された段階で，そういう部分はすっかり削除されてしまう。

　これは何を意味するかということですが，先ほどご紹介した小川先生の言葉にもありましたように，「三国物語」というものは，語り物段階，あるいは演劇の段階では，実は関羽よりも張飛の方が目立った活躍をする。それが，小説となって読まれるようになってからは，張飛の活躍は減少して，関羽が前面に出てくる。こうした変化が何を意味するかと言いますと，やはりこれは，もともと長い間，耳で聞き，音声によって楽しんでいた人々，仮に庶民と呼んでおきますが，文字を読み書きできない人々，耳で楽しむことしかできない人たちに対して語られていた内容が，文字化された段階で，やはり中味も大きく変わっていく。どう変わったかというと，中国の歴代の知識人が好んだ，忠義の概念，儒教の倫理観，これを大きく前面に出して，ストーリーが構想されていく。そのための役者として登場するのが，関羽であると，そういうことが言えるように思います。ご存知のように，小説の中の関羽は，相当の知識人として描かれています。武力もさることながら，日頃から『春秋』を手放さず，暇を見ては読みふけっていたことになっています。がさつなイメージが強い張飛とは違います。関羽は，いわば知識人のあるべき姿を体現する形で『三国志演義』に登場しています。これは非常に興味深いことでして，「三国物語」の変遷を考える上では，見落とすことのできない重要な点ではないかと思われます。それと同時に考えるべきこと

は,「三国物語」の受容者,受け入れる人がどういう人であったかということによって,中味も変わっていく,これはむしろ当然のことですが,現在われわれが「三国志」と言っている世界,関羽が目立った形で活躍する世界というものは,必ずしも最初からそうなっていたのではなく,その前の段階の風景は少し違っていて,もう少し,忠だの,義だの,信だのといった,儒教の徳目を前面に押し出したようなものではなく,堅苦しい倫理観を抜きにして,もう少し単純に楽しむ,そういう世界が長く続いていたのではないか。それが,ある段階で文字化される中で,「三国物語」の構図そのものが,大きく変貌してしまった。われわれが現在読んでいるものは,ある意味,中国の知識階級の人向けに,そういう人々が喜ぶように,作り替えられた物語であると,そういうことになるのではないかと思います。

　最後に一言蛇足を加えますと,「三国志」はこれからも絶えず進化すると思います。市販されているビデオなどの内容を見ても,すでにそのことは感じられますが,様々なメディアを通じて,漫画やアニメ,ゲームなどを通じて,「三国物語」はまだまだ成長していくものと思います。私自身としては,今後さらに成長し進化していくのは,やはり関羽ではないかと,そのように思います。事実,関羽は今現在も成長し続けていまして,登場人物の中では最も変化の著しい存在です。関羽は現代にもなお,あちらこちらで生き続けています。ご存知の通り,現在ではお金儲けの神様として,世界各地で信仰を集めています。皆さん方も,一度手を合わせていただければ,あるいは関羽の御利益を授かってお金が集まってくるかもしれません。蛇足を加えてしまいました。

　以上,今回は「赤壁の戦い」と,そこに見られる孔明の活躍を中心にお話ししました。

第12講　神になった英雄
～関羽の最期と死後の活躍～

　今回は関羽の最期の場面と死後の活躍についてお話ししたいと思います。これまで見てきたように，小説『三国志演義』の中には関羽の活躍の場面が数多く用意されていますが，劉備を支えて華々しく活躍した関羽も，最後は孫権につかまって殺されてしまいます。この関羽の最期の場面を，編者はかなり詳しく描いています。歴史書ではそれがどう描かれているかということと，小説でそれがどう潤色されているかということ，この二つを理解していただくために，両者を対比させながらお話ししたいと思います。

　関羽が最終的に窮地に陥るまでには，いくつかの要因がありますが，その中の大きな原因として，孫権との軋轢が挙げられます。事の発端は，呉の孫権が関羽にラブコールを送ったことでした。具体的に言いますと，孫権が関羽を自分の陣営に引き込むために，政略結婚を申し込む。その話がこじれて二人の関係に溝が生まれ，関羽の態度に怒った孫権が関羽の討伐に舵を切る，そんな事件が展開されることになりますが，これについて，まず歴史書の記述を少し読んでみますと，孫権は使者を出して，自分の息子のために関羽の娘を嫁にもらおうとしたようです。関羽の娘については，小説にはあまり出てきませんが，関羽にはたくさんの子供がいたと言われていますので，おそらく娘もいたのでしょう。孫権が関羽の娘を嫁にほしいと申し込んだところ，関羽は使者を怒鳴りつけて，侮辱を与え，婚姻を許さなかった。そこで孫権は大いに怒った，とあります。このことは関羽の陥った窮地と大いに関係しているように思います。孫権の要求を突っぱねたことで，孫権の反感を買ってしまう。そして最終的に追い詰められて，麦城という所の郊外におび

き出されて，衆寡敵せず，と申しますか，多勢に無勢の状況に陥って，関羽は最期を迎えることになります。そのあたりのことを歴史書ではごく簡単に記述しています。その当時孫権はすでに広陵を占領しており，関羽の部下や妻子たちをことごとく捕虜にした。そこで関羽の軍勢は四散した。孫権は将軍を遣わして関羽を迎え撃ち，関羽と，息子の関平を臨沮に於いて斬り殺した，というように淡々と記述しています。つまり，息子の関平と一緒に斬り殺されたことになっています。

　一方，小説ではどのように描いているのでしょうか。このあたりの経緯は，小説ですから，少し長々と書いてありまして，いろいろな人物がそこに関わってきますが，孫権が配下の呂蒙に関羽を捉えるための計略を尋ねると，呂蒙が進言します。関羽は現在追い詰められて，麦城というところの裏道から逃げるであろう。従って，そこに兵隊を潜ませておけば，関羽は必ず戦意を失うであろう，勝利は間違いない，と進言します。さらに，小説では，関羽は麦城を追われた後，臨沮という，今の湖北省遠安県の西北にある場所に逃げる，その山かげの道に五百の精鋭を潜伏させておけば必ず関羽を生け捕りにできる，といった作戦を呂蒙が進言したことが書いてあります。麦城という所に関羽は籠城していましたが，これは非常に小さな場所で，長期間の籠城には適さない，その一つの城門だけをわざと開けておいて，関羽がそこから逃亡するように仕向ける。そんな作戦を立て，孫権はその通りに実行し，結局関羽は作戦にはまって生け捕りにされ，孫権のもとに送られることになります。

　関羽をみごと生け捕りにしたものの，孫権は関羽の逸材たることを知っていますので，いきなり殺すことを躊躇する。そこで，なんとか説得して降伏させるようにもっていきたい。しかし，ここで，左咸という人物が登場してさらに進言します。捕虜にしたいという孫権の要求に対して，それはいけません，その昔，曹操が彼を手に入れた時，爵位まで与えて厚遇し，三日に一度小宴会，十日に一度大宴会を開いて，馬に乗れば金，馬から下りれば銀，といった具合に関羽をもてなしたにもかかわらず，結局関羽を引き留めることができず，関羽に五関の将を斬ら

れ，立ち去られるはめになったのです。また今，曹操は逆に関羽に迫られ，遷都してその鋭鋒をかわす瀬戸際までいきました。主公には，すでに彼を生け捕りにされているのですから，ただちに彼を殺さなければ，のちのち禍根を残すことになりますと言って，躊躇する孫権に決断を促します。

　この部分の左咸の進言は，考えてみますと，この講座の初めの頃，呂布が関わる「連環の計」についてお話ししましたが，そのときに，呂布がとらえられて，曹操に対して命乞いをする，その際に，呂布は自分を使ってくれ，自分さえいればもう天下無敵だというようなことを言いますが，その場にいた劉備が，曹操に対して進言する。「それはいけません，呂布の，過去の行いをご存知でしょう」というようなことを言いました。次々に主君を変えて，最初は丁原という男についていた呂布は，董卓からスカウトされて赤兎馬をもらうと，掌を返したようになびいて董卓につき，その後さらに董卓を裏切って，王允の計略に加担して，董卓を討ち果たします。その後曹操にとらえられますが，呂布はあくまでも本性を発揮して，曹操に寝返ることを試みる。そうやって，生き延びようとする。それを見た劉備は，そんなことを許してはなりません，過去の呂布の節操のなさ，義のなさをご存知でしょう，と言って，そこで呂布を殺す，という場面がありました。

　呂布のこうした最期の場面と関羽の最期とを比較してみますと，呂布の方は，不義を重ねたために殺される。ところが，関羽の場合は逆になっていて，義の精神を貫いたために殺される。つまり，最終的に捕縛されて殺される点は同じですが，編者羅貫中は，明らかに，呂布の死の場面と，関羽の最期の場面を対比させて描いているように思われます。一方は不義のために活かしてはおけない，もう一方は，義が強すぎるために活かしておけない，そうした，全く対蹠的な姿が描かれています。そこにはやはり，関羽の義侠心の強さ，それを前面に出して，浮き彫りにして示すという意図があったのではないかと，私にはそのように思われます。義のために死んだ関羽，それを強調したかったのではないか，

そのように思います。

　ここで，関羽が捕縛されて殺されるまでの具体的な描写について，もう少し詳しく見ておきましょう。関羽は劉備から荊州の守備を任されて城内にこもっている。そこに孫権の兵隊がやってきておびき出され，ついに城外に出る，そして麦城に移ることになる。関羽の劣勢を知った孫権は，使者を送って関羽の説得にかかります。そのときに使者として派遣されるのが，孔明の兄の諸葛瑾という人物で，彼は当時，弟の孔明とは違って，呉の孫権の配下にいました。兄弟でも互いに異なる君主に仕えるということは，昔はよくあったことと思われます。兄の瑾は孫権に仕え，弟の孔明は蜀の参謀になっている。孫権としては，孔明の兄の諸葛瑾を関羽のもとに派遣して関羽を説得すれば，あるいはなびくのではないかという計算が働いたものと思います。そこで諸葛瑾が関羽の元にやってきて諄々と諭します。もう逃げ場はないのだから，このまま戦っても到底勝ち目はない，負けるのは目に見えている，と。孫権は関羽のことを非常に高く買っていますので，なんとかして関羽を自分の陣営に連れてきて使おうと試みますが，関羽としては，劉備との約束をあくまでも果たすつもりでいますので，軽々しく孫権の要求に応じるはずもない。諸葛瑾は結局説得工作に失敗して，無駄足を踏むことになり，結果的に関羽は原野をさまよって捕縛され，殺されてしまいます。

　ところが，関羽は死んで終わり，というわけではなく，実は死後も活躍します。小説の中では多くの武将が次々に死を迎えますが，小説の描写としては，関羽ほど死後の状況が詳細に描かれている武将も少ないように思われます。それが何を意味するか，ということも，重要な課題かと思われますが，その点について少し補っておきたいと思います。関羽が死んだ後，乗っていた馬，赤兎馬ですね，その馬はどうなったか。これは孫権に奪われてしまいます。孫権の部下が乗り回そうとしますが，赤兎馬は何故かいっさい餌を口にせず，絶食して絶命する。つまり，馬も関羽に殉死したことになっています。これもまた関羽の義を強調するエピソードではないかと思われます。つまり，人間だけでなく，動物さ

えも関羽に感化されて，関羽との義を重んじてみずから死を選んだ，小説の編者はそのようなストーリーを作り上げたかったのだと思います。

　もう一つ，注目すべき点があります。それは関羽の死後の魂の行方についてです。関羽の死後，その魂は玉泉山という山に帰って行きます。そこには普浄という僧侶がいて，関羽の魂が普浄に対して，呂蒙の罠にはまって殺害された無念を訴えます。しかし，普浄に説得されて，自分の死について観念する。その場面での関羽の亡霊の出現方法が小説には詳しく描かれています。赤兎馬に跨って，青竜刀を振りかざしながら，関羽の魂がやってくる。左右には武将を連れています。一人は関平，もう一人は周倉です。二人の武将を引き連れて玉泉山にたどり着く。そして，不満を訴えるのですが，普浄に道理を説かれて悟り，その後，仏に帰依した，という描写があります。さらにその後，玉泉山で霊験を現して，土地の住民を庇護した，とあります。住民の守護神になったとされています。土地の人々は関羽の魂に感謝し，祠を建てて祀りを欠かさなかったようです。

　関羽については，その他にも色々と不思議な現象が描かれています。まず，命を落とすきっかけを作った孫権に対する行動です。呂蒙の作戦が効を奏して関羽は捕縛されますが，その手柄を褒めたたえて，孫権があるとき彼に酒を飲ませる。呂蒙は酒杯を手に執って酒を飲もうとしますが，その途端，怪奇現象が起こります。呂蒙は突然酒杯を地面に投げつけ，片手でぐいと孫権をつかみ，声を荒げて罵る。「この碧眼の小僧，紫髯の鼠野郎。わしが誰だかわかるか」，と。つまり，関羽の霊が呂蒙に乗り移ったのです。周囲の者が慌てて助けようとすると，呂蒙は孫権を押し倒して，つかつかと前に進み，孫権の座席に座ると，両方の眉を逆立て，両目をむき出して大声で怒鳴りつける。私は黄巾を撃破して以来，天下を駆け回ること34年。突然お前の奸計にはまって命を落とすことになった。生きてお前の肉を食らうことはできないが，死んで呂蒙の魂を追いつめてやる。我こそは関寿亭侯関羽である，そんな風に語る。この言葉を実際に声に出しているのは呂蒙ですが，関羽の亡霊が乗り

第12講　神になった英雄

移って，怨念を晴らそうとしているのです。関羽の霊にとりつかれて，呂蒙が孫権に向かってこうした罵声を浴びせる，そんな場面が描かれています。よく見ると，呂蒙はその場で息絶えて死んでいたと，そんな風に描かれています。

　さらに，次のような描写もあります。今度は曹操についてです。関羽を実際に殺したのは孫権でしたが，劉備の報復を恐れて，責任転嫁を図るために関羽の死体を曹操のもとに送り付けます。関羽の死を曹操のせいにしようと偽装したのです。木箱に入れた関羽の死体を曹操のもとに届けますが，曹操がその箱を開けると，関羽の顔はまるで生きた人間のようだったとされています。そこで曹操はその首に向かって，笑いながら，こういった。「雲長殿，一別以来お変わりなきや」と。冗談半分だったと思いますが，曹操が関羽の首に語りかけた。すると，その言葉が終わらないうちに，突然関羽の口が開き，目が開いて，髪も髯もすべて逆立った。曹操は驚愕して気絶した。こんな風に，関羽の霊が死後も敵を脅す様子が生々しく描かれています。さすがの曹操も，誠の天神であるとして，関羽の事を褒めたたえた，ということになっています。そんな場面が付け加えられているのです。

　その後，関羽の霊が劉備の元へ行き，その夢枕に立って，自分が呂蒙の罠にはまって殺されたことを訴えます。さらには，再び曹操の夢枕にも立って，安眠を妨害する。その結果，曹操はついに精神を病んでしまい，錯乱状態に陥って，持病の頭痛も激しくなる。そこで，周囲の者の勧めに従って，天下の名医として名高い華佗という医者を呼んで治療してもらうことになります。華佗は，その昔，関羽が戦場で毒矢にあたって瀕死の状態になった時に，腕を切り開いて毒を取り出し，関羽の命を救った医者です。麻酔もせずに手術を受けている最中に，関羽が平然と談笑しながら飲食したことはよく知られている有名な一段ですが，それはともかく，華佗という医者は当時相当の名医として名が知れ渡っていた。そんな医者を呼び寄せて，曹操は持病の頭痛を治そうとしますが，検診した華佗は，治療の方法として，今で言う外科手術，つまり，頭部

を切開することを勧めます。当時の常識としては，頭を切開するなどということは，ほとんど考えられないことでしょうから，それを聞いた曹操は，自分の殺害を企んでいるものと思いこんで，華佗を殺してしまいます。それが祟って，その後曹操は様々な怪異現象に見舞われて，ついに66歳で死んでしまいます。

　こうした経緯を見ますと，関羽の死と曹操の死とは直結していることがわかります。改めて考えてみますと，これも，関羽が劉備への忠誠心を発揮して，死後もなお曹操にとりついて最後まで離さず，宿敵曹操を退治した，そんな関羽の姿を強調した話として読み解くことができるように思います。

　以上のように，関羽という男は，小説の中では，登場した直後から死ぬ時まで，あるいはさらに死んでからもなお，劉備との深い絆によって結ばれて，様々な活躍をする，そういった位置づけがなされているように思われます。そのことを改めて考えてみますと，小説の編者が，今は仮に羅貫中としておきますが，小説『三国志演義』に託した意図は何であったか，そのことを考えてみますと，大きく縦糸として織り込まれているのは，やはり義の強調ではないかと，そう思われます。関羽だけとは言えませんが，関羽を代表格とする，義を重んじる人間の生きざま，それを中心に描きたかったのではないか，そのように思われます。事実，物語の至る所に義の精神がちりばめられていますし，義の世界を抜きにして『三国志演義』を語ることはできない，私にはそう思われます。ただ，テキストの違いによって義の強調の程度に差があるように思われますので，この点はさらに検証する必要があるように思います。いずれにしても，関羽の存在が『三国志演義』の主題に関わる非常に興味深い問題を含んでいることは確かです。

　さて，小説の中の関羽の活躍は，このくらいにして，次に少しお話ししておきたいことは，現実の中国の社会の中で，関羽という存在は，歴代の王朝が武神として，国を守る神として，崇めるようになったことです。資料では，「関羽の偶像化」と題して，関羽が実際の社会の中でど

のような位置付けをされていくかということを，時代ごとに示しておきました（関連資料11）。具体的に言いますと，歴代の王朝は関羽に対して様々な，立派な称号を与えました。それによって関羽の存在を顕彰して，守護神として味方につける，そういう意図があったようです。その経緯を簡単に紹介しておきました。まず，曹操ですが，彼は関羽を捕虜にした後，これもやはりご機嫌取りの意図が強く込められていると思いますが，「漢寿亭侯」という称号を与えます。これは，「侯」という言葉が最後についていることからわかりますように，一般の民衆とは異なる階級に関羽を引き上げたことになります。階級社会にあっては，どのような称号を持っているかによって，待遇が全く異なる。よって，関羽の地位を向上させるためには，やはり大きな意味を持つものであったと推察されます。

　関羽の位はその後次第に上がっていきます。最初は「侯」，次は「公」，そして「王」になり，さらには「帝」になり，最終的には「神」にまで上り詰める。死後の関羽の出世はまことに目を見張るものがありまして，その意味では，非常に特殊な存在ではないかと思います。劉備や曹操でさえも，そうした待遇は死後に受けていません。劉備は「昭烈皇帝」，曹操は「武帝」のまま，関羽一人が，現実世界のみならず，あの世に行ってからも出世し続けたことになります。いわば，死んでからも，現実社会の守護神として活躍したのです。

　ご存知の通り，今なお関帝廟は世界中の各地にありまして，中国はもちろん，日本にもありますし，東南アジアの主要都市にも建てられています。もちろん，関羽の性格はもとの武神としての性格をそのまま引き継いでいるわけではなく，かなり変化して，今ではお金儲けの神様としての側面が前面に出ているようです。今や財神としての性格が強くなって，本来そうであったような，護国の目的で関帝廟を建立する人は少ないと思いますが，ともかく，関羽は相変わらず神として現実に生きる人々の心の支えになっています。関羽が何故そうした金儲けの神様に変身したのか，その理由についてはまた後で考えてみたいと思っていま

す。

　宋の時代，とくに北宋になってから，関羽は段々と地位を向上させられていきます。宋代に「公」になる。具体的な称号の細かな意味についてはここでは省略しますが，とにかく，いかめしい漢字をいくつも追加されて，その威厳と権威を高める工夫が歴代の王朝によってなされていきます。先ほどご紹介しましたように，はじめ「公」であったものが次に「王」になり，ついに「帝」になる。関羽が飛躍的に出世するのは元の時代ですが，こうした変化の背景としては，やはり政権基盤が不安定な王朝とそれをとりまく環境が関わっているように思われます。関羽の武力を借りてなんとか国家の安泰を図りたい，そういった願望が関羽の称号の変化に表れているものと考えられます。

　宋代の次の王朝である元代には「義勇武安英済王」という封号を授与されます。関羽の故郷である山西省の古廟には大きな石碑があって，それは1353年に彫られたものだということがわかっていますが，かなり長い称号が付与されているようです。3行にわたって，「斉天護国大将軍検較尚書守管淮南節度使兼山東河北四門関鎮守招討使兼提調遍天下諸宮神煞無地分巡案官・・・・・」，まだまだ延々と続きますが，こんな文言が長々と彫られているようです。このように，官職を次々に加えていって，最後は「崇寧護国真君」という文字で終わっています。これは私自身が実際に調査したものではなく，資料に挙がっていますように，主として宮紀子氏の『モンゴル時代の出版文化』という専門書を参考にさせていただきました。名古屋大学出版会から2006年に刊行されたこの本は，これまであまり注目されてこなかった元代の出版業について，丹念に資料を探ったうえで考証した手堅い研究書として評判の高いものです。

　ところで，これほどまでに関羽を顕彰する意図は何か，ということですが，考えられることとしては，特別の称号を授与して関羽の武神としての地位を合法化する，それによって国体を維持する，と言いますか，国家の安定を守ってもらいたいと，そういう意図が強く働いたものと思

われます。そして，それが何故関羽なのか，強い武将は他にもたくさんいたはずですが，どうして関羽が選ばれたのかという問題が，次に考えるべき問題であると思います。次にそのあたりについてお話ししたいと思います。端的に言えば，キーワードとなるのはやはり「義」という言葉ではないかと思います。国を守るためには，裏切り者では役に立たない，体制に対して忠誠を誓い，あくまでも国家のために忠誠心を持ち続ける，そんな存在が必要になってきます。そこで白羽の矢が立てられたのが，三国以来，「義」の化身とも言うべき関羽その人であったのではないか，そのように推測されます。

　これは中国に於ける儒教の浸透，体制維持のために利用された儒教観念，そのこととも大いに関連する問題で，歴代の王朝が儒教という倫理道徳をどのように利用したか，言い換えれば，国体維持のために，社会制度のあらゆる側面にこれを適用して人々の意識を統一しようとしたか，そのあたりを探るのも一つの重要なテーマであると思われますが，ともかく，儒教観念に基づく体制維持への強固な国家的意志，それが，関羽という，極端なまでに神格化された，いわば怪物のような存在を生み出したことは疑いないように思います。

　さらに，封建制度の維持，このこととも関連しているように思います。それはもちろん，政権を担う一部の集団の体制維持のための手段ですが，儒教観念を社会の隅々にまで行き渡らせることによって，為政者が敢えて関羽を利用した，そのことも背景にあるものと思われます。関羽が選ばれた理由としては，様々な階層の人々の願望や，人格上の美点などを，関羽という人物は引き受け安い存在だった。国体擁護のための格好の存在として関羽が選ばれた。さらに，それが神にまで祭り上げられた背景としては，関羽が山西省の出身であったという特殊な事情が関わっているように思われます。以下，この点について詳しくお話ししたいと思います。

　中国歴代の朝廷が関羽を崇め奉って，各地に関羽の廟を建設し，それによって人心の集約を図ろうとした，このことは，国家政策としては非

常に理解しやすい側面を持っていると思います。関羽を一つの精神的支柱として国家安泰への拠り所とする，そうした意図がうかがえるように思いますが，先ほどお名前を挙げた宮紀子氏の研究によりますと，元代になって急激に関羽が顕彰されるようになる。その理由は，他の時代とは違った元代特有の状況があったのではないかと言われております。詳しくはご紹介した書物をお読みいただきたいと思いますが，元という時代，モンゴル族という異民族が支配した時代の特殊事情，その支配下に置かれた漢民族の存在，そうした複雑な状況が関羽という人物を奉る一つの要因になっているのではないかというのが，宮氏の主張です。これはなかなか説得力のあるものだと私は思います。ともかく，関羽という人は次第に偶像化されて，最初は恐らく武神として祭られていたものが，時代の要請に応じて徐々にその性格を変化させ，ついに財神にまでなっていく。そうした変化があることは事実だと思います。ただ，その変化が実際にはいつ頃現れたのか，武神がいつ頃から財神としての性格を強めていくのか，この点については，まだ私にもはっきりしたことはわかりません。

　ただ，現時点で一つ，ご紹介できることとしては，あくまでも一説ではありますが，これまでたびたび申し上げてきましたように，小説『三国志演義』の中では，関羽の位置付けが格段に高いことは事実です。諸葛孔明や，劉備・孫権・曹操といった人物を含めて，各人物が活躍する様々な名場面が用意されていますが，関羽が生きている間は，関羽を非常にクローズアップした設定がなされている。ですから，最初から申し上げていますように，羅貫中の小説『三国志演義』というものは，穿った見方をすれば，ある意味で，関羽を顕彰するためのストーリーであると，そんなふうにも言えると思います。やや極端な言い方かもしれませんが，そういう見方も可能になってくるのではないかと，そう思われます。

　では，それは何故か，何故羅貫中という人はそれほどまでに関羽を中心にストーリーを構成したのかという疑問が残りますが，これについて

は，羅貫中の出身と関係がある，という説があります。羅貫中という人は謎の多い人物でして，どこで生まれて，どこで育ったかという，いわゆる出自について，いくつかの異なる説があります。つまり，定説がまだ無いわけです。ただ，その中の有力な説として，山西省の出身，つまり，関羽と同郷であるという説があるのです。関羽は，山西省の南，黄河沿いに位置する解良県というところの出身です。黄河が南下して東に向かって流れを変える，そのちょうど湾曲するところに関羽の故郷があります。ここには関帝廟の総本家ともいうべき，立派な廟が今でもあります。そして，羅貫中その人もこのあたりの出身者であった。ですから，ある意味では，同郷人の顕彰という側面があるのではないか，そういう説があります。

　同郷人を顕彰するということは中国では昔から行われていたようです。同郷人には特別の親しみを感じるということは今でもあると思いますが，中国では土地の縁，つまり地縁の結びつきが強いようですので，羅貫中は意図的に同郷人である関羽を祭り上げていった，そういうことが一つの説として存在します。このことを言葉の面で言いますと，現在では標準語にあたる「普通話」というものが教育されて，中国のどこに行っても，ある程度の世代の人であれば通じますが，一昔前まではそうではなかった。言葉の点で言えば，中国はいろいろな国の集合体のようなもので，北と南とでは，音声面では全くの外国語であった。もちろん，今でも，広東の人と北京の人が方言で話しても，恐らくお互いに一言も理解できないでしょう。そんな状況ですから，同郷意識が強く働くのは，言葉の面からも非常によく理解できます。旅先で人に会って，話が通じるのは，やはり故郷の人です。反対に，異郷の人とは，意思疎通さえできない，全くの他人です。まして，漢字が書ければまだ何とかなりますが，昔は，漢字を書ける人はむしろ少数で，全く読めない，書けないという人々が圧倒的に多かったため，もっぱら話し言葉によってしかコミュニケーションがとれない。仮に相手が違う地方の出身であれば，それさえもできない，そういう状況があった。そうなると，同郷人

のありがたさと言いますか，結びつきの強さも，日本の比ではなかったであろうことはある程度推測できます。

　羅貫中は関羽と同じ土地の出身で，関羽を顕彰する意図があると言われていますが，さらに，単に同郷人だから顕彰したのか，という点ですが，実はもう一つ重要な要素が介在していまして，関羽が顕彰されるに至る歴史的背景として，塩，食塩ですね，これとの関連が指摘されています。実は，山西省の解良県あたりは，陸塩の産地として有名なところでして，私もかつて北京から山西省に向かって列車で移動したことがありますが，南下して永済県に近づくと，線路の両側に白いものが山のように積み重なっている場所がありました。同行した中国人に聞きますと，これは塩だという返事が返ってきました。それまでにも陸塩の存在は知識としては聞いていましたけれども，実際に目にしたことはありませんでしたので，非常にめずらしく，窓から身体を乗り出して延々と続く塩の山を眺めたことを覚えています。場所によっては，あたり一面が白い湖のようになっているところもありまして，豊富な塩が採れるのだということを実感した次第です。関羽はそうした，陸塩の産地の出身でした。

　言うまでもないことですが，塩は人間が生きていく上で必要不可欠のもので，塩が出るということから，山西省南部は古来軍事上の要衝の地でもあったようです。中国は海岸線が少なく，内陸に大きく入っていますので，陸地で採れる塩は非常に貴重だった。そのことは事実です。陸塩が取れるということは，そこから全国に向けて塩を運ぶ，いわゆ「塩の道」ができる。山西省から多くの行商人が出て，塩を各地に運んで商売をしたと言われています。商人が地方に行商に行く場合，言葉の通じない，いわば異国同然の地ですから，非常な危険を伴う。そこで，守護神として誰かに守ってもらいたくなります。これは旅する者の当然の心理であると思いますが，そこで登場するのが，他でもなく関羽であると，そういう説があります。商人は，中にはあくどい商人もいたと思いますが，基本的には，良心に頼って，まっとうな商売をしないと無事に

故郷には帰れない。そこで，関羽の，忠誠を尽くすという性格が，商人の日頃の教訓として崇められた。関羽という存在が一つのお手本となって商人の精神的支柱として生きてくる，そういう状況が生まれたのではないかと言われております。これについては具体的な調査も必要になってくると思いますが，塩の商人が実際に動いた道筋と，関帝廟が建てられていた場所，その両者がある程度一致している，ということがわかれば，塩商と関羽との結びつきが，よりはっきりと裏付けられるように思われます。もちろん，各地に塩を運んで行った商人が，別の土地に移り住んで，それまで自分を守ってくれた関羽に感謝して，その霊力を顕彰する意味で関帝廟を建てる，ということもあるかと思いますが，いわゆる塩の道というものと，関帝廟建設の場所というものは，ある程度一致しているという報告もあります。

　たしかに，これまで申し上げた点は中国ではあてはまるかも知れませんが，日本では事情が違うように思います。日本の関帝廟に眼を移してみますと，中国の人が日本に来た場所，つまり，各地の港を中心に関帝廟が多いように思われます。横浜にしても，神戸にしても，やはり中国人がたどり着いて商売をする，そのための守護神として関帝廟を建てたという事情がからんでいる。そういう場所に関帝廟があるように思います。商人は武力に頼って商売をするわけではありませんので，どうかお金が儲かりますように，という信仰に変わっていく，そういうことではないかと思います。ただ，それがいつ頃からなのか，という問題は残りますが，ともかく，中国では，武神が，関羽が，財神になっていく過程に，塩というものが関わっている，そうした視点は重要な指摘ではないかと思います。経済学の立場から，経済発達史の側面から塩の流通を研究している研究者もおりまして，本来はそういうものもしっかり踏まえた上で検討すべき問題であるように思いますが，私自身は今のところ，まだそこまで全面的に踏み込む余裕がありません。武神と財神についての関係については以上の通りです。

　以上述べましたように，関羽は，小説の世界だけでなく，現実の世界

に於いても，いろいろな階層の人々によって持ち上げられて，末永く崇拝される対象になった。そしてその状況は今でも続いていて，明代以降は本来の武神としての性格を離れて，お金儲けの神様，つまり財神に変身していく。関羽という人物は時空を超えて，現在もなお人々の守護神として生き続けている，そんなことが言えるのではないかと思います。その意味では，『三国志演義』の中でも影響力の最も大きな存在であると言っても過言ではないように思います。関羽という人物を通して小説『三国志演義』をもう一度読み直してみると，編者がこの作品に込めた新たな意図が浮かび上がって来る，私は個人的にはそのように考えています。

　今回は関羽の存在意義，とくに死後の地位の向上とその意味について考えてみました。

第13講　もう一つの「三国志」
〜『説唱詞話花関索伝』の世界〜

　今回は「三国志」のもう一つの側面についてお話ししたいと思います。これまで12回にわたって，いわゆる，一般的に知られている小説『三国志演義』の話をしてきましたが，実は，そうした一般的に良く知られている小説になる以前に，中国では様々な形の「三国物語」が存在していたようです。ただ，そうした断片的な資料は，中国ではなかなか残りにくい事情がありまして，こういう分野を研究する上での大きな障碍になっています。

　中国で昔から文献資料として残り易いのは，まず歴史関係のもの，次に宗教関係の本，そして，これは宗教に含まれるのかどうか議論のあるところですが，儒教関連の書物，これら3種類の資料が圧倒的な分量を占めています。時間的にも空間的にも，そうした分野の資料が多く現存していますが，一方，それ以外のもの，たとえば小説とか戯曲とかいった分野の資料は，過去の中国社会ではあまり重要視されてこなかった経緯があります。価値を認めないものに対しては，それを保存しようという意識も働きにくいと思われますので，勢い，散逸しやすいということになります。そんなことで，一般にフィクションに属すると思われるような分野の資料は中国の国内では残りにくい状況があったと言われています。

　そうなると，逆に，たまたま海外に流れ出た資料の方が残っていたりする。江戸時代に長崎経由で日本に輸入されてきて，日本だけに残されている，本家の中国ではすでに失われてしまっている，あるいは，遠くスペインにまで運ばれて行って，そこだけにかろうじて残っている，そうした資料もあります。中国本土では残らずに，海外だけに残る，これ

はある意味で非常に皮肉な現象ですが，中国社会自体に残そうとする意識がない以上，やむをえない事かもしれません。保存意識がないどころか，特定の分野の書物を迫害した経緯もあったようで，小説や戯曲の資料というものは非常に残りにくく，その本来の姿を知ろうとしても，依拠すべき資料が散逸してしまっている状況では，なかなか探求しにくい所があります。最近になって，ようやく中国本土にも変化が現れて，中国国内に資料が残っていないかどうか，再調査しようとする試みがなされましたが，小説が文字として定着し始めたと思われる元代や明代からすでに相当の時間が経過していることもあって，中国国内ではなかなか新たな資料は見つけられず，結局，日本や朝鮮に関連資料を求めて調査にやってくる，という状況が生まれています。

　考えてみると，これは，実に皮肉な現象でして，資料が作成された当初から，そういうものをしっかり保存していれば，外国人の私などが，わざわざスペインまで出かけて行って昔の中国の本を探す必要もないわけです。また，日本に残っているものについては，中国の学者がわざわざ調査に訪れたりしますが，本来自国にあれば，そんな手間は省けたはずです。時代によって価値意識が変化する以上，いまさらそんな愚痴をこぼしてみてもはじまりませんが，今日ここでお話しする事も，それに関連するものでして，たまたま日本で発見された『三国志演義』にまつわる周辺の資料の存在と，その具体的な内容についてお話ししたいと思います。

　テーマとしては「もう一つの「三国志」」としておきましたが，これは，全く別の『三国志演義』という意味ではなく，現存する『三国志演義』が出来上がる以前の原初的な姿ということです。それは一つではありません。ここでは二種類の異なる『三国志演義』の姿をご紹介したいと思いますが，その前に一つ触れておきたいことがあります。それは，現行の『三国志演義』が出来上がるまでの大まかな歴史に関する事です。以前触れましたように，現在残っている小説『三国志演義』の古いテキストとしては，1522年のものが最も古く，その次に古いものは1548

年，これはスペインのエスコリアル宮殿に保管されております。その次に古いものは，1591年のテキストです。これらが現存する古いテキストの代表的なものですが，今回お話しするのは，こうしたテキストができあがる以前の，さらに古い形態を残しているテキストに関してです。

　まず，語り物の姿を色濃く残していると思われる『全相平話三国志』について触れたいと思います。二つ目は『花関索伝』についてお話しします。これは明代，1478年に中国の北京で出版されたものです。

　まず『全相平話三国志』についてお話しします。これは，1321年頃に中国で刊行されました。「頃」という表現は曖昧ですが，至治年間に刊行されたことが明記されています。至治というのは，元代の年号で，わずか3年間しかありません。ですからその頃と申し上げたわけです。この『全相平話三国志』は，『三国志演義』が小説として形を整える以前の，初期の形態を伝えているもので，文字として読まれるようになった初期のものと言われております。内容は上中下の三つの部分に分かれています。現行のストーリーとは違う部分も多く，話も大雑把な組み立てになっていますが，主な登場人物はほぼ登場していますし，筋書きも一致している所が多くあります。勿論，異なる部分もかなりあって，現行の小説にはないような，独自の内容も含まれてはいますが，『三国志演義』は元来が歴史物ということもあって，大枠は一致せざるを得ないような所があります。内容に関する詳しい異同については省きますが，ともかく，このような『三国志演義』の原話のような物語が残っていること自体，非常に珍しい事でして，これが発見された当初から非常に注目されたものです。ただし，中国本土ではなく，日本で発見されたものです。現在，国立公文書館，通称内閣文庫と呼んでいますが，そこに保管されています。

　これは，非常にめずらしい本で，毎ページの版面の上の部分が図版，下の部分が文字になっています。いわば，紙芝居の絵の部分の下に解説の文字を付けたような形態になっています。こういう形式のものを「上図下文」と申します。何故このような図版が付けられたかということで

すが，考えられることとして，一つは，文字を読むのが苦手な人々に向けて発想されたものではないかということです。下の部分の漢字だけを頼りに読める人々は，明代の中国ではあまり多くはなかったという推測がそれを裏付けています。全人口に占める漢字を読める人の割合，これを「識字率」と言いますが，時代によって変化するとは思いますが，この本が出版された14世紀の初頭に，漢字を自由に読み書きできる人は，それほど多くはなかったと思われます。というよりも，むしろ，少数派であったといってもよいのではないかと思います。そういう人達にとって，絵が付いている本というのは，ある意味で，漢字が読めなくても楽しめる，そういう手段として役立ったのではないか，そのように考えられます。

　中国には古くから科挙という官吏登用試験がありまして，それを受験するような人にとっては，文字だけで充分なのかもしれませんが，科挙などとは無縁の一般庶民にとっては，図版がついていることは非常に有り難いことだったと思います。ただ，こうした図版を見ただけでは，『三国志演義』の世界が詳しくわかるわけではありませんので，実際にこの本がどのように機能したのか，紙芝居のようなものが巷に存在していて，ある段階でそれが講釈師の語った内容と合体して本になったというようなことも推測されますが，本当の所はまだ充分には解明されておりません。たとえば，子供達を相手に，絵を見せながら，その部分の話を詳しく語ってみせた，それがいつしか書物として刊行された，そんなことも考えられますが，具体的な証拠があるわけではありませんので，やはり，推測の域を出ません。近年，「全相平話」に関する新たな研究成果も発表されていますが，こうした上図下文形式の本が当時の中国社会の中でどのような用途に供されていたかという問題については，今後さらに研究を深める必要があるように思います。

　『全相平話三国志』については，すでに２種類の日本語訳が出ております。一つは，現在私が勤務しております関西大学の同僚の二階堂善弘氏と，大東文化大学の中川諭氏が共訳したもの，これには簡単な注釈も

付いております。もう一つは、慶応大学の教授でありました立間祥介氏が最近訳されたもの。この二つが公刊されていますので、大変利用しやすくなりました。立間先生の訳は2011年に潮出版社から刊行されています。原本にあった図版もそのまま取り入れてありますので、視覚的にも楽しい本になっています。ご存知のことと思いますが、立間先生は小説『三国志演義』を現代日本語に翻訳された方です。文庫本にもなっております。

　私事になりますが、私はかつて東京で勤務していた頃、あるご縁があって友人と一緒に立間先生のご自宅に伺ったことがあります。先生は当時家の中で犬を飼っておられて、愛犬が家中を自由奔放に動き回っていたことが印象に残っていますが、その時、かつてNHKで放映された人形劇『三国志』の監修に関わっておられた頃の苦労話なども、非常に興味深く伺いました。それが誰の責任なのか、はっきりとはおっしゃらなかったように思いますが、『三国志』の一場面を撮影する際に、それは屋敷の中で曹操が対談する場面だったようですが、曹操の背後に掛け軸が掛かっていて、それをよく見ると唐代の張継が書いた詩で、例の有名な「月落ち烏啼いて霜天に満つ」で始まる「楓橋夜泊」だったので、これはまずいということで、撮影間際に慌てて別の詩と取り替えさせた、といった話をしておられたのをよく覚えています。三国時代の出来事を描く場面に唐代の詩の軸が掛かっていては大変です。そんなことで、少し話がそれましたが、『全相平話三国志』については既に日本語訳が出ておりますので、大変便利になりました。

　続いて『全相平話三国志』の内容についてお話ししたいと思います。そこにはどんな特徴があるのか、といった点にも注意したいと思います。資料の中の「挿絵目次」をご覧ください（関連資料29）。実は『全相平話三国志』という本には、もともと目次は付いていません。しかし、毎ページの上部についている図版の両側に簡単な説明書きがありまして、それを順番に書き出してみました。全部で70あります。これが話の流れを示す一つの指標にもなります。全体は三巻で、上、中、下に

分かれています。この本がどういう形で市場に出回ったか、はっきりとしたことはわかっていませんが、仮にこのままの形で販売されていたとすると、おそらく三巻全てが一挙に売り出されたのではなく、まず上巻だけを出版し、その売れ行き具合を見た上で、徐々に中巻、下巻というふうに出したのではないか、三巻に分かれているのは、その事を示しているのではないかと思われます。他の小説なども似たような例はあるようでして、長編物を一気に販売するという体制にはなっていなかったのではないかと思います。現代と違って、出版業者も小規模経営だったでしょうから、販売不振のリスクを常に負いながら経営した。そうなると、売れるかどうかはっきりしない長編物を一気に印刷するような冒険はしにくかったものと思われます。もちろん、そこには、紙の値段とか、受容者の購買力とか、そういったいくつかの不確定な要素が関わっていたと思われます。ですので、上中下の分割は、内容的な区切りに基づくというよりも、むしろ販売面の要請からそうなったのではないかと思われます。

　肝心の内容について見てみましょう。現行の小説『三国志演義』と比較してみますと、この『全相平話三国志』では、特に張飛の活躍が目立っています。これが最大の特徴だと思われます。関羽よりむしろ張飛の方が見せ場が多いのです。関羽は限られた一部の場面にしか登場しません。反対に、小説の中には出てこないような場面にも張飛がしゃしゃり出て活躍する。張飛の活躍の場面が小説よりも格段に増えています。もっとも、正確に言えば、本来あった張飛の活躍の場面が、小説になった時点でかなり削除されてしまった、というべきかもしれません。

　一例を挙げますと、「張飛三たび小沛を出る」という見出しがありますが、実はこの話は小説にはありません。ところが、元の時代の、民間の説話を取り込んだ話の中には、こうした物語も存在していた。そのあらすじを申しますと、劉備が小沛という場所に陣を構えていると、徐州の呂布が攻めて来る。何故攻めて来るかというと、その原因は張飛にあって、張飛が呂布の馬や荷物を奪ったために、呂布が怒ってそれを奪

い返しにやって来る。張飛としては，かつての自分の行いのために呂布に攻められたということで，責任を感じている。そのため率先して応戦役を買って出ますが，なかなか苦戦して，単独では呂布の勇猛さにかなわない。そこで，ついに血路を開いて曹操のもとに応援を頼みに行く。ところが曹操としては，にわかに張飛の言葉を信用してくれない。証拠になるような文書を持って来るように要求する。やむなく，張飛はまた劉備のいる本陣に引き返して，曹操への親書を書いてもらって，再び敵の包囲を突破して曹操のもとへ向かう。こうして，何度も曹操のもとに駆けつけて援軍を懇願する，その結果，ようやく曹操の援軍を得て呂布を撃退する，そんな張飛の武勇を讃える内容になっています。

　呂布はその後，下邳城という所に逃げ込んで，最後には水攻めにされる，そして最後には捕縛されて曹操に殺される，だいたいそんな筋書きになっています。呂布が曹操に殺されるところは小説も同じですが，そこに至るまでに張飛が介在して，呂布の荷物を奪ったために呂布が怒って攻めて来るといった場面は小説にはありません。しかも，『全相平話三国志』では，張飛の行動を3回も繰り返させて，その勇猛さを強調しています。張飛の活躍を意図的に目立たせているように思います。「三たび小沛を出る」とあるのは，そういうことを指しています。ただ，張飛がこのように何度も曹操の元に駆けつけて援軍を乞うといった話は，小説の中で書くとなるとやや冗漫な感じがしてくるように思います。その点，この『平話』は，講談という，もともと耳で聞く芸能であったことから，類似した動作を3回繰り返すことも，却って聞く人に印象付ける効果を生んだのではないかと推測されます。こういう所を改めて考えてみますと，張飛に関する活躍の場面というものは，当時は他にも数多く存在していたのではないかと思われます。もっとも，これは張飛だけでなく，関羽についてのエピソードも，現存する小説の中に採り入れられているものが全てというわけではなかった。当時は有名な人物に関する様々な説話や伝説が存在していて，それらの中から，小説の編者が適宜取捨選択して一定の人格を作り上げた，その結果が，今われわれが目

にする小説の形として定着している、そう考えるべきではないかと思われます。ですから、ここで張飛の活躍が目立つというのも、他の資料を視野に入れて考えると非常に興味深いものがありまして、こうした現象は小説『三国志演義』の主な登場人物全般について言えることではないかと思われます。

　以上に述べた点は、「三国物語」を題材とした演劇についても共通しています。元の時代は演劇がかつてなく盛況であったと言われておりますが、明代に書かれた演劇の台本などを読みますと、やはり関羽よりも張飛の方が目立った活躍をします。しかも、この演劇の中のストーリーと、先ほど見た『全相平話三国志』の筋書きとは、実は共通したものが多いのです。逆に、小説の内容とはあまり重なっていない。こうした現象を見ますと、もっぱら文字に頼って表現する小説と、耳や目など、聴覚と視覚に訴えて表現する芸能とは、根本的な違いがあるように思われます。「三国物語」が成立していく過程で、当時存在していた様々な形式の逸話のうち、あるものは小説の中に採用され、あるものは捨て去られて、最終的に大河小説として完成する。先ほどお話しした張飛の逸話は、そうしたダイナミックな動きを伝える一つの典型的な事例を示しているように思われます。

　ところで、『全相平話三国志』の特徴は、実はもう一つ挙げられます。それは、小説と違って、いかにも荒唐無稽なエピソードが多いということです。小説そのものがすでに基本的にフィクションですから、一定程度荒唐無稽な要素を含んでいるのは当然ですが、そうは言っても、『三国志演義』は歴史上の出来事を扱った小説ですから、全く荒唐無稽な話は作れない。一般に『三国志演義』は「七実三虚」であると言われます。事実が７割、虚構が３割という意味ですが、この言い方は、見方によっては、歴史を重んじる知識人に対する弁明的な要素を含んでいるようにも思います。ただ、仮にそうであったとしても、小説ではそれほど多くの部分が完全な虚構に基づいているわけではない。多くの事件は歴史上の事実に即して物語が作られていて、多少虚構の要素を交えるとし

ても，それはせいぜい潤色の範囲に止まることが多い。それに対して，『全相平話三国志』の内容は，全てがそうだというわけではありませんが，部分的には，誰が考えても，歴史的事実を大きく逸脱した，というよりもむしろ，奇想天外な筋書きによって構成されている。つまり，「三虚」程度ではなく，虚の割合が非常に高まっている，そういうことが言えると思います。

　典型的な例を挙げてみます。『全相平話三国志』の冒頭部分には，次のような話が加えられています。一般に「司馬仲相の冥界裁判」と呼ばれるものです。後漢の光武帝，劉秀が即位して5年経った時のこと，都を洛陽に定めて太平を謳歌していた。清明節，これは旧暦の3月3日，先祖の墓参りに行く風習がありますが，その日は御苑を一般庶民に開放したようです。宮殿の周囲に広がる広大な庭園を，この日に限って一般人にも自由に立ち入らせた。すると，科挙の受験を控えた一人の受験生，司馬仲相という人物が琴と本を持ってやってきて，突然，秦の始皇帝の政治について文句をつける。この逸話はいかにも唐突ですが，そんな話から始まります。司馬仲相はいきなり始皇帝の失政を憤る。すると，突然，天帝の使者が現れて，不平をぶちまけている司馬仲相を冥界の裁判所に連行する。天帝は司馬仲相に向かって，そこまで始皇帝の政治に不満を述べるのなら，自分自身で人を裁いてみよ，と命令する。何を裁くかというと，前漢時代の功臣に関する裁判をやり直すよう命じられるのです。物語の背景となる実際の時代は後漢ですが，冥界では前漢時代に逆もどりして，功臣として讃えられている人物の評価をやりなおさせる。

　前漢時代の功臣と言いますと，代表的な存在としては，韓信と彭越，そして英布の三人が挙げられます。天帝によると，前漢時代の功臣とされているこの三人が冤罪を訴え出ているので，それをみごとに裁いてみせよ，ということになる。この三人は前漢王朝の建国の際に，大きな功績があったにもかかわらず，建国後に，漢の高祖劉邦と呂后によって殺害された，そういう歴史的事実があります。建国の過程で手柄を立てた

からといって，その後も安泰だったわけではなく，劉邦に疑心をもたれて無残な最期を遂げる。そこで，自分たちの冤罪を天帝のもとに訴えてきたので，それを再審して裁け，というわけです。裁判のやり直しを命じられた司馬仲相は，ただちに，高祖と呂后を裁判の場に呼び出し，二人にみずからの罪を認めさせて，判決を言い渡します。そして，後漢の世に再生させる。このあたりは，文字通り荒唐無稽な話になっています。

　前漢時代の人物を後漢の時代に生まれ変わらせるという発想は，仏教の輪廻転生の考え方が混じっているように思いますが，結局，三人の功臣のうち，韓信は曹操に生まれ変わり，彭越は劉備に，英布は孫権に，それぞれ転生する。また，高祖自身は献帝になり，呂后は伏皇后，つまり献帝の妻に生まれ変わる。さらに，司馬仲相は司馬仲達に転生させる。こういった輪廻転生譚が冒頭の部分に付けられています。もちろん，こんな話は，現存する小説『三国志演義』のどのテキストにも存在しません。ご存知の通り，小説の冒頭は黄巾の乱から始まります。この転生譚がどういう意味を持つかということは，改めて考えてみる必要があるように思います。

　このあたりで二つ目の「三国志」の話に移りたいと思います。その前提となる問題を先ず取り上げておきます。これまでお話ししてきた『全相平話三国志』の中に，関索という人物が出てきます。どこで登場するかと言いますと，見出しの文字の中には出てきませんが，劉備の後を引き継いで劉禅が即位すると，諸葛亮は南蛮征伐に出かけます。南蛮と言っても，ベトナムの方まで行くのではなく，現在の雲南あたりを指しています。当時は雲南郡でしたが，そこで起こった猛獲の反乱を鎮圧するために軍隊を派遣することになる。小説の中では，この部分がかなり拡大されて，孔明が猛獲を7回捕まえて7回解き放つ，それによって孔明に心服させる，そういった話になっていますが，とにかく，孔明が軍隊を指揮して雲南に出かけていく場面が描かれます。その時，孔明の陣営に，突然，関索という武将が尋ねてきます。そして，猛獲の捕縛にあ

たって手柄を立てますが、その描写は非常に簡単なもので、関索がどういう人物で、どんな経緯から孔明の陣営に加わったのか、何も説明されていません。

　もともと『全相平話三国志』の記述というものは、あまり整ったものではなく、肝心な部分が省略されていたり、話の辻褄が合わなかったりします。ですので、関索という武将についても、読者に丁寧に説明することもなく、突如孔明のもとに現れて、いつの間にか消えてしまう、そんな謎めいた人物として知られていました。とにかく、素性がわからないまま放置されている、そんな印象があります。中国小説の研究者で、『三国志演義』の日本語訳を手がけられた京都大学の小川環樹氏も、かねてからこの関索という人物について疑問を抱いておられまして、翻訳の解説文の中に、その疑問を書き記しておられます。実は小説『三国志演義』の一部のテキストにも、ある場面にこの関索という人物が登場しますが、そこでもやはり非常に唐突な形で登場しますので、小川環樹氏も彼の素性に疑問を持っておられたようです。ところが、実は最近になって、この疑問を解くための重要なヒントが出現したのです。それが、次にお話しする二番目の「三国志」ということになります。

　それは『説唱詞話花関索伝』という、講談によって語られていた内容を文字化した本です。1967年、これは中国で文化大革命が始まった頃とされていますが、67年に、上海郊外の嘉定県にある古い墓の中から、偶然発掘されました。農家の人が畑を耕していた時に、偶然見つけたようです。明代の墳墓だったようですが、その中から、埋葬品の一部として出てきた。櫛や陶器などもこの本と一緒に出土したようです。地下に埋められていた墓、お棺の中に長い間埋まっていましたので、最初出てきた時は、それが書物であるとは思えない程傷んでいたようでして、発掘当時の写真も公開されていますが、それを見ますと、ひとかたまりになって、まるで丸められた古い雑巾のようでした。化学的な処理を施した結果、なんとか文字が判読できるところまで復元できたようですが、部分的には、後から書き込んだ文字もあるのではないかと思われます。

ともかく，そんなものが地下から出土した。それを丹念に読み解いてみると，驚いたことに，これが，かねて疑問とされてきた関索の素性を解明するための重要な資料だったのです。その資料が，私が東京の明治学院大学に勤務していた頃に中国で出版されました。

　その本の正式なタイトルは，『説唱詞話花関索伝』です。「説唱詞話」とはどういうものかと申しますと，「説」は「語る」，「唱」は一定の節回しで「唱う」こと，「詞」も一定の調子をもつ「歌謡」を指していて，要するに，韻文と散文が混在する語り物のことです。毎ページの構成としては，先ほどお話しした『全相平話三国志』と同様，版面の上の部分が図版になっていまして，その下に漢字による本文がある，そういう「上図下文」形式になっています。刊行された時期としては，明代の成化年間ということが判明していますので，『全相平話三国志』よりも150年くらい後のものになります。小説の形をとったテキストの中で，現存する最も古いものは1522年とされています。したがって，そのおよそ50年前に出版された「三国物語」の一つということになります。ただし，これは小説ではなく，芸人が口で語り，聴衆が耳で聞いて楽しんだ，語り物の一種です。

　この『説唱詞話花関索伝』の発見は，いろいろな意味で非常に衝撃的なもので，これまで不明であった関索という人物がタイトルの中にも出ていますし，内容的に見ても，従来の常識を覆すほど強いインパクトを与える書物でした。その内容について簡単にお話ししますと，関索というのは実は関羽の息子の名前で，これまで知られていた関平と関興以外に，実は関索という息子も存在していたのです。関索が登場する際の位置付けは二通りありまして，関羽の第二子となっている場合と，第三子になっている場合とがあるようですが，いずれにしても，これによって関羽には少なくとも三人の息子があって，これまであまり活躍が知られていなかった関索という息子が，この本の中では中心になって活躍する。関索を前面に押し出して，主人公としての位置を提供する物語は，これまであまり知られていませんでした。しかし，この本の出現によっ

て，ある時期，一定の地域に於ける民間説話の中には，三国時代に父親の関羽以上に活躍する息子の話が存在していたことが明らかになりました。

　ここで，この本が発見されてから出版されるまでの経緯について少し説明を補っておきます。出土したのは1967年だったようですが，この年は中国では政治的にかなり微妙な時期でして，文化大革命がまさに始まった頃のことです。文革はその後10年間にわたって中国全土で吹き荒れたと言われていますが，この運動の大きな傾向としては，知識人を徹底的に迫害した，実際にはある意味で熾烈な権力闘争だったようですが，世間にそんな風潮が蔓延している最中に出てきたものですから，書物が出てきた場合，正直に届け出るだけでも非常に勇気が要ったようです。書物排撃の風潮の中では，すぐに役所に届けることもできず，発掘された後，長い間，農家の納屋の中の籠に入れられていたとも伝えられています。実際に上海を訪れて，発掘の経緯を調査した松家祐子氏の報告を見ますと，当時の状況がかなりわかってきます。李慶という学者と共に現地を訪れて農家の人にインタビューしたようです。1987年のことです。その時の報告が『東方』という雑誌に掲載されていますが，それを読みますと，農家の人は発掘した本を，他の出土品と一緒に役所に持って行ったようですが，役所の担当者は本だけは受理しなかったとのことです。そこで仕方なく，納屋の籠に入れて吊していた，そういうことのようです。

　しかし，文革が終わると，一旦博物館に納められ，その本の価値が改めて見直されるようになり，1979年に出版された。当時私もそのニュースを聞いて，早速書店で購入しました。当時の値段は日本円で8万円くらいでした。当時の私にとってはかなり高価な買い物でしたが，なにしろ珍しい内容を持った貴重なものらしいという触れ込みでしたので，躊躇せずに買入しました。その後，当時東京の大学で勤務していた数人の友人と共に，この本の読書会を組織しまして，定期的に集まって丹念に精読しました。全部読み終わるまでに2年くらいかかったように記憶し

ています。内容がほぼつかめた時点で、せっかく読書会を立ち上げて研究した以上、このまま読んで終わりというのも、いかにももったいないことですので、全員が協力して研究書を出版しようということになりました。そうして出来たのが、汲古書院から出版した『花関索伝の研究』です。中国で原本が出版されてから10年後の1988年、平成元年のことでした。中国語の原文は誤字や脱字が多く、時々文字がかすれて判読できなかったりして、非常に読みにくいものですので、全文を正しい活字に起こし直し、さらに必要に応じて注釈を付けました。関連する資料も可能な限り捜し出して附録として付けました。かなりの時間をかけて綿密な作業をしたせいもあって、出版された当時は国内だけでなく、中国の学界からもかなり高い評価を受けました。発行部数が限られていたせいもあるかと思いますが、刊行後まもなく売り切れてしまい、現在では古本市場でかなり高価な値段が付けられているようです。

　発見の経緯等については大体以上の通りですが、『説唱詞話花関索伝』の内容について、もう少し詳しく見ておきたいと思います。全体は四つの部分に分かれています。前集、後集、続集、別集の四つです。前集の冒頭部分は有名な「桃園結義」から始まります。しかし、現行の小説にあるような内容の他に、独自のエピソードも盛り込んであります。劉備と関羽と張飛が義を結ぶ点は同じですが、小説と大きく異なる点は、その際に、お互いの家族をあらかじめ殺害することです。黄巾賊と決死の戦いをして漢王朝の再興を目指すからには、自分がいつ死んでもいいように、係累への未練を断ち切ることが目的かと思いますが、こうしたエピソードはなかなか衝撃的です。具体的には、張飛が関羽の家族を殺し、関羽は張飛の家族を殺すという設定になっています。劉備自身は特に家族を殺したりすることはないようですが、劉備は由緒ある血筋を引く人物ですから、さすがにそのような野蛮な行為には加担させなかったものと考えられます。張飛の取った行動について見てみますと、張飛が家族を殺害するために関羽の家に行きますと、関羽の夫人、名前は胡金定となっていますが、彼女はその時関羽の子を身籠もっていた。それを

知った張飛は，さすがに妊娠中の母親を殺すのは忍びない，ということで，彼女を秘かに逃がしてやる。母親だけでなく，さらに，関平も一緒に逃がしてやります。荒くれ者の張飛のイメージからすれば，随分軟弱な気もしますが，このあたりの筋書きは物語のその後の展開にとって非常に重要な鍵となる部分ですので，その関係もあって張飛にそうした役割が与えられたものと思われます。

　続いて，命拾いをした関羽の夫人，胡金定の話に移っていきます。話の中心は，逃亡後に産み落とした子供の事になります。胡金定は胡一族の住む実家にもどったようですが，そこで男の子を産む。その後7年経ったある日のこと，親子そろって村祭りの燈籠見物に出かけますが，子供は燈籠に見とれて，人混みの中で母親と離れ，迷子になってしまいます。しかし，幸いなことに，たまたまその場に居合わせた裕福な索員外に拾われて，その家で育てられます。子供は順調に成長していきますが，やがて，ある道士のもとに修行に出される。道士は花岳先生と呼ばれていて，一定期間預かって，子供を修行させる。修行に入って9年後のある日，道士の指示を受けて，山に水を汲みに行く。指示された通り，山に入ると，近くの岩が突然音をたてて割れ，そこから水が流れ出た。子供が急いで椰子の柄杓でその水を汲んでみると，水の中に蛇が9匹泳いでいた。子供は驚きましたが，かまわずその水を飲みます。すると，自分の体に変化が生じて，怪力が身についたような気がした。山を下りる途中で，子供は山賊に出くわしますが，その怪力のおかげで，山賊をさんざんやっつけることができた。このように，霊水を飲んで不思議なパワーを身につける花関索のエピソードが，前集の部分に描かれています。ここまでの部分で，花関索という名前の由来が判明します。「花」は道士の名前であり，「関」は関羽の息子であることを示し，「索」は迷子になった際に拾って育ててくれた資産家の苗字です。

　その後の話ですが，修行を積んで家に戻った花関索は，母親の胡金定と共に，父親である関羽を尋ねて旅に出ます。道中様々な苦難に遭いますが，たちはだかる敵を次々に打ち倒して味方に付け，次第に勢力を拡

大していきます。これもみな，修行中に身につけた霊力のお陰です。特に印象的なことは，道中鮑家荘という所に立ち寄った際に，鮑三娘という武芸の達者な娘と試合をして，彼女を打ち負かして妻にすることです。嫁取りの成否を武芸の熟達度が左右するという点は，いかにも軍記物らしいエピソードではないかと思います。ともかく，いろいろな困難にぶつかりながらも，なんとか関羽のいる陣中にたどり着く。このように，前集の内容は，ほとんど全て関索の一人舞台と言ってもいい程で，物語は関索中心に展開していきます。

　次に「後集」ですが，戦いに勝って妻にした鮑三娘には，もと廉康太子という婚約者がいた。廉康太子は鮑三娘と関索との結婚を知って怒り，花関索に闘いを挑みますが，敗れて殺されます。花関索は更に旅を続け，途中，芦塘寨の王桃，王悦姉妹を破って，この二人も妻とし，やがて劉備らのいる興劉寨に到着，父親の関羽に会って親子の名乗りをあげます。その後，兄廉康の仇を討ちにきた廉旬を殺し，また劉備につきそって曹操の招宴に赴き，席上，劉備を害そうとする呂高天子を剣で撃殺するなど，様々な手柄をたてます。

　以下，簡単に梗概を述べますと，続いて「続集」では，劉備の西川攻略に従軍した花関索は，閬州の王志，巴州の呂凱，山賊の周覇，成都の周倉を次々と破り，西川全土を平定することになります。さらに「別集」では，西川平定後，花関索は父と共に荊州城にとどまることになりますが，ある日，劉備の子・劉封と酒席で争い，劉封は陰山へ，花関索は雲南へ，各々配流の身となってしまいます。花関索が去ったあと，関羽は呉の陸遜，呂蒙の軍勢に攻められて戦死，その亡魂は，部下の張達に暗殺された張飛の冤魂と共に劉備の夢中に現れ，非業の死を告げます。劉備は関羽の死を雲南の花関索に告げるために使者を出します。しかし，花関索は折悪しく病気に罹っていましたが，忽然と現れた花岳先生の秘薬によって，たちどころに平癒し，早速軍を率いて呉軍と闘い，呉国第一の武芸者曾霄を破り，陸遜，呂蒙を血祭にあげて，父の仇を討ちます。その後，劉備がみまかると，孔明は臥龍山に帰り，落胆した花

関索も病を得て世を去り，残された三人の妻と多数の部下たちは，各々自分の出身地にもどり，軍団は瓦解，物語は終りを告げることになります。

　大雑把な説明になりましたが，『説唱詞話花関索伝』はだいたい以上のような物語です。関羽の息子花関索が主人公となって「三国物語」が展開される，そんなもう一つの「三国志」の話が，ある時期，実際に存在していたのです。こんな話はこれまであまり知られていなかったものです。もちろん明代にはある程度知られていた話でしょうが，こうした伝説は主として語り物の題材として伝承されたようでして，小説のようなきちんとした形で文字化されなかったために，ある時期以降は伝承が途絶えてしまい，時間の経過とともに知る人も少なくなっていったものと思われます。それが，偶然，現代になってお墓の中から蘇って関係者を驚かせたわけです。

　ところで，この花関索という人物はどのような経緯から生み出されたのか。この問題について少し調べてみますと，どうやら，これは雲南あたりに古くから伝わっていた伝説に基づくものらしいということがわかりました。古くは宋の時代からあったようでして，この頃の文献を見ますと，「関索」という言葉がかなり出てきます。例えば，「小関索」とか「赤関索」とか，さらには「賽関索」といった言葉も出てきます。これは一体何かと言いますと，関索という人物名が当時良く知られていて，それがかなり強いイメージとともに伝わっていた。そこで，現実に出没した盗賊や山賊が自分たちのあだ名として使っていた，そういうことだったと思われます。さらに，これも強さをイメージするところから来たと思われますが，お相撲さんの醜名にも使われた例があります。これも宋代ですが，周密という人が編纂した『武林旧事』という書物の中には，「張関索」「賽関索」「厳関索」「小関索」などの名前が出てきますが，これは全て当時有名であった関取の名前です。このように，関索という名前は宋代の人々にとっては，かなり一般的に良く知られた名前であったと思われます。重要な事は，関索という人物が人並みはずれた強いイメージとともに伝えられていることです。関索が実際に存在した人

物なのか，あるいは伝説上の人物なのか，そこははっきりとはわかりませんが，とにかく，宋代あたりから，特定の地域で，これは主に雲南あたりだったと思われますが，一般の人々にも良く知られていたことは確かです。それがどうして小説の中に入り込んできたか。これは可能性の一つに過ぎませんが，一つの考え方として言いますと，関索と関羽は，苗字が共通しています。小説『三国志演義』が何度も出版されて，新しいバージョンが作られていくうちに，ある段階で編者の意識の中に関索という名前が入り込んできて，同じ苗字であった関係から，関羽の息子の一人として物語の中に組み入れられた，それによって物語に新味を出そうとした，これはあくまでも推測ですが，あるいはそんな事もあったのではないか，私はそう考えています。

　以上申し上げたような事から，上海の郊外から出土した『説唱詞話花関索伝』は，小説『三国志演義』の成立の過程を考える上でも非常に重要な資料であることは疑いのないことだと思います。共同研究の成果として出版した『花関索伝の研究』には，研究を主導した金文京氏の詳細な解説も載っています。金氏は関索の物語を出発点として，アジアの国々に広がる剣の英雄，あるいは水神の存在，さらには小柄な英雄，金太郎や一寸法師などについても言及し，関索にまつわる伝説的な要素というものが，中国だけでなく，もっと広範囲にわたる地域にも共通する問題を投げかけていることを指摘しています。関索という人物の出現によって，中国に於ける英雄叙事詩の存在についても可能性が出てきたようでして，中国の通俗文学の世界は一層にぎやかになってきたように思います。金氏はその後，『三国志演義の世界』という専門書を書いて東方書店から出版しました。様々な側面から『三国志演義』の世界を読み解いた解説書ですが，同時に，非常に行き届いた研究書でもあります。機会があれば是非一度ご覧いただければと思います。

　以上，今回は「もう一つの「三国志演義」」と題して，一般に良く知られている小説の世界とは少し異なる「三国物語」について，その概要をご紹介しました。

第14講　海を渡った英雄たち
〜スペインの『三国志演義』〜

　今回は，16世紀半ばに中国で刊行され，その後欧州に運ばれて行った『三国志演義』の古いテキストについてお話ししたいと思います。中国で刊行された書物が江戸時代に長崎経由で日本に伝わって各地の図書館に残っているという話は，皆さん方もよくご存知のことと思いますが，実は日本だけでなく，遠くヨーロッパに運ばれて行って現在まで残っている漢籍も数多くあるのです。その中には，中国本土に同じものが残っているものと，そうでないものとがあります。言うまでもなく，後者の場合にはその価値は大変大きなものとなります。『三国志演義』の古いテキストの中にも，明代に遙かスペインにまで運ばれて行って，現地の図書館に保管されたまま現在に伝わる，そういう貴重なものもあるのです。これからその話をしたいと思います。

　今から既に23年も前の昔話になって恐縮ですが，私自身の研究にとって画期的な出来事がありました。23年前と言いますと，阪神淡路大震災が起こった年でして，関西だけでなく，日本全体にとって大変な年でした。後ほど詳しくお話ししますが，実は私はその時オランダに滞在していまして，イギリスのBBCニュースをラジオで聞いて初めて震災の様子を知りました。私はその当時，関西大学から在外研究員という資格を与えられて，94年の4月から1年間，主に上海を拠点にして11月末まで中国で研究活動を行い，その後，香港経由でロンドンに渡り，95年の1月から3月までオランダのライデン大学に滞在しました。その間，短期間ではありましたがスペインのマドリッドに調査に参りまして，結局1年間，一度も日本には帰らずに，海外で研究生活を送りました。研究のために滞在した各地で図書館や博物館を訪れ，現地に保管されている中

国の古典籍についての調査を行いましたが，最も大きな成果が得られたのは，最後に訪れたスペインでした。今回お話しする『三国志演義』の貴重なテキストがそこに保管されていて，実際にその本を閲覧し，帰国後出版にまで漕ぎつけることができたからです。

　時計の針を逆戻りさせて，まずは私が遠くスペインまで調査に出かけて行くきっかけとなった出来事についてお話ししたいと思います。自己紹介の中で少し触れましたが，私は東京外国語大学で中国語を学び，同じ大学院の修士課程を終えた後，関西大学の博士課程に進学し，その後，東京の明治学院大学でしばらく教壇に立ちました。その頃から，東京で同じ分野を研究する数人の若手の有志が集まって勉強会を開き，教材として『三国志演義』に関連するテキストを輪読していました。それは小説そのものではなく，いわば『三国志演義』の語り物のテキストのようなものでした。正確に言いますと，「説唱詞話」と申しまして，文化大革命の時期に上海郊外の嘉定県の墳墓から発掘され刊行されたばかりの貴重な資料でした。『説唱詞話花関索伝』という名前の本で，明代の成化年間に刊行された，初めから終わりまで関羽の息子である花関索という人物が活躍する，一風変わった物語です。

　関羽の息子として一般的によく知られているのは，関平と関興の二人ですが，実は民間伝説の中にはもう一人の息子が出て参りまして，それが花関索という名前なのです。当時はその名前もまだあまり知られていない状況で，かつて『三国志演義』を日本語に翻訳された京都大学の小川環樹氏が，翻訳の解説の中で少し言及され，その素姓に関する疑問を呈しておられる程度でした。そうした疑問に満ちた花関索の物語が新たに発見されたということで，私を含めた数人の若手の研究者が集まって私的な読書会を開いたのですが，それを仲間内で輪読するうちに，小説の『三国志演義』に対する興味も段々と高まってきまして，その後関西大学に移った後も，本来の研究テーマである古典戯曲の研究と並行して，『三国志演義』の研究も行うようになりました。

　明治学院大学で6年間教壇に立った後，私は1984年の4月に関西大学

に移籍しました。赴任して7年後，当時41歳でしたが，友人が書いたある文章に偶然接したことがきっかけとなって，スペインにまで調査の足を伸ばすことになりました。友人の文章というのは，金文京氏のことでして，その金氏が書いた『三国志演義』のテキストに関する論文の末尾に付いていた「補足」の中の一文が，たまたま私の目にとまりました。それは，小説『三国志演義』の貴重なテキストがスペイン国内に保管されているらしいので，是非自分の目で見てみたい，といった趣旨の文章でした。

　どういうことかと申しますと，ちょうどその頃から，日本の学界で，小説『三国志演義』の古い形態はどんなものであったかということに関する議論が盛んになってきまして，現在残っている古いテキストの字句をいろいろと比較対照する研究なども行われるようになっていましたが，その過程で，どうやらスペイン国内にも，『三国志演義』のかなり古いテキストが残っているらしい，ということがわかってきました。当時はまだ詳しいことはわかりませんでしたが，首都マドリッドからそれほど遠くない場所に保管されているらしい，ということも情報として伝わってきました。エル・エスコリアルという所です。金氏はその情報を大塚秀高氏から得て，「補足」の中で「是非見てみたい」と述べていました。つまり，その当時，日本の研究者はまだ誰も，スペインにあるその古いテキストを見ておらず，もちろん学界でも未見の本でした。金氏も見ていない本がスペインにあるらしい，ということで，当時としてはかなりホットな話題でした。私はその文章を目にして，たまたまその時が私の1年間の海外研究の直前でしたので，日本の学界でもまだ知られていないような珍しい本があるならば，この機会に是非見てみようと，そう思った次第です。

　しかし，何しろヨーロッパの西端にある異国ですから，いきなりスペインに行くことには，かなり抵抗を覚えました。当時はスペイン語も全くできませんでしたし，ヨーロッパも不案内でしたので，躊躇しました。そこで考えたのは，ひとまずロンドンに渡って欧州の中国学研究の

様子を探った後，オランダに移ってさらに情報を得ようと思いました。というのも，幸いなことに，オランダにはかつて中国の学会で面識を得たオランダ人の中国学者イデマ氏がいましたので，その人物を頼りに，スペインにある『三国志演義』の詳しい情報を手に入れようと思ったのです。

　ご存知の方もあるかと思いますが，実はオランダはフランスと並んで，中国学研究の面では，昔から長い伝統を持っています。『通報』という専門的な雑誌も早くから出しています。毎年，オランダとフランスで交互に編輯を担当しているようです。そんなオランダですから，スペインにある中国の古典資料についても，きっと何らかの有益な情報が得られるに違いないと考えたわけです。そこで1995年の1月初旬から研究の拠点をオランダのライデン大学に移しました。ところが，いざ尋ねてみると，残念ながら，ライデン大学のイデマ教授も，スペインにある『三国志演義』について，その存在自体については耳にしたことがあるが，実際に見たことはないという返答でした。結局，スペインのエスコリアル宮殿の図書館にあるらしい，ということ以外は何もわかりませんでした。これでは日本で得た情報と大して差はありません。せっかくオランダまで行ったのに，新たな情報は何一つ得られず，大いに落胆しましたが，そこで諦めてしまうのも後悔の種を残すことになりますので，気を取りなおして，とにかく日本に帰国する前に一度でもいいからスペインまで足をのばしてみようと決心しました。

　決意を実行に移したのは1995年の3月初旬でした。とにかく行ける所まで行ってみようと，思い切ってライデン駅から早朝の列車に乗り，フランスのパリで夜行に乗り換え，翌朝マドリッドに到着しました。今から思えば，たいした計画も立てずにいきなりマドリッドまで強行してしまったわけですが，それにはもう一つ別の事情がありました。ご承知の通り，オランダは緯度の高い所に位置していますので，冬が長くて，非常に寒いのです。緯度的には，北海道よりも北です。サハリンあたりと同じです。冬場はとにかく日照時間が短い。しかも晴れた日は少なく，

毎日どんよりした雲が垂れ込めて，冷たい雪が混じることも多い。そんな所に長い間いて，一日中室内にこもっていると，脚気，くる病に罹ってしまうのではないか，そんな恐怖もありまして，とにかく太陽の光を浴びたいということで，ヨーロッパ大陸を南下しようと思ったのも事実です。研究とは次元の異なる話で恐縮ですが，研究にとっての最大の資本はやはり健康ですから，それもおろそかにはできません。そんなわけで，太陽の光を求めて南に移動しました。

　さて，そろそろ肝心の調査の話に移りたいと思いますが，目当ての本はマドリッドの北西にあるエスコリアルという小さな都市の宮殿の図書館に保管されているらしい，ということだけは情報として持っていました。そこで，マドリッドのチャマルティン駅から列車に乗り換えてエスコリアルを目指しました。目当ての宮殿は丘陵地帯に建てられているため，エスコリアルに近づくにつれ，列車の窓から遠くにその全容を眺めることができました。エスコリアル駅で下車した後，15分くらいなだらかな坂道を登ると，やがて石畳の広場に囲まれた壮大な建築物が眼前に現れ，その規模の大きさには圧倒されました。宮殿は全て石造りで，全体が4階建てか，あるいは5階の部分もあるのでしょうか，内部の詳しいことはよくわかりません。私が最初に訪れた時は，3月の初旬でしたので，シーズンオフで，観光客もまばらでした。その点，本を見るには幸いだったように思います。観光シーズンですと，世界遺産にも登録されている名所だけに，行列ができるくらい多くの観光客で溢れ，落ち着いて本の調査を行う気分が削がれてしまいます。宮殿の背後には広大な防火槽などもあって，そこには満々と水がたたえられています。宮殿の周囲は灌木の生い茂った丘陵地帯ですが，岩だらけのなだらかな丘には羊なども放牧され，のどかな雰囲気です。エスコリアルはまさしく宮殿を中心に広がるマドリッドの避暑地で，背後には小高い山がそびえています。

　問題の本に出逢うまでの経緯をもう少し具体的にお話ししますと，私はまず，一般の観光客に紛れて，入場料を払って宮殿の中に入りまし

た。中にはいろいろなコーナーがあって，どこをどう巡ったか，ほとんどわからないくらい歩き回りましたが，そのうちに，天井の高い大きな部屋に行き着きました。天井には一面にフレスコ画が描いてあって，壁の両側にはガラス戸棚のついた本棚がずらりと並んでいましたので，そこが図書室らしいということはすぐにわかったのですが，ただ，その書棚は開架式というわけではなく，全て扉が閉まっていて，本を実際に手に取ることはできないようになっています。さらに，不思議なことに，配架してある本は全て表からは書名がわからないように，逆向きに配架されています。要するに，本があることだけはわかるのですが，書名を記した背表紙が反対向きに並んでいますので，それが何の本なのか，外からは全くわからないのです。ただ，その書架にあるのは全て分厚い洋装本ばかりですので，一見しただけで，それが中国の本でないことはわかります。その棚の中に私の目指す本があるとは到底思えませんでした。

　しかし，それ以上のことは何もわかりません。そこで，その場で観光客の動きに目を光らせている守衛らしき人に『三国志演義』のことをいきなり尋ねてみました。といっても，スペイン語はできませんので，事前に，ある準備をしておきました。オランダのライデンに滞在しているうちに，たまたま同じ大学の宿舎に住んでいた，サラマンカ大学からのスペイン人の留学生に頼んで，必要な言い回しに関するスペイン語と英語との対照カードを作っておいて，それを順番に相手に示しながら，日本から来た目的をなんとかして伝えようとしました。すると，運のいい事に，その守衛らしき年配の男性は，英語で答えてくれました。ご存知の方もあると思いますが，スペインでは英語があまり通じないのです。ですので，一応覚悟して行ったのですが，予期に反して，突然流暢な英語が返ってきたので，こちらがびっくりしたような次第です。そこで，その守衛さんに名刺を渡すと，しばらく眺めていましたが，ともかく素性については信用してくれたらしく，後について来るようにとの指示を受け，近くにある別のドアの前に連れて行かれました。

その扉を入ると，狭い閲覧室らしき部屋に案内されて，そのまましばらく待たされました。その部屋には細長いテーブルが4つあって，椅子は20脚くらい，非常に狭い感じでした。すると，神父らしき老人が出てきて，再び来意を訊かれましたので，はるばる日本から中国の古典小説を閲覧しに来たことを必死に告げました。神父さんも英語はできない様子で，私との会話は全て守衛さんがスペイン語に通訳するといった具合でした。その後神父さんは一旦奥の方に下がっていきましたが，まもなく一枚の紙きれを持って再びやってきました。見ると，その紙は，全てスペイン語で書かれていましたが，しばらく眺めているうちに，それが，その図書室に保管してある中国書のリストであることがわかりました。しかも，その中に，「Sanguo‒Yanyi」という文字が見えたのです。「三国演義」の中国語の発音をアルファベットで表記すると，こんな文字になります。これだ，と思いました。ただちに閲覧希望の申し込み用紙に請求番号と書名を記入して渡したところ，しばらくしてその本が出てきました。最初に出てきたのは3冊くらいだったと記憶していますが，どの本も西洋の本と同じく，外側は頑丈な皮表紙で装幀してあり，見るからに西洋の本という感じでした。これは違う本かもしれないと，一瞬不安になりましたが，中を開いて見ると，それは紛れもなく，めざしていた『三国志演義』の一部でした。まだ日本人の誰も見たことのない貴重な本が目の前に突然出てきたのです。緊張のあまり本を持つ手が震えました。幻の本を実際に手に取っているのだと思うと，なんだか夢の中にいるような心地でした。しかし，ページをパラパラとめくっただけで，いくらも時間が経たないうちに，図書館は閉館時間になってしまい，私は後ろ髪をひかれる思いのまま，とりあえずその本を返却して退室せざるを得ませんでした。

　後でわかったことですが，スペインの宮殿内にある図書館はどこも似たような状況があるらしく，開館時間が非常に短く，午前10時頃から午後の2時頃までしか開いていません。スペインの感覚では午後2時というのは，まだ午前中の一部という感覚です。つまり，午前中だけしか開

いていないのです。そんなわけで，やむなく翌日も入館料を払って図書館に入り，その本を再び借り出して閲覧したのですが，何しろ，『三国志演義』は長編の物語ですから，短時間で通読できるような代物ではなく，詳しく点検する暇など到底ありません。しかし，誰も見たことのない貴重な本であるだけに，私は何とかして，その一部なりとも日本に情報を持って帰りたいと思いました。はるばる日本からその本を見るためにやってきたのですから，手ぶらで帰るわけにはいきません。しかし，時間がない。私は悩みました。複写を依頼してみましたが，当然のことながら，古い本なので許可されません。どうすればよいか。悩んだ末に，私は，本の一部を書き写して帰ることにしました。全巻は無理としても，せめてその片鱗なりとも持ち帰りたい，そう思ったのです。そこで，近所の文房具屋さんに駆け込み，大きな画用紙とエンピツを大量に買い込んで，第一巻の冒頭から丹念に書き写す作業に着手しました。

数日間，毎日同じような作業を繰り返していましたが，大して進まないうちに，時間はどんどん過ぎていきます。休みなく書いているうちに，手も痛くなって，腱鞘炎に近い状態になりました。それでも焦りながら必死の思いで書き写していると，突然転機が訪れました。ある日のこと，初めて図書館を訪れた際に案内してくれた守衛さんが，突然私の机の横に現れて，いったいいつまで作業を続けるつもりか，と聞いてきました。帰国日が迫っているため，大部の本を書き写す作業が思うように進まず困っていると正直に伝えたところ，何と，意外な言葉が返ってきました。それなら，マドリッドから毎日通うのは大変だろうから，自分が経営している地元のホスタルに移ってはどうかというのです。その守衛さんはプラードという名前で，エスコリアル宮殿の近くにホスタルを営んでいたのです。マドリッドからエスコリアルまでは，列車で約1時間かかりますので，私にとっては有り難い話，まさに渡りに船です。即座に返事をして，その日から地元のホスタルに移りました。

プラードさんのホスタルに移ってからも，相変わらず毎日図書館に通って書き写す作業を続けました。とにかく時間との闘いですから，痛

む指をかばいながらも，連日寸暇を惜しんで作業を続けていました。そんな姿を見ていたからでしょうか，ある日のこと，プラードさんはまたしても私に声をかけてきました。その言葉を聞いた私は一瞬耳を疑いました。なんと，複写は許可されないが，マイクロフィルムに撮ってもらうように神父さんに掛け合ってみてくれるというのです。半信半疑のまま待っていると，やがて撮影許可の返事が返ってきました。撮影してくれるのならば，全巻のデータを手に入れることができる。それがわかった時には，とても信じられない思いでしたが，ともかく契約書を交わして料金を全額前払いしました。その後，本そのものは撮影のために没収されて閲覧不能になりましたが，こうして，貴重な『三国志演義』の書影を入手することができたのです。

　今思い返せば，あの時，プラードさんに出逢わなかったならば，貴重な本に出逢うこともなかった，別の守衛さんに出逢っていたら，あそこまで親切に応対してくれるとは限らない，そう思います。その後の私の研究を方向づけた存在，それは他でもなく，あのプラードさんだった，私は今でも強くそう思っています。ただ，当時の事を思い返してみて今だに不思議なことは，紹介状も何もなしに，いきなり図書館を訪れた私が，どうして急にその貴重な本に巡り会えたのか，ということです。エスコリアル宮殿に到着した初日に，いきなり目指す本に巡り会えるなどとは，思ってもみない奇跡的な出来事でした。全くの幸運と偶然以外の何物でもなかったように思いますが，これは後でわかったことですが，スペインという国は，大学の教員が少ないらしく，そのせいもあってか，研究者を優遇するお国柄らしいのです。名刺を渡して，日本の大学に勤務している研究者であることがわかったので，一応信用していただけたのではないかと思います。ただ，今にして思えば，図書館で私が最初に話しかけた守衛さんが英語を話せる人であったことが，その後マイクロフィルムを入手する上でも，大変幸いだったように思います。スペイン語しかわからない人が守衛さんであったなら，あんなにスムーズに事は進まなかったのではないかと思います。その図書館には二人の守衛

さんが立っていましたので，仮にもう一人の若い守衛さんに尋ねていたとしたら，事態はまた別の方向に動いていたかもしれません。人生は不思議なものです。ごくわずかな違いが後の事態を大きく左右することもあるように思います。

　さて，問題の本に巡り会うまでの経緯はこれくらいにして，『三国志演義』そのものについて少し詳しくお話ししたいと思います。エスコリアル宮殿に保管されていた本は『三国志通俗演義史伝』という，1548年前後に刊行されたものです。明代の嘉靖年間です。もともと全部で十巻あったのですが，現存するのは八巻だけで，第三巻と第十巻は欠けています。各巻ごとに1冊に綴じてありますので，冊数で言えば8冊です。書名は巻によって微妙に異なっていまして，主に「三国志」「演義」「通俗」「史伝」という四つの言葉を適当に組み合わせてできています。つまり，『三国志演義通俗史伝』となっていたり，『三国志通俗演義史伝』となっていたりします。これは，最初にこの本が出版された時に，全巻が一度に刊行されたのではなく，一巻ずつ，別々に刊行されたことを示しているのではないかと思われます。『三国志演義』は何しろ長編の小説ですから，全巻を一気に出版するとなると相当の経費がかかります。そこで，1冊ずつ出して，読者の反応をみながら，次に出す部数なども調整したのではないかと想像されます。紙は貴重品ですから，既に出した巻の売れ行きを見て，次巻の売れる見込みが立ってから，印刷部数を決めたと考えられます。

　原本の状態についてさらに言いますと，もともと中国で刊行された古い本は紙の装幀で，線装本と言いますが，非常に弱々しいものです。この『三国志演義』も本来は紙の装幀だったのですが，エスコリアルの図書館に搬入されて以降，さらに頑丈な装幀が施されたようでして，現存する8冊は，どれもみな牛革の表紙が付けられていて，一見した限りではまるで西洋の本にしか見えません。後ほど詳しくご説明しますが，この本はもともと国王への献上品としてエスコリアル宮殿に送られたものですから，見栄えがするように豪華な装幀が施されたものと思われま

すが，原本をくるんだ牛皮は，木に竹を接いだようで，やはりかなり違和感があります。しかし，頑丈な革表紙が長期間にわたって原本を保護してくれたことも確かなことですから，それはそれで意味のあることと考えるべきかもしれません。ただ，刊行されてからすでに500年くらい経っていますので，部分的に紙が破損していたり，脱落したりしています。印刷そのものもかなり粗末なもので，紙の質もあまり良くありません。そのため，周囲が朽ちて破れたりしていますし，何度も印刷したためか，周辺部分がかすれているページもあります。もともと木版印刷ですので，印刷の回数を重ねる度に版木の周辺部分がすり減ってしまうのです。ですので，中央部分は比較的読み易いのですが，それ以外の部分はかすれているページも多くあります。とはいえ，16世紀末に流れ込んだ中国の古典籍が，異国の図書館で現在に至るまで一定の状態を保ったまま保管されていることは奇跡的なことで，実にありがたいことだと思います。

　ところで，スペインにある『三国志演義』の最大の特徴は何かと申しますと，それは，毎ページの上部に挿絵がついていることです。ページの下の部分が文字，その上の部分が挿絵という具合になっていて，文字で述べた部分の特徴的な場面が一枚の挿絵によって示されているわけです。挿絵の両端には場面を説明する簡単な文字も彫られています。それと比べますと，現在残っている最も刊行年が古いとされる本は，挿絵が付いていません。全て文字だけです。もともと小説ですから，挿絵は要らないはずですが，初期のテキストの中には絵入りのものがかなり多くあります。これは，それを読む人々の教養のレベルを反映したものと考えられていまして，知識人だけでなく，文字を丹念にたどることの苦手な一般の人々も手に取って眺めるような，かなり通俗的な本だったのではないかと思われます。中国は長い間，文字を扱うことのできない階層の人が多く存在したと言われていますので，そういった人々にも手に取って眺めてもらえるように工夫したものだったと考えられます。

　このスペイン本には刊行者の序文が付いていますが，その中で，この

第14講　海を渡った英雄たち　　205

本に初めて挿絵を付けたことを自慢げに吹聴しています。当時刊行されていた『三国志演義』の中には，こうした絵入りの本はまだなかったことがわかります。もちろん，序文には商業ベースに乗せるためのオーバーな宣伝文句も含まれていると思われますが，とにかく，当時の出版界としては非常に画期的な企画だったと思われます。こうした挿絵がついていることによって，文字だけではわかりにくい事柄も，非常にリアルに伝わってきます。挿絵には様々な場面が描かれていまして，戦闘の場面が多いのは当然ですが，住居や部屋の様子，家具や身の周りの生活用品などが描かれていることもありますし，背景として自然の風景も入っています。また，日常的に用いられる道具類もありますし，馬車や船などの乗り物の絵もあります。もちろん，それがそのまま三国時代の実像であるわけではなく，むしろ，この本が製作された頃，つまり，元から明にかけての人々のイメージを反映していると考えた方が良いように思いますが，それでも，貴族や庶民の生活様式を視覚的な側面から提供してくれる文献はそれほど多くはありませんので，その意味から言っても，貴重な資料となっています。16世紀頃の中国人の頭の中に存在していた非常に貴重な映像資料の一部であると言えるように思います。最近，小説に付随しているこうした版画を専門に研究する人も現れています。

　続いて，その巻頭の部分を少し詳しく見てみますと，現行のテキストだけを見ていたのではわからない，いろいろな興味深い事実がわかってきます。まず本文の最初のページを見てみますと，1行目に「新刊通俗演義三国志史伝巻之一」とあります。既に申しましたように，これは巻一の書名を指しています。2行目には「東原羅本貫中編次」，3行目には「書林蒼渓葉逢春綵像」とあります。これらは，編者の名前と刊行者の名前を示しています。「書林」は福建省にある地名のようです。「綵像」というのは，「挿し絵を付けた」ということだと思われます。わざわざ断っているところに，編者のこだわりがあることも，先ほど申し上げた通りです。4行目と5行目にはそれぞれ，「起漢霊帝中平元年甲子

歳」「止漢献帝興平二年乙亥歳」とあります。これは，巻一が記述する時間の範囲を示しています。続いて6行目に「首尾共一十二年事実　〇目録二十四段」とあります。これも時間の幅を示していまして，巻一の中で語られる時間の幅が，12年間の事であることを言ったものです。「目録二十四段」とあることは注意すべき所です。現在中国で一般に手に入る『三国志演義』のテキストは，内容が「回」によって区分されています。全部で120回あります。ところが，この本の場合は，「回」でなく，「段」という言葉を使っています。巻一は，全部で24段に分けられています。これが初期の形式であったと思われます。「回」で区分するようになったのは，かなり後のことです。

　本文にもどりますが，7行目からは全24段の内容が簡潔な言葉で示されています。「祭天地桃園結義」から「曹操定陶破呂布」まで，全部で24段の内容が示されています。これを段目と呼びます。この段目についても，非常に興味深い点があります。それは何かと言いますと，各段の段目の字数が不揃いであることです。ほとんどの段目は7文字に収まっていますが，必ずしも統一されておらず，6文字から8文字までの幅があります。例えば「曹操謀殺董卓」は6文字しかありませんが，「鳳儀亭呂布戯貂蝉」は8文字あります。このように，段目を示すにしても，字数を統一しようとする意図は見て取れません。一方，この本よりも刊行年が早いとされる，通称「嘉靖元年本」と呼ばれる『三国志演義』を見ますと，「目録」の文字は一律7文字に統一されています。先ほど挙げた段目についても，「嘉靖元年本」ではそれぞれ，「曹孟徳謀殺董卓」「鳳儀亭布戯貂蝉」となっていて，7文字になるように工夫されています。

　これは何を示しているかということですが，私の推測では，最初不揃いのまま刊行されていたものが，その後次第に体裁を整えられて，全て7文字に統一された，と考えるのが自然な流れのように思います。もちろん，確かな証拠があるわけではありませんので，あくまでも推測の域を出ませんが，最初から整然とそろったものがあって，それをわざわ

第14講　海を渡った英雄たち

ざ不揃いな形にしたとは私には思えないのです。仮にこの推測が正しいとすると，ある一つの仮説が生まれます。つまり，従来考えられてきたような，最初に「嘉靖元年本」が出版されて，その後に「スペイン本」が出たのではなく，事実はその逆で，「スペイン本」の方が早く出版され，その後，一部の記述を改めて「嘉靖元年本」が刊行されたのではないか，ということです。もちろん，『三国志演義』のテキストには多くの種類がありますから，「嘉靖元年本」が直接「スペイン本」に手を入れて成立したと考えることはできませんが，少なくとも，刊行された時期の古さから言うと，「スペイン本」の方が先だったのではないか，私にはそのように思われます。この点は，今後様々な角度から検討が行われ，いつの日か明らかにされることと思います。

　エスコリアル修道院に保管されていた『三国志演義』の概要は以上の通りですが，何しろ中国本土にも無い貴重なテキストですので，私は現地で入手したデータを日本に持ち帰り，関西大学から翻刻本を出版しました。ここで出版までの経緯について，少し補っておきたいと思います。私が出した翻刻本は，毎頁の上の部分に原本の写真版を載せ，下の部分に，それと同じ文字を私が一字一字打ち直しました。その作業におよそ4年かかりました。その頃はまだ，今より若いということもありまして，体力もありましたので，朝・昼・夜と，毎日10時間以上かけて打ち直しました。それでも，何しろ量が多くて，なかなかはかどりませんでした。と言いますのは，原文は，誤字や脱字が随所にあるばかりでなく，ページの周辺部分が，何度も印刷したせいで摩滅しているものもあり，もともとは木版印刷ですが，版木の隅の方の文字がかすれて見えなくなっているのです。それを全てもとの文字に復元する作業は，なかなか骨の折れる作業でして，他のテキストをいくつも参照した上で，その字を推定しなければなりません。他の本を見て推測できるものはまだいいのですが，どうしても本来の文字を確定できない場合もある。そんな時はどうするかといいますと，空白のままにしておくわけにもいきませんので，最も蓋然性の高い文字を推定して，とりあえずそこに文字を埋

めるという作業をせざるを得ない。実はこれが最も悩ましい点でして，それほど多くはありませんが，私個人の推測でとりあえず文字を埋めた，そういう部分があることは事実です。ですから，いずれそのうち，自分自身で，この部分は自信がないままに埋めたのだということを，きちんと一覧表にして公表しなければいけない。そうすることで初めて，本当の意味で，翻刻という作業を終了したことになるのだろうと思います。ただ，そこまでやるとなると，かなり専門的な作業になりますので，一般の読者の方々には縁遠い話に聞こえるかもしれません。ともかく，時間をかけて作業を続けた甲斐もあって，お陰で，現存するテキストとしては二番目に古い『三国志演義』のテキストを何とか世間に公表することができました。その過程で，当然ながら原文を何度も繰り返し読み直すことになり，翻訳だけからは伝わってこない，本来の姿のようなものを一定程度味わうことができたことは，本当に幸せなことだったと思っています。

　翻刻して日本で出版した後，私が次に行ったことは，ただちに上海の復旦大学の章培恒先生のもとに翻刻本を贈ることでした。章培恒先生は私が関西大学の博士課程で学んでいた時に一時師事したことのある恩師の一人で，『三国志演義』研究の専門家でもあります。一刻も早く貴重なテキストをお見せしたい，そう考えてただちに上海まで直々に持参しました。その後，先生は短時間のうちにこの本を丹念に読まれたものと思います。そして，間もなく論文を書かれました。それは『中華文史論叢』という学術雑誌に掲載されましたが，論題は「再談三国志演義的成書時代」というもので，つまり，『三国志演義』が書かれた時代，文字化され小説として読めるようになった時期について考察し，従来の説に異論を提示したものです。「成書時代」という言葉は，必ずしも書物になった時期を指すのではなく，手書きであった可能性もありますが，とにかく，それまで口頭で語り伝えられていた「三国志」の物語が，いつ頃文字として読めるようになったのか，ということについては，実はまだはっきりとは解明されていないのです。ある人は，明代になってから

だと言います。また,その前の時代,つまり,モンゴル人に支配されていた元の時代にすでに読める段階に入っていたのだと考える学者もいます。論争はいまだに続いています。

しかし,この「スペイン本」が見られるようになったことで,元の時代からすでに読まれていたとする説が有力になってきました。章培恒先生は,元代成書説の立場です。元の時代には羅貫中が編纂した本が存在していたとする説です。その証拠は何かということですが,それが実は,「スペイン本」の中にあったのです。この点は先生の論文の中に詳しく書かれていますが,最も重要な証拠を一つだけご紹介しますと,「スペイン本」の本文には所々注釈が付いていまして,そこに「聖朝」という言葉がある。関羽に関する記述の一部にこの語彙がありまして,歴代の王朝は関羽を武神として崇拝し,自分たちの守護神となってもらうために立派な称号を与えました。元代に与えられた称号もわかっていますが,それが与えられた王朝に対して「聖朝」という言葉を使っている。仮にそれが明代に刊行されたものであれば,自分たちが倒した元代のことを「聖朝」と呼ぶはずもなく,やはりそれは元代に刊行され,元代の読者を想定した上で付けられた注であろうということになります。その他にもいろいろと元代成書説を補強する証拠,たとえば「万戸」「〜道」などといった元代特有の語彙が使われていまして,章先生はそれらを丹念に挙げて,ご自分が以前出しておられた説を補強されました。この論文が書かれたことによって,「三国志」の成書論争にも大きな変化が現れたようでして,その証拠となったのが,この「スペイン本」の『三国志演義』であったということになります。これらは,「スペイン本」が公開されるまではわからなかったことです。

関西大学から翻刻本を出版した後,中国の出版社からも,上海古籍出版社という会社ですが,要請がありまして,同じものを中国でも出版させて欲しいということで,表紙や私の解説の部分を中国語に直して,内容はもちろんそのままですが,中国から再び出版してもらいました。お金の話になって恐縮ですが,関西大学の出版部から出した本は上下2冊

に分かれていて，1冊1万円でしたが，中国で出した本はそのおよそ10分の1，1冊約1000円という値段になりました。中国のことですから発行部数も格段に多く，これで中国の研究者はもちろん，一般の「三国志」ファンの人たちにも，これまで見たことのないスペイン本の原文を届けることができたものと思います。私も多少は「三国志」の普及に貢献できたのではないかと自負しています。

　ついでにもう一つ，後日談を付け加えておきたいと思います。翻刻本を出版した後，スペインには『三国志演義』以外にも中国の貴重な古典籍が多数保管されていることがわかり，何度か調査に訪れているうちに，マドリッド自治大学の先生が私と同じような研究に取り組んでおられることを知りました。先生の名前はタシアナ・フィサクといいまして，女性ですが，欧州の中国学研究者が一般にそうであるように，先生も中国名を持っておられまして，漢字表記による氏名もあります。マドリッド自治大学の東アジア研究センターの教授です。これも誰かに紹介してもらったわけではなく，ふとした偶然から知遇を得たのですが，同じ分野を研究していることが判明した以上，是非教えを乞いたいと思い，その先生の研究室を尋ねて行ってお会いしました。話しているうちに，スペイン国内にある漢籍について，それまで知らなかった様々なことがわかり，大いに刺激を受けました。その道の第一人者である以上，是非情報を開示していただきたいという思いが強まり，日本での講演を依頼しました。関西大学から正式に招聘するので，是非日本での講演を御願いしたいと申し出たところ，快諾していただき，関西大学での講演が実現しました。これもまた『三国志演義』が取り結んでくれた貴重な縁であるように思います。

　最後に，『三国志演義』がスペインに運び込まれた経緯について簡単にご紹介しておきます。これはあくまでも可能性に過ぎませんが，陸路ではなく，海路によってスペインに運ばれた可能性もあるようです。16世紀には陸路の他に，海路も使って東洋の物資が欧州に運び込まれたようです。マニラ郵船という会社が定期的に運行したようでして，アジア

から太平洋を通ってアメリカ大陸に行き，パナマ運河を経由して大西洋に出て，それからスペインなどに到達するという経路があって，1565年から1815年まで，およそ250年にわたって運行されたようです。フィリピンのマニラとメキシコのアカプルコの間で，いろいろな物資を運んだ船団があった。毎年数回の運行だったようでして，太平洋を横断して，大量の中国の商品をアメリカや欧州に運んだ。しかし，その船はメキシコの独立戦争の後，運行が停止されたようです。16世紀の後半から，19世紀の初頭まで物資を運んだわけですから，その中にあるいは書籍も含まれていたのではないか，タシアナ先生はそのように推測しておられます。当時の船の積み荷の中に問題の『三国志演義』があったかどうかまでは確認できていないようですが，あくまでも一つの可能性ということになると思います。

　ところで，「三国志」の本が仮に今申し上げた経路でスペインに運ばれたとして，それを実際に行った人物は誰か，ということですが，それについてはすでにある程度わかっておりまして，やはり当時の宣教師だったようです。もちろん，商人もどこかで活躍していたと思いますが，重要な役割を果たしたのは，やはり当時アジアでキリスト教の布教活動に従事していた宣教師だったようです。図書館に「三国志」の本を送った関係者の名前も，すでにわかっています。グレゴリオ・ゴンサルベスという人です。1574年のことだったようですが，宣教師であったゴンサルベスが，まずはポルトガルに本を送り，その後，ポルトガルのリスボン大使であったファン・デ・ボルハという人物を介して，当時のスペイン国王フェリペ2世に献上品として贈られたようです。この点はもう定説になっていまして，当時本を巡ってやりとりされた手紙なども残っているようです。もっとも，宣教師の手に入るまでの詳しい経緯はよくわかりません。どこで入手したのか，どういう人物から手に入れたのか，中国の書籍商人から購入したとすれば値段はいくらだったのか，といったことまでは，残念ながらわかっていません。宣教師の手を介して一旦ポルトガルに送られ，その後スペイン国王に献上品として送られ

た，そんなことが，現時点で言えることです。その時に送られた書物は全部で22冊あったと言われています。その中に『三国志演義』も入っていたようです。ともかく，エスコリアル修道院に搬入された書物は，どれもみな，相当古いものばかりで，今後引き続き詳しく調査する必要があるように思います。

　最後になりますが，スペインで保管されていた「葉逢春本」の調査と公表の経緯について簡単にご紹介しておきます。「葉逢春本」の存在を最初に公表した人物は，フランスの中国学者でした。ポール・ペリオという人です。敦煌にあった古い文書を発見した人物として有名です。欧州では，中国学に関しては，オランダとフランスが最も盛んです。共同で専門的な雑誌『通報』なども出していますが，このフランスのペリオが前世紀のはじめにスペインを訪れた時に，これまで知られていなかった『三国志演義』の本を見つけて，帰国後に簡単な報告を『通報』に書きました。ただし，「貴重な本がある」としか書いていません。その後，中国本土からも戴望舒という詩人や，台湾の学者・方豪なども訪れて調査し，やや詳しい報告を書いたりしましたが，時代の制約もあって，最近になるまでその全容が明らかにされることはありませんでした。そこで，たまたま私が1995年に現地まで行って改めて調査し，全文のデータを日本で公開した，というわけです。関西大学の出版部から『三国志通俗演義史伝』という書名で上下2冊に分けて出版しました。全ての本文を翻刻する作業におよそ4年かかりました。私がこの本を出版すると，日本だけでなく，中国本土からも大きな反響がありました。またこれを元にして，新たな論文が数多く書かれるようになっています。すでに触れましたように，復旦大学の章培恒先生なども，これを根拠として，小説『三国志演義』成立史に関する新たな説を出しておられます。スペイン本の公開によって，小説として読まれるようになった時期はいつかという問題に関する新しい材料が出てきましたので，今後引き続き研究が進めば，さらに詳しいことがわかるようになるかもしれません。

　以上，今回は海外に流れて残った『三国志演義』と，それを調査する

ためにわざわざスペインまで行った物好きな男の話，さらには，その新たに公開されたテキストがどういう価値を持っているか，といった点を中心にお話ししました。やや専門的に過ぎる内容もあり，また，駆け足で説明したために，わかりにくい面もあったかもしれませんが，その点はどうかご容赦いただきたいと思います。

第15講　『三国志演義』研究への回顧

　今回は「『三国志演義』研究への回顧」と題してお話しします。一連の講義の締めくくりとして，私自身の『三国志演義』との関わりを改めて振り返りながら，最近の『三国志演義』研究の動向，とくに版本研究の現状についても簡単にご紹介したいと思います。部分的にはこれまでお話しした内容と重なるところもありますが，その点ご了承いただきたいと思います。

　まず，『三国志演義』の研究に関わるきっかけとなった「関索」なる人物との出逢い，および，共同研究の成果として『花関索伝の研究』を出版するまでの経緯についてお話ししたいと思います。これについては既にお話しした部分もありますが，今一度出発点を振り返る意味で，簡単に触れておきたいと思います。

　私は1980年3月に関西大学大学院文学研究科の博士課程を退学した後，ただちに東京の明治学院大学というキリスト教系の大学に職を得て，そこで通算6年間，現代中国語を教えました。ちょうどその頃，京都大学名誉教授田中謙二先生のご自宅で定期的に行われていた元雑劇研究会で知り合った金文京氏が，京都大学の助手を経て，母校である慶応大学の文学部に助教授として赴任しましたので，同じ東京に就職したのも何かの縁だから一緒に中国の白話文学を研究しようということになりました。始めのうちは京都の読書会に倣って元雑劇の作品を読んでいたように思いますが，そのうちに，中国書を専門的に扱っている東方書店を通して，中国で何やらとてつもなく重要な白話文学の資料が出版されたらしい，というニュースが飛び込んできました。早速入手してみると，それは1967年（一説に1964年）に上海市の郊外で発掘された明代成化年間（1465～1487年）の『説唱詞話』14種（11冊）と，刊行年不詳の『白兎記』の刊本でした。『説唱詞話』14種のうち，刊行年の明ら

かなもので最も早いものは，成化7年（1471年）の「薛仁貴征遼故事」，最も遅いものは成化14年（1478年）の「花関索伝（前集）」です。嘉靖年間以前の講唱文芸の資料がほぼ完全な形で発見されたわけですから，これは白話文学資料としては第一級の貴重な文献の出現ということになります。

　1973年に上海博物館から影印出版された『明成化説唱詞話叢刊』は，当時の日本円にして約8万円くらいだったと記憶しています。豪華な装幀を施されているだけあって，かなり高価なものでしたが，ともかくそれを一部買い求めました。当時の私は，勉強不足から，新発見の資料である『説唱詞話叢刊』がどの程度の重要性をもつものなのか，まだはっきりとは認識できずにおりましたが，友人の金文京氏は早くもその価値を見抜き，当時東京に集まっていた大木康氏（東京大学東洋文化研究所教授），古屋昭弘氏（早稲田大学文学部教授）にも声をかけ，合計四人で読書会を開始しました。読書会は1983年4月から1984年7月までのおよそ1年3ヶ月にわたって行われましたが，膨大な数に達する誤字脱字や不鮮明な文字に悩まされながらも，何とか一通り読み終えた私達は，この貴重な資料を日本の学界に紹介すべく，その校訂本を出版するための準備を始めました。その後さらに数年間の準備期間を経て，金文京氏の詳細な解説や大木康氏による関連資料集，さらには，途中から読書会に加わった氷上正氏（慶応大学教授）の作成した語彙索引などを付して校訂文とともに刊行したのが，1989年に汲古書院から出版した『花関索伝の研究』でした。

　私と「関索」との出逢いは以上のような経緯によるものでしたが，実は，この「関索」の名称自体は，『説唱詞話叢刊』が発掘される以前から，日本と中国双方の専門家の間では広く知られていました。例えば，中国では1939年に余嘉錫氏が「宋江三十六人考実」の中で「賽関索」の綽名をもつ『水滸伝』の英雄「楊雄」について触れていますし，また，1943年には王古魯氏も「小説瑣記」（『芸文雑誌』1巻6期）の中でその存在に触れています。さらに，1951年には周紹良氏による「関索考」と

題する論考も書かれています。

　一方，日本で「関索」の名前に注目した最初の人物は，京都大学の小川環樹氏でした。小川氏は戦後まもなく，1953年から『三国志演義』の「毛宗崗本」を日本語に翻訳する仕事をしておられましたが，その過程で幾つかの『三国志演義』に関する注目すべき論文を発表され，日本における本格的な『三国志演義』研究の先駆けともなりました。それらの論文のうち，「関索」に関わるものとしては，1964年に岩波書店から刊行された翻訳本の第8冊目（小川環樹・金田純一郎訳『完訳三国志（八）』）に付載された「関索の伝説そのほか」と題する考察が挙げられます。ここで，小川氏の論文の内容について簡単に紹介しておくことにします。

　一般に，中国の古典文学作品を日本語に翻訳するにあたっては，それ以前に翻訳されたものがあればまずそれを参照するのが通例で，小川環樹氏の場合も，江戸時代に湖南文山によって翻訳された『通俗三国志』と題する旧訳を参照されたようです。その湖南文山訳によれば，六編の巻之四，諸葛孔明が南蛮征伐に出かけようとする場面に，突如として「関索」と名乗る人物が現れ，関羽の二男であるという自らの素性を明かして南蛮征伐に従軍することになります。ところが，ご承知のように，現存する最古の『三国志演義』の版本とされる嘉靖元年の序文をもつ所謂「嘉靖元年本」には，「関索」という人物は全く登場しません。「嘉靖元年本」には，関羽の息子として，関平と関興の二人だけが登場します。このように，一部の『三国志演義』の版本にのみ突然登場する「関索」という人物に，小川環樹氏は少なからず疑問と興味を覚えられたようで，その後，日本国内にある幾つかの異なる版本を調査して，「関索」なる人物の実態を明らかにしようと試みられました。

　その結果わかったことは，「関索」なる人物の登場の仕方には2種類あり，それによって版本の系統にも違いがあるらしいということでした。すなわち，二十四巻系の「周曰校刊本」及びそれと同系統に属すると判断される「李卓吾批評本」，あるいは清代の通行本である「毛宗崗

本」などでは、「関索」は諸葛孔明の南蛮征伐の直前に突然現れるのに対して、現在の福建省で刊行されたと思われる二十巻系の「余象斗本」や「鄭少垣刊本」、あるいは「楊閩斎刊本」においては、「花関索」と名乗る若者が、荊州を守っていた関羽のもとに母親の胡氏とともに現れ、かつて生き別れた経緯を述べて関羽に認知を迫り、話を聞いた関羽が実子として認知して、以後従軍して度々軍功を立てる、という内容をもっていることを明らかにされたのです。これを出発点として、小川氏はさらに、日本における最古の翻訳本である湖南文山の『通俗三国志』が、当時日本に伝来していた「李卓吾批評本」に依拠して翻訳された可能性が高いことをも論証され、それまで不明とされていた翻訳書の基づいた底本にも新たな光をあてられました。

以上のように、小川環樹氏は、『三国志演義』の一部の版本にのみ非常に不自然な形で登場する「関索」なる人物に少なからぬ興味と疑問を抱かれ、「関索」あるいは「花関索」と、版本によって人物名も微妙に異なることを突き止められたわけですが、当時は資料的限界に阻まれて、「関索説話」の詳しい来歴については疑問を残したままになっていました。

ところが、驚いたことに、その3年後の1967年に、上海近郊の明代の墳墓から、「関索」の素性を全面的に明らかにできる説唱詞話本『花関索伝』が出土したのですから、実に不思議としか言いようがありません。先程も申し上げましたように、1983年以降、金文京氏をはじめとする東京在住の五人のメンバーが集まって、この新たに発見された白話資料と日々格闘しつつあったのですが、メンバーの中の金文京氏は、いち早くこの資料の価値を認識し、解読を進めるかたわら、神話学、説話学、民俗学など、広範な視点を取り込んで各種の関連資料を渉猟し、注目すべき論考を発表されました。岩波書店発行の雑誌『文学』(1986年54巻)に掲載された「関羽の息子と孫悟空」と題する長編の論文がそれです。以下、金氏の論考によって明らかになった『説唱詞話花関索伝』の資料的価値について簡単にご紹介したいと思いますが、その前に、あ

らかじめ『花関索伝』全4集の内容をご紹介しておく方が，その後の議論の展開を理解していただく際に便利かと思われます。以下，金文京氏によって要約された『花関索伝』の概要を掲げておくことにします。

〔花関索出身伝〕前集
　劉関張桃園結義の際，関羽と張飛は後顧の憂いを断つ為に，互いに相手の家族を殺すことにする。しかし関羽の家へ赴いた張飛は，息子の関平を殺さず自分の伴として連れ去り，夫人の胡金定をも逃がす。身重の体で実家の胡家荘に帰った胡氏は，十月経って男児を出産するが，その子は七歳の時の元宵節の晩に迷子となり，索員外なる長者に拾われる。やがて丘衢山斑石洞に住む道士・花岳先生の弟子となった子供は，九年後，岩の裂け目より流れ出た霊水を飲んで怪力を身につけると，下山して母を尋ねる。母は耳の後の瘤によって子を認め，子は花岳先生と索員外の姓をとって花関索と名乗る。おりしも太行山の盗賊が襲って来るが，花関索は父の残した槍を手に賊を破り，その頭目十二人を手下とすると，母を伴い，父を尋ねて旅に出る。道中まず鮑家荘へ立ち寄り，鮑三娘なる武芸の達者な娘と試合をし，これを打ち負かして妻とする。

〔花関索認父伝〕後集
　鮑三娘には，もと廉康太子という婚約者がいた。廉は鮑三娘の結婚を知って怒り，花関索に闘いを挑むが，敗れて殺される。花関索は更に旅を続け，途中，芦塘寨の王桃，王悦姉妹を破って，この二人をも妻とし，やがて劉備らのいる興劉寨に到着，父関羽に会い親子の名乗りをあげた。その後，兄廉康の仇を討ちにきた廉旬を殺し，また劉備につきそって曹操の招宴に赴き，席上，劉備を害そうとする呂高天子を剣で撃殺するなどの手柄をたてる。

〔花関索下西川伝〕続集
　劉備の西川攻略に従軍した花関索は，閬州の王志，巴州の呂凱，山賊の周覇，成都の周倉を次々に破り，西川全土を平定する。

〔花関索貶雲南伝〕別集

西川平定後，花関索は父と共に荊州城にとどまるが，ある日，劉備の子劉封と酒席で争い，劉封は陰山へ，花関索は雲南へと各々配流の身となる。花関索の去ったあと，関羽は呉の陸遜，呂蒙の軍勢に攻められて戦死，その亡魂は，部下の張達に暗殺された張飛の冤魂と共に，劉備の夢中に現れ，非業の死を告げる。劉備は関羽の死を雲南の花関索に告げる使者を送る。花関索はおりあしく病気であったが，忽然と現れた花岳先生の秘薬によって，たちどころに平癒，早速軍を率いて呉軍と闘い，呉国第一の武芸者曾霄を破り，陸遜，呂蒙を血祭にあげて，父の仇をうつ。その後，劉備がみまかると，孔明は臥龍山に帰り，落胆した花関索も病を得て世を去る。残された三人の妻と多数の部下たちは，各々自分の出身地へともどり，軍団は瓦解，物語は終りを告げる。

　説唱詞話本『花関索伝』の内容は以上のとおりです。これによって明らかなように，この話は初めから終わりまで「関索」という人物に関する英雄物語であり，『三国志演義』とは殆んど関係のない別箇の物語です。そこでは「関索」が父親の関羽以上に大活躍し，劉備や張飛に至っては脇役同然，さらに孔明までもが，いわば付随的に登場しているに過ぎません。これは，従来の『三国志演義』の枠組みを大きくはみ出した，もう一つの「三国物語」の存在をわれわれに知らしめるものであり，既に失われてしまった「関索」伝説の片鱗を伝えるものであると考えられます。

　ところで，先に挙げた「関羽の息子と孫悟空」と題する論文の中で金文京氏が注目したのは，「関索」なる人物に賦与されている，「剣の英雄」・「小童」・「水神」という三つの特徴でした。具体的に言えば，まず，剣の英雄ということに関しては，呉軍に追われた関羽が玉泉山に逃げた際，愛馬である赤兎馬が関羽の剣を背負ったまま水中に沈んでしまいます。それを見た関羽もまた死んでしまいますが，父の死を知った「関索」が父の仇を討つにあたって，父の亡魂が現れ，水中に沈んだ刀を引き上げて闘うように啓示を与えるところなど，関羽とその息子「関

索」がいずれも剣の神としての属性を背負っていたことを証明するものと思われます。次に，小童に関してですが，『花関索伝』後集において，曹操の招宴に赴く際の「関索」に対する描写として，「上下不長四尺五（身の丈は4尺5寸にも満たず）」「身材不抵拳来大（こぶしよりも小さな体つき）」とあり，「関索」が極端に小さな体であったことを強調しています。また，水神的性格を帯びていることについては，「関索」が霊力を得た経緯について，『花関索伝』前集において，山中の岩から流れ出た水をすくって飲んだことによって神通力を得たと述べられていることによって明らかです。

「関索」に備わる以上三つの性格を手がかりとして，金文京氏は更に，それがヨーロッパやユーラシア大陸，さらには東アジアにまたがる広範な地域に分布する剣神伝説・小童説話・水神信仰などと深く結びついたものであることを述べ，『西遊記』の孫悟空に賦与された属性とも共通点が見られることなどを鋭く指摘した後，『花関索伝』のもつ文学史上の意義について以下のように結論づけています。

　　『花関索伝』は，一人の英雄の活躍を，その生から死に至るまで描いた英雄叙事詩である。周知の如く，中国はヨーロッパや日本のようなまとまった神話をもたず，その文学はフィクションよりは事実を重んずる態度を，常に正統としてきた。ヨーロッパ文学を，神話から英雄叙事詩を経て小説へと展開する流れとおおまかに把握することが可能であるとすれば，中国は断片的な神話を伝えるのみであり，英雄叙事詩と称するに足る作品は皆無に等しい。（中略）その意味では，『花関索伝』のもつ文学史上の意義はきわめて重大であるとしなければならない。それは中国におけるほとんど絶無僅有の英雄叙事詩であった。元代に生まれたこの物語が，その後まもなく地中に埋没し，五百年の時を隔てて再びその姿をあらわしたという事実は，中国においてこの種の作品がいかに成立しがたく，伝承されがたいか，換言すれば，この種の文学の発生と流伝を阻む儒教的文学意識がいかに強固で

あったかを証明するものにほかならない。
(金文京「関羽の息子と孫悟空(下)」90頁)

「関索物語」が中国に残存した類稀なる英雄叙事詩であるとする金氏のこうした見解を読んだ小川環樹氏は，金氏論文が掲載されたものと同じ雑誌『文学』(1986年54巻9号)の「文学のひろば」に短文を寄せ，金氏の論証によって年来の疑問がある程度氷解したことを喜ばれ，金氏の論考に対して次のような評価を下しています。

　金氏の論考は「花関索伝」が含む種々のモチーフを分析し，かくの如き人物は或る特殊な説話の伝承の中で成立したことを明らかにする。(中略)しかし，著者金氏が力説するのは，「花関索伝」を説話として見れば，剣神―剣の英雄―の主要なモチーフと，サルマート族の伝承したナルト神話との深いかかわりである。その部族の一つアスまたはオセットとよばれる集団は元の時代にはモンゴルの近衛兵に加えられ，フビライの雲南征服においても活動したことから，彼らの集団によってその神話が中国にもたらされたとの仮説を立てる。(中略)関索をまつる廟が雲南の処々に在ったことは，彼を主人公とする伝説が先ずその地域で発生したことを想わせるものだが，アス族の軍団が雲南の各地を転戦した事実は金氏の説の有力な支持をなすであろう。
(小川環樹「関索物語について」『文学』1986年9号, 53頁)

小川氏はまた，1989年にわれわれが共同研究の成果として上梓した『花関索伝の研究』にも序文を寄せ，そこでも次のように述べて金氏の仮説を強く支持しておられます。

　この物語は正史『三国志』または小説『三国演義』のストーリィを熟知する読者へは，腹立たしい程の荒唐無稽の感じを与えるであろう。主人公の花関索は名将関羽の第二子という点だけで，『演義』の

話に挿入されたが，『花関索伝』の中では，彼は父にもまさる超人的武勇をもって暴れまわる。その行動の大部分が，しばしば『演義』の叙述と矛盾し衝突する。ところが，ひるがえって冷静に考えてみるならば，この不合理な筋立ては，正にこの物語がもともと『三国志』の史実から派生したものでなく，まったく独立して発生した或る説話から出ていることを示すものである。物語の処々に現れる奇怪なモチイフ，ヒーローの異常な行動は，或る神秘性を伴なう。そこに隠された神話的意味は，中国だけではなく，欧洲の諸民族のあいだに伝わる説話のそれと比較されるべきものである。（中略）金氏は本書の解説においては更に進んで，中国の或る地域で近代まで上演されていた芸能の中に，この花関索を主人公とするものが有ることに言及する。そして結論として，これらの物語などの背後に一つの英雄叙事詩というべきものの存在を想定する。中国には，その種の叙事詩（Epic）が全然無かったというのが文学史家の常識であった。敢えてその常識を超えようとした金氏の識力と，その説を裏づける綿密な考索とは，全体として高く評価されるべきだと，私は思う。

（『花関索伝の研究』小川環樹「序」）

以上申し上げましたように，1973年に上海博物館から出版された『説唱詞話花関索伝』は，金文京氏を中心とする東京在住の五人のメンバーの手で解読され，1989年，校訂本とともに『花関索伝の研究』として出版されることによって日本の学界に本格的に紹介されましたが，金文京氏の脳裏に浮かんだ壮大な構想に対しては，先程述べましたように，いち早く『三国志演義』研究の専門家である小川環樹氏の賛同が得られ，それによって，数年間にわたるわれわれの読書会にも一定の意義が認められた形になりました。また，校訂本出版後間もなく，小川環樹氏以外にも，私たちの共同研究の成果を価値あるものとして評価する書評が幾つか書かれました。例えば，中国古典小説の理論的研究家として知られる神奈川大学教授・鈴木陽一氏には，1989年の『東方』98号誌上に「通

俗文芸研究者必読の書」という副題を付して「『花関索伝の研究』を評す」という極めて好意的な書評を掲載していただきましたし、さらに、同じく日本における中国古典小説研究の第一人者とも言うべき埼玉大学教授・大塚秀高氏も、自らが中心となって発行している『中国古典小説研究動態』第3号誌上に座談会記録を載せ、金氏への賛辞を交える形で、われわれの研究成果を広く斯界に紹介していただきました。

　これまで申し上げましたように、1967年に上海の郊外で成化年間の『説唱詞話花関索伝』が発掘された後、金文京氏を中心とする五人の若手研究者のグループが校訂本を作成し、1989年に汲古書院から『花関索伝の研究』を出版したことにより、日本の中国小説研究者に対して、もうひとつの『三国志演義』の世界の存在、乃ち、「関索」もしくは「花関索」が中心となって活躍する語り物としての『花関索伝』の存在を強く印象付けるとともに、関連する様々な問題についての新たな研究意欲を喚起することができたように思います。それまで一般的に知られていた『三国志演義』のストーリー展開とは全く異なる世界が存在することは、一般の読者にとっても、また研究者にとっても、ほとんど未知の事柄に属すものであり、大きな衝撃をもって迎えられたように思います。「七実三虚」という言葉に象徴的に表されておりますように、『三国志演義』という小説は歴史書としての陳寿の『三国志』をベースにして多少の虚構を加えたものに過ぎない、といった、江戸時代以来作り上げられてきた「常識」を根底から覆すことになったわけです。多くの読者を持つ岩波書店の雑誌『文学』に金文京氏の論文「関羽の息子と孫悟空」が連載されたことは、その点から見ても大変大きな意義を有していたと考えられます。

　さて、1989年1月に『花関索伝の研究』を出版した当初は、長年にわたる努力がようやく報われ、読書会の成果を一冊の研究書として公表できたことを単純に喜んでいるばかりでしたが、しばらく時間が経って、その後の『三国志演義』研究の進展を俯瞰してみると、該書の公刊には少なくとも二つの大きな意味があったように思われます。一つは、金

文京氏が縷々力説するように，「関索」の物語が決して閉じられた中国的世界の中だけで発生したものでなく，外来の神話的・説話的要素を多分に含んでおり，従って，この物語の中に既に失われた英雄叙事詩としての数少ない片鱗を見出すことができることが証明されたこと。そしてもう一つは，架空の人物である「関索」の素性を探求する過程で，それまであまり重要視されてこなかった，『三国志演義』の版本とその系統に対する学界の興味が新たに喚起されたことです。日本では，『水滸伝』に対しては，比較的早くから版本研究が進んでいましたが，こと『三国志演義』に関しては，恐らくはそれが歴史小説であるという先入観も手伝ってのことかと思われますが，既に触れましたように，小川環樹氏が少し疑念を留められた程度で，現存する版本全てを詳細に調査してその変遷過程を明らかにしようとする研究者はいませんでした。ところが，「関索」の素性を調べる過程で，従来大同小異だと思われていた『三国志演義』の各種版本間にも，実は想定の範囲を超える相違点が数多く存在することが明らかとなり，箇々の版本を逐一再調査する必要が出てきたのです。
　こうした認識の変化を受けて，まず始めに研究者が手がけなければならなかったのは，現存する『三国志演義』の各種の版本の所在を確認し，その内容を詳細に検討しなおす作業でした。従来，断片的にしか知られていなかった「関索」もしくは「花関索」なる人物は，いったいいつ頃から『三国志演義』に取り込まれたのか，また，それは『三国志演義』の出版の歴史から見てどのような意味をもっているのか，といった，最も基本的な疑問に対して正しい答えを出す必要が生じたのです。日本において89年から90年代前半にかけてこうした問題に取り組んだのは，金文京氏を始めとする数名の若手研究者でした。『花関索伝の研究』が出版されて以後5年間に執筆された各種の学術論文は，そのあたりの経緯をはっきりと示しています。後の説明を分かり易く進めるために，まずそれらの論題を執筆者や掲載誌とともに列挙しておきます。

○ 金文京：「『三国演義』版本試探～建安諸本を中心に」
　『集刊東洋学』第61号，1989年
○ 中川諭：「『三国演義』版本の研究～毛宗崗本の成立過程」
　『集刊東洋学』第61号，1989年
○ 中川諭：「嘉靖本『三国志通俗演義』における「関羽の最期」の場面について」
　『文化』（東北大学文学会）54巻1，2号，1990年
○ 上田望：「『三国演義』版本試論～通俗小説の流伝に関する一考察」
　『東洋文化』71，1990年
○ 上田望：「明代における三国故事の通俗文芸について～『風月錦囊』所収『精選續編賽全家錦三国志大全』を手掛かりとして～」
　『東方學』第84輯，1992年
○ 中川諭：「『三国志演義』版本の研究～建陽刊「花関索」系諸本の相互關係」
　『日本中国学会報』第44集，1992年
○ 中川諭：「『三国志演義』版本の研究～「関索」系諸本の相互關係」
　『集刊東洋学』第69号，1993年
○ 丸山浩明：「余象斗本考略」
　『二松学舎人文論叢』50輯，1993年

以上のように，1989年から1993年までの5年間に，『三国志演義』の版本に関わる専門的な論考が相継いで8篇も書かれています。金文京・中川諭・上田望・丸山浩明の4名の研究者の名前が挙がっていますが，この中で版本研究に先鞭をつけたのは，やはり金文京氏でした。『花関索伝』の校訂本を作成する傍ら，「関索」なる人物について神話的・説話的視点を導入しつつ深い思索を重ねてきた金氏にとって，現存する各種の『三国志演義』の版本において「関索」がいかなる扱いを受けているのか，その実態を綿密に調査し明らかにすることは，まさに焦眉の急であったものと思われます。

そこで，金氏がまず手がけたのは，「関索」または「花関索」なる人物が登場する，建安（現在の福建省に属す）の地で刊行された各種の『三国志伝』と称する版本に関する調査を進めることでした。1989年に『集刊東洋学』に発表された論文「『三国演義』版本試探」の中で金氏が行ったのは，1592年（明・万暦20年）に刊行された「余氏双峰堂刊本」を始めとする一連の「建安諸本」における「関索」または「花関索」の扱い方を逐一追跡し確認する作業でした。それと同時に，現存する『三国志演義』の最古の刊本である，1522年の所謂「嘉靖元年本（張尚徳本)」との字句の比較を行うことにより，「嘉靖元年本」にも意外に多くの誤謬が存在することを指摘し，従来，最良の版本として位置付けられてきた「嘉靖元年本」に対する認識に大きな疑問を投げかけたのでした。その結果，現存する「建安本」の中には，「嘉靖元年本」よりも古い形を残していると思われる箇所が幾つもあり，従って，刊行された年代のみを基準として『三国志演義』の本来の姿を判断することは危険であることを，広く関係者に訴えかけるものとなったのです。

　版本研究がかなり進んだ現在では，「建安本」はその刊行年代こそ「嘉靖元年本」よりも新しいが，しかし，内容的に見ると，「嘉靖元年本」よりも古い姿を伝える部分を含む，という考え方が一般的になりつつありますが，1989年当時は，まだそうした認識は薄く，『三国志演義』といえば「嘉靖元年本」の右に出るものは無い，「嘉靖元年本」こそが『三国志演義』の唯一最良の版本であるという，誤った「常識」が普通にまかり通っていました。それは単に日本のみならず，中国の学界においても似たような状況であったと思われます。ともあれ，金文京氏のこの論文によって，『三国志演義』の版本，とりわけ「建安本」と「嘉靖元年本」に関する様々な問題点が改めて浮き彫りにされ，その後続々と『三国志演義』の各種版本に関する個別具体的な問題を扱う論考が書かれるようになっていったのです。その意味で，金氏の論文は，『三国志演義』版本研究の牽引役を果たしたということができるように思います。

続いて，金文京氏以外の若手研究者による版本研究についても簡単にご紹介しておきたいと思います。先程，金氏を含めて四人の研究者の名前を挙げましたが，この中で『三国志演義』の版本に関する最も多くの論文を発表しているのは，大東文化大学の中川諭氏です。中川氏は，『三国志演義』研究の専門家ですが，金文京氏とともに日本中国学会で『三国志演義』の版本に関する共同発表を行い，その成果をもとに，1989年の『集刊東洋学』第61号誌上に，「『三国演義』版本の研究～毛宗崗本の成立過程」と題する論文を発表されました。

　中川氏の『三国志演義』研究の方法は首尾一貫したものがあるように思います。それは，鬼面人を驚かすような特殊な理論や手法を用いるのではなく，現存する『三国志演義』の複数の版本を丹念に比較して，その文章や表現の異同を検討することにより，版本相互間の継承関係を明らかにしようとするものです。1989年に書かれた論文は，『三国志演義』の通行本として清代以降最も流布した所謂「毛宗崗本」を取り上げ，「嘉靖元年本」を含むその他の4種類の版本，乃ち，「周日校刊本」「呉観明本」「余象斗本」などをも詳細に比較検討することにより，どのような改編過程を経て「毛宗崗本」が成立したのかを明らかにしようとするものです。中川氏は，これを皮切りとして，以後，現存する複数の「嘉靖本」の表現の相違を細かく検討したり，あるいは，「建安本」に関するより詳細な字句の検討を進めたりして，1998年に『『三国志演義』版本の研究』（汲古書院刊）と題する研究書を上梓されました。実在する複数の『三国志演義』の版本を細かく比較しながら，徐々にその成立過程を探り，相互の継承関係を整理する中から羅貫中の原作の姿を推定するという実証的な手法は，理論ばかりを先行させる研究とは異なり，着実で手堅いものであるように思われます。厖大な時間をかけて比較研究を積み重ねた結果として，中川氏は『『三国志演義』版本の研究』の「結論」の中で，現存する版本の系統図を作成し，次のように結論付けています。

『三国志演義』は明代の長編白話小説としては『水滸伝』・『西遊記』と同様に多くの版本が現存するにも関わらず，『水滸伝』・『西遊記』に比べて，版本研究はかなり立ち後れたものだった。その原因として金文京氏は，『三国志演義』は歴史に依存する部分が多いため，版本が変わっても内容は同じであると思いこまれていたこと，そして現存最古の版本である嘉靖本が通俗小説らしからぬほど外見が立派であることの二点を挙げておられる。しかし，一九六七年に『成化本説唱詞話』が発見され，この中に含まれていた『花関索伝』によって，関羽の架空の息子関索の伝説が次第に明らかになってきた。こうしてようやく従来の『三国志演義』の版本研究を見直そうとする動きが出てきたと言える。『花関索伝』の研究が進むに連れて，『三国志演義』の版本研究も少しずつ進んできた。筆者の『三国志演義』の版本研究もちょうどこうした状況の中で始まった。そしてここに一つの結論を導きだしたつもりである。『三国志演義』という一つの文学作品を正確に理解するためには，まずこのような『三国志演義』の版本の状況を十分に踏まえておかなければならないのではないかと思う。

　　　（中川諭『『三国志演義』版本の研究』汲古書院，1998年，404頁）

　この「結論」の中には，日本における『三国志演義』の版本に関する研究の歴史が要約されているように思われます。そしてそれは，今回私がお話ししようとしている方向とも基本的に一致するものです。

　金氏や中川氏以外にも，上田望氏と丸山浩明氏の研究があります。上田氏も，中川氏とほぼ時期を同じくして『三国志演義』版本の研究に取り組み，「『三国演義』版本試論〜通俗小説の流伝に関する一考察」や「明代における三国故事の通俗文芸について〜『風月錦嚢』所収『精選続編賽全家錦三国志大全』を手掛かりとして〜」など，新資料を駆使した注目すべき論考を次々に発表されましたが，その後『三国志演義』の語彙を数理的に分析することによって版本間の継承関係をとらえなおしたり，日本の江戸時代における『三国志演義』受容の歴史を新資料に

よって丹念に跡づけるなど，これまでにない斬新な手法を用いて『三国志演義』を多角的な視点に立って分析する作業を進めておられます。
　また，丸山浩明氏は，『三国志演義』の他，『水滸伝』『西遊記』『儒林外史』など，明代の章回小説全般に対する研究を行い，さらに明代の印刷事情から版本史を見直す作業を進め，それらの成果を2003年に『明清章回小説研究』として一書にまとめ，汲古書院から刊行されました。
　以上のように，90年代には『三国志演義』の現存版本に関する比較研究が格段に進展したように思います。個別の版本に対する認識が改められ，『演義』はどれもみな似たようなもの，といった「常識」を改めるきっかけとなったことは喜ばしいことです。こうした動きは今世紀に入ってからも継続しており，若手の研究者による更なる探求が続けられています。井口千雪氏や仙石知子氏などが『三国志演義』の個別の版本に対して徹底した考察を加えつつあることは特筆すべきことと思います。今後さらに，従来あまり顧みられなかった「劉龍田本」や「夏振宇本」あるいは「夷白堂本」など，個別の重要な版本に対する研究が進むことによって，『三国志演義』の本来の姿とその変化の過程が浮かび上がってくることを期待したいと思います。本来ならば，最近の新たな研究の動向についても，ご紹介すべきところですが，それについては，また機会を改めたいと思います。
　最後になりましたが，中国の長い歴史と文化によって育まれた『三国志演義』という長編小説が，今後も末永く日本と中国の交流を促進する架け橋となってくれることを願いつつ，私の連続講演を終わりたいと思います。

関連資料

関連資料　目次

1. 『三国志演義』成立簡史 ……………………………………… 235
2. 三国時代前後の人物生卒年表 ………………………………… 236
3. 語り物としての「三国物語」 ………………………………… 237
4. 陳寿の人物像 …………………………………………………… 238
5. 劉備登場時の描写（『三国志演義』） ………………………… 239
6. 『三国志』「蜀書」にみえる劉備像 …………………………… 240
7. 「先主傳」（『三國志』巻三十二　『蜀書』二） ……………… 241
8. 「三顧の礼」に関する描写 …………………………………… 242
9. 『資治通鑑』に描かれた「三顧の礼」 ………………………… 243
10. 「三絶」（毛宗崗「読三国志法」） …………………………… 244
11. 関羽の偶像化（加封・追贈） ………………………………… 245
12. 「白馬の戦い」～顔良敗北の謎～（1） ……………………… 246
13. 「白馬の戦い」～顔良敗北の謎～（2） ……………………… 248
14. 「関羽傳」（『三國志』巻三十六　『蜀書』六） ……………… 249
15. 「張飛傳」（『三國志』巻三十六　『蜀書』六） ……………… 250
16. 泣いて馬謖を斬る ……………………………………………… 251
17. 陳寿の諸葛亮評価 ……………………………………………… 252
18. 「連環計」（120回本『三国志演義』第8回） ………………… 253
19. 『魏書』に描かれた董卓の残虐性 …………………………… 254
20. 董卓の失脚を予告する童謡 …………………………………… 255
21. 正史に描かれた董卓暗殺の様子 ……………………………… 256
22. 『資治通鑑』にみえる董卓像 ………………………………… 257
23. 『資治通鑑』にみえる呂布像 ………………………………… 258
24. 「馬謖伝」（『蜀書』巻39） …………………………………… 259
25. 「泣いて馬謖を斬る」（『三国志演義』第96回） …………… 260
26. 『三国志演義』のテキスト（版本） ………………………… 261
27. 『三国志演義』（葉逢春本）冒頭の「目録」 ………………… 262

28 『三国志演義』「葉逢春本」冒頭の七言詩……………………… 263
29 『全相平話三国志』（元・至治年間1321〜1323刊）　挿絵目次……… 264
30 『全相平話三国志』の特徴 ……………………………………… 265
31 『花関索伝』について …………………………………………… 266
32 民間説話・小説中の「関索」…………………………………… 267
33 『三国志演義』の中の関索 ……………………………………… 268
34 新編全相説唱足本花關索出身傳　前集（冒頭原文）………… 269
35 『三国志』・『三国志演義』　関連書籍………………………… 270
36 『三国志通俗演義史伝（葉逢春本）』　関連論考目録（稿）……… 271
37 『三国志演義』　関連業績一覧（井上泰山）………………… 273
38 市民講座『三国志演義』　関連講演一覧（井上泰山）……… 274

1 『三国志演義』成立簡史

	王朝	中　　国	日　　本
B.C. 221	秦	始皇帝　統一	
B.C. 206	前漢	秦滅亡　高祖・劉邦　長安	
		（鴻門の会）	
A.C. 25	後漢	光武帝・劉秀　洛陽遷都	57　倭奴国　後漢に使者
		155　曹操・孫堅　誕生	
		161　劉備　181諸葛亮　誕生	
		184　張角蜂起（黄巾の乱）	
220	三国	魏　文帝曹丕　即位	
	魏・蜀・呉		238　卑弥呼　魏に使者
265	西晋	晋　武帝司馬炎　即位（魏滅亡）	
		陳寿『三国志』完成　？	
		（297　陳寿　死亡）	
420	南北朝	『三国志』裴松之　注（南朝・宋）	
		（200種以上の書籍で記事を補充）	
581	隋		604　聖徳太子17条憲法
618	唐	●李商隠（812〜858）「驕児詩」	（710〜794）奈良時代
960	宋	司馬光『資治通鑑』	
		●蘇東坡（1037〜1101）『東坡志林』	
			1008『源氏物語』
1127	南宋	●孟元老（？〜？）『東京夢華録』	
1271	元	●「雑劇」の盛行（三国物）	
		〇『全相平話三国志』	
		（至治年間）1321頃	
		→羅貫中『三国志演義』原本成立？	
1368	明		
		〇『花関索伝』1478	
		（嘉靖）1522『張尚徳本』[1]	
		1548『葉逢春本』[2]	
		1591『周曰校本』[3]	1604　以前に日本に伝来？
		1592『双峰堂本』[4]	（『羅山林先生集』）
1644	清	『毛宗崗本』（康熙年間）1662〜1722	1692　湖南文山『通俗三国志』

2　三国時代前後の人物生卒年表

旧石器時代・新石器時代・夏・殷・周（西周・東周）・春秋・戦国・秦の統一（前221）
前206（高祖・劉邦）〜 前8　西漢［長安］／前9（王莽）〜前24　新
前25（光武帝・劉秀）〜 後220 東漢［洛陽］／後220〜265三国「魏・蜀・呉」→45年間の興亡

```
                                      155 曹操　生
161 劉備　生                                                       167? 邪馬台国，卑弥呼即位
181 諸葛亮　生
                                      182 孫権　生
                         184 黄巾の乱起こる　190 董卓長安遷都
                         192 董卓　没『演義』「連環の計」
                         200「官渡の戦い」→ 曹操（関羽，顔良刺殺「解白馬囲」）が
                                      袁紹を破る
207『演義』「三顧の礼」
                         208「赤壁の戦い」→孫権と劉備の連合軍が曹操を破る
                                      210 周瑜　没（36歳）
219 関羽　没（58歳）
                         220 後漢滅亡
                                   【魏】220 曹操　没（66歳）
                                      曹丕（文帝）即位
221【蜀】劉備（昭烈帝）即位
        張飛　没（55歳）
223 劉備　没（63歳）・劉禅即位
                                      226 曹丕　死去，子の曹叡（明帝）即位
227 諸葛亮が魏を討つ（「出師の表」）
                                      229【呉】孫権即位
233 陳寿　生
234 諸葛亮　没（54歳）（「秋風五丈原」）
                                                      238 卑弥呼が魏に使節を送る
                                                      「親魏倭王」神獣鏡・印綬
                         238 司馬懿が遼東を討伐し，公孫淵を斬る
                                      239 明帝死去，曹芳（少帝）即位
                                      252 孫権　没（71歳）
263【蜀】滅亡（劉禅が魏に降服）
                         264 司馬昭が晋王になる。劉禅が洛陽に移される。
                         265【晋】司馬炎即位
                                【魏】滅亡
                                      280【呉】滅亡（孫皓が晋に降服）
```

3　語り物としての「三国物語」

① 李商隠「驕兒の詩」（大中三年，849年，38歳頃の作）李商隠：812～858年（晩唐）

袞師我驕兒，美秀乃無匹。文葆未周晬，固已知六七，四歳知姓名，眼不視梨栗。交朋頗窺観，謂是丹穴物。青春妍和月，朋戯渾甥姪。繞堂復穿林，沸若金鼎溢。門有長者來，造次請先出。客前問所須，含意不吐實。歸來學客面，門敗秉爺笏。或譃張飛胡，或笑鄧艾吃。・・・・忽復學參軍，按聲喚蒼鶻。

② 蘇軾「懷古」「塗巷小兒聽説三国語」（『東坡志林』）蘇東坡：1037～1101年（北宋）

王彭嘗云；「塗巷中小兒薄劣，其家所厭苦，輒與錢，令聚坐聽説古話。至説三國事，聞劉玄德敗，顰蹙有出涕者，聞曹操敗，即喜唱快。以是知君子小人之澤，百世不斬。」彭，愷之子，為吏，頗知文章，余嘗為作哀辭，字大年。

③ 孟元老『東京夢華録』巻5「盛り場の演芸」（北宋）

崇寧・大観年間以来の盛り場の演芸。張廷叟・孟子書の「主張」。・・・・・孫寛・孫十五・曾無党・高恕・李孝詳の「講史」。李慥・楊中立・張十一・徐明・趙世亨・賈九の「小説」。

4　陳寿の人物像
(『晋書』巻82,「列伝」第52)

陳壽字承祚, 巴西安漢人也。少好學, 師事同郡譙周, 仕蜀為觀閣令史。宦人黃皓專弄威權, 大臣皆曲意附之, 壽獨不為之屈, 由是屢被譴黜。遭父喪, 有疾, 使婢丸藥, 客往見之, 鄉黨以為貶議。及蜀平, 坐是沈滯者累年。司空張華愛其才, 以壽雖不遠嫌, 原情不至貶廢, 舉為孝廉, 除佐著作郎, 出補陽平令。撰蜀諸葛亮集, 奏之。除著作郎, 領本郡中正。撰魏吳蜀三國志, 凡六十五篇。時人稱其善敘事, 有良史之才。夏侯湛時著魏書, 見壽所作, 便壞己書而罷。張華深善之, 謂壽曰,「當以晉書相付耳」。其為時所重如此。或云丁儀, 丁廙有盛名於魏, 壽謂其子曰,「可覓千斛米見與, 當為尊公作佳傳」。壽父為馬謖參軍, 謖為諸葛亮所誅, 壽父亦坐被髡, 諸葛瞻又輕壽。壽為亮立傳, 謂亮將略非長, 無應敵之才, 言瞻惟工書, 名過其實。議者以此少之。

5　劉備登場時の描写（『三国志演義』）

① 【張尚徳本】（嘉靖元年・1522年）

　時榜文到涿縣樓桑村，引出一個英雄。那人平生不甚樂讀書，喜犬馬，愛音樂，美衣服，少言語，禮下於人，喜怒不形於色，好交游天下豪傑。素有大志。生得身長七尺五寸，兩耳垂肩，雙手過膝，目能自顧其耳。面如冠玉，唇若塗朱。中山靖王劉勝之後，漢景帝閣下玄孫，姓劉名備，表字玄德。昔劉勝之子劉貞，漢武帝元狩六年，封為涿郡陸城亭侯，坐酎金失侯，因此這一枝在涿郡。玄德祖劉雄，父劉弘。因劉弘曾舉孝廉，亦在州郡為吏。備早喪父，事母至孝。家寒，販履織蓆為業。舍東南角上有一桑樹，高五丈餘。遙望童童（獨立貌）如小車蓋。往來者皆言，此樹非凡。相者李定云，此家必出貴人。玄德年幼時，與郷中小兒戲於樹下，曰，我為天子，當乘此羽葆車蓋。（朱晦翁題樓桑詩曰，樓桑大樹翠繽紛，鳳鳥鳴時曾一聞，合使本支垂百世，詎知功業只三分。）叔父責曰，汝勿妄言，滅吾門也。年一十五歲，母使行學，與同宗劉德然，遼西公孫瓚為友。玄德叔父劉元起見玄德家貧，常資給之。元起妻曰，各自一家，何能常耳。元起曰，吾宗中有此兒，非常人也。中平元年，涿郡招軍。此時玄德年二十八歲，立於榜下，長嘆一聲而回。隨後一人，厲聲言曰，大丈夫不與國家出力，何苦長嘆。玄德回顧，見其人，身長八尺，豹頭環眼，燕頷虎鬚，聲若巨雷，勢如奔馬。

② 【葉逢春本】（嘉靖27・1548年）

　時榜文到涿州樓桑村，引出一個英雄漢。那人平生不好詩書，只喜犬馬，愛音樂，美衣服，少言語，禮下於人，喜怒不形於色，好交游天下豪傑。素有大志。生得身長七尺五寸，兩耳垂肩，雙手過膝，龍目鳳準。其面如冠玉，唇若塗硃。中山靖王劉勝之後，漢景帝閣下玄孫，姓劉名備，表字玄德。昔劉勝之子劉真，漢武帝元狩六年，封為涿縣陸城亭侯，坐酎金失侯，因此這一支流落在涿縣。玄德祖父劉雄，父劉弘。曾舉孝廉，亦無世仕州郡為吏。弘早喪，玄德事母至孝。家寒，無可養贍，販履織蓆為業。玄德住處草舍東南角籬內有一株大桑樹，高五丈餘。枝葉茂盛，遠近通望見，重重如車蓋。往來之人皆言，此樹非凡。有相者李定曰，此家必出貴人。初玄德幼時，與郷中小兒戲於樹下。玄德曰，我為天子，當乘此羽葆車蓋。叔父戒之曰，汝勿妄言，滅吾門也。年一十五歲，母使行學，與同宗劉德然，遼西公孫瓚為友。劉德然父劉元起見玄德家貧，常資給之。元起妻云，各自一家，何能常爾。元起曰，吾宗中有是兒，非常人也。中平元年，涿郡招軍。時玄德年二十八歲，立於榜下，長嘆一聲而回。後有一人，厲聲言曰，大丈夫不與國家出力，何故長嘆耶。玄德回頭，見其人，身長八尺，豹頭環眼，燕頷虎鬚，聲若巨雷，勢如奔馬。

6 『三国志』「蜀書」にみえる劉備像

●『三国志』「蜀書」にみえる劉備・関羽・張飛の出逢い
(1) 靈帝末，黃巾起，州郡各舉義兵，先主率其屬從校尉鄒靖討黃巾賊有攻功，除安喜尉。(『三国志』巻三十二「蜀書」先主伝)
(2) 關羽字雲長，本字長生，河東解人也。亡命奔涿郡。先主於鄉里合徒眾，而羽與張飛為之禦侮。(『三国志』巻三十六「蜀書」関羽伝)
(3) 張飛字益德，涿郡人也，少與關羽俱事先主。羽年長數歲，飛兄事之。(『三国志』巻三十六「蜀書」張飛伝)
　→「桃園結義」に関する具体的記述は無い。小説『三国志演義』の編者が付加。

●劉備の生い立ち(『三国志』巻三十二「蜀書」先主伝)
(4) 先主姓劉，諱備，字玄德，涿郡涿縣人，漢景帝子中山靖王勝之後也。

●劉備の子供の頃のエピソード(『三国志』巻三十二「蜀書」先主伝)
(5) 先主少孤，與母販履織席為業。舍東南角籬上有桑樹生高五丈餘，遙望見童童如小車蓋，往來者皆怪此樹非凡，或謂當出貴人。
(6) 先主少時，與宗中諸小兒於樹下戲言，「吾必當乘此羽葆蓋車」。叔父子敬曰，「汝勿妄言，滅吾門也」。

●劉備の若い頃の性格を示すエピソード(『三国志』巻三十二「蜀書」先主伝)
(7) 先主不甚樂讀書，喜狗，馬，音樂，美衣服。身長七尺五寸，垂手下膝，顧自見其耳。少語言，善下人，喜怒不形於色。好交結豪俠，年少爭附之。
(8) 中山大商張世平，蘇雙等貲累千金，販馬周旋於涿郡，見而異之。乃多與之金財。先主由是得用合徒眾。

●劉備の性格を示すエピソード(『三国志』巻三十二「蜀書」先主伝)
(9) 督郵以公事到縣，先主求謁，不通，直入縛督郵，杖二百，解綬繫其頸著馬枊，棄官亡命。
　→小説『三国志演義』では，鞭打つのは張飛の役割→德義の強調

●劉備の人徳を示すエピソード(『三国志』巻三十二「蜀書」先主伝)
(10)(劉備)數有戰功，試守平原令，後領平原相。郡民劉平素輕先主，恥為之下，使客刺之。客不忍刺，語之而去。其得人心如此。
【裴松子註】「魏書曰，劉平結客刺備，備不知而待客甚厚，客以狀語之而去。是時人民飢饉，屯聚鈔暴。備外禦寇難，內豐財施，士之下者，必與同席而坐，同簋而食，無所簡擇。眾多歸焉。」

240

7 「先主傳」（『三國志』卷三十二 『蜀書』二）

先主姓劉，諱備，字玄德，涿郡涿縣人，漢景帝子中山靖王勝之後也。勝子貞，元狩六年封涿縣陸城亭侯，坐酎金失侯，因家焉。先主祖雄，父弘，世仕州郡。雄舉孝廉，官至東郡范令。

先主少孤，與母販履織席為業。舍東南角籬上有桑樹生高五丈餘，遙望見童童如小車蓋，往來者皆怪此樹非凡，或謂當出貴人。先主少時，與宗中諸小兒於樹下戲，言「吾必當乘此羽葆蓋車。」叔父子敬謂曰：「汝勿妄語，滅吾門也。」

年十五，母使行學，與同宗劉德然，遼西公孫瓚俱事故九江太守同郡盧植。德然父元起常資給先主，與德然等。元起妻曰：「各自一家，何能常爾邪。」起曰：「吾宗中有此兒，非常人也。」而瓚深與先主相友。瓚年長，先主以兄事之。先主不甚樂讀書，喜狗馬，音樂，美衣服。身長七尺五寸，垂手下膝，顧自見其耳。少語言，善下人，喜怒不形於色。好交結豪俠，年少爭付之。中山大商張世平，蘇雙等貲累千金，販馬周旋於涿郡，見而異之，乃多與之金財。先主由是得用合徒眾。

靈帝末，黃巾起，州郡各舉義兵，先主率其屬從校尉鄒靖討黃巾賊有功，除安喜尉。督郵以公事到縣，先主求謁，不通，直入縛督郵，杖二百，解綬繫其頸着馬柳，棄官亡命。頃之，大將軍何進遣都尉毋丘毅詣丹楊募兵，先主與俱行，至下坯遇賊，力戰有功，除為下密丞。復去官。後為高唐尉，遷為令。為賊所破，往奔中郎將公孫瓚，瓚表為別部司馬，使與青州刺史田楷以拒冀州牧袁紹。數有戰功，試守平原相。郡民劉平素輕先主，恥為之下，使客刺之。客不忍刺，語之而去。其得人心如此。

8 「三顧の礼」に関する描写
『資治通鑑』（巻六十五，漢紀五十七，献帝建安十三年十一月）

　初，琅邪諸葛亮寓居襄陽隆中，毎自比管仲，樂毅，時人莫之許也，惟潁川徐庶與崔州平謂為信然。州平，烈之子也。劉備在荊州，訪士於襄陽司馬徽。徽曰，「儒生俗士，豈識時務，識時務者在乎俊傑。此間自有伏龍，鳳雛」。備問為誰，曰「諸葛孔明，龐士元也」。

　※胡三省註曰，所謂俊傑者，量時審勢，規劃定於胸中，儻非其人，未易與之言也。

　徐庶見備於新野，備器之。庶謂備曰，「諸葛孔明，臥龍也，將軍豈願見之乎?」備曰，「君與俱來」。庶曰，「此人可就見，不可屈致也，將軍宜枉駕顧之」。備由是詣亮，凡三往，乃見。因屏人曰，「漢室傾頹，奸臣竊命，孤不度德量力，欲信大義於天下，而智術淺短，遂用猖獗，至于今日。然志猶未已，君謂計將安出?」。亮曰，「今曹操已擁百萬之眾，挾天子而令諸侯，此誠不可與爭鋒。孫權據有江東，已歷三世，國險而民附賢能為之用，此可與為援而不可圖也。荊州北據漢，沔，利盡南海，東連吳會，西通巴，蜀，此用武之國，而其主不能守，此殆天所以資將軍也。益州險塞，沃野千里，天府之土，劉璋闇弱，張魯在北，民殷國富而不知存恤，智能之士思得明君。將軍既帝室之胄，信義著於四海，若誇有荊，益，保其巖阻，撫和戎，越，結好孫權，內脩政治，外觀時變，則霸業可成，漢室可興矣」。備曰，「善!」。於是與亮情好日密。關羽，張飛不悅，備解之曰，「孤之有孔明，猶魚之有水也。願諸君勿復言」。羽，飛乃止。

9 『資治通鑑』に描かれた「三顧の礼」
(卷六十五，漢紀五十七，献帝建安十三年十一月)

→の部分は小説『三国志演義』「葉逢春本」の文章（*斜体字*は異なる部分）

1 備由是詣亮，凡三往，乃見。因屛人曰，「漢室傾頽，奸臣竊命，孤不度德量力，欲信大義於天下，而智術淺短，遂用猖獗，至于今日。然志猶未已，君謂計將安出?」。

2 亮曰，「今曹操已擁百萬之衆，挾天子而令諸侯，此誠不可與爭鋒。
　　→今　操已擁百萬之衆，挾天子而令諸侯，此誠不可與爭鋒。

3 孫權據有江東，已歷三世，國險而民附賢能爲之用，此可與爲援而不可圖也。
　　荊州北據漢，沔，利盡南海，東連吳會，西通巴，蜀，此用武之國，而其主不能守，此殆天所以資將軍也。
　　→孫權據有江東，已歷三世，國險而民*富*賢能爲之用，此可與爲援而不可圖也。
　　荊州北*拒漢江南*盡南海，東連吳會，西*建*巴，蜀，此用武之國，而其主
　　不能守，此殆天所以資將軍（也）。

4 益州險塞，沃野千里，天府之土，劉璋闇弱，張魯在北，民殷國富而不知存恤，智能之士思得明君。
　　→*將軍豈有意乎益州沃野險塞，千里之國，高祖因之以成帝業*，劉璋闇弱，張魯在北，民殷國富而不知存恤，*志*能之士思得明君。

5 將軍既帝室之胄，信義著於四海，若跨有荊，益，保其嚴阻，撫和戎，越，結好孫權，內脩政治，外觀時變，則霸業可成，漢室可興矣」。
　　→將軍乃帝室之胄，信義著於四海，*攬召英雄思賢如渴*，若跨有荊，益，保其嚴阻，*外結孫權，內修政理，天下有變，則命一上將，將荊州之軍以向宛洛，將軍挙益州之衆以出秦川，百姓各簞食壺漿，以迎將軍也。誠如是*，則霸業可成，漢室可興矣」。

6 備曰，「善!」。於是與亮情好日密。關羽，張飛不悅，備解之曰，「孤之有孔明，猶魚之有水也。願諸君勿復言」。羽，飛乃止。

　　＊『資治通鑑』の記事は，『三国志』卷35「蜀書」「諸葛亮伝」の記事をほぼそのまま踏襲。

10 「三絶」（毛宗崗「読三国志法」）

　古史甚多，而人獨貪看《三國志》者，以古今人才之眾未有聖於三國者也。觀才與不才敵，不奇，觀才與才敵則奇；觀才與才敵，而一才又遇眾才之匹，不奇；觀才與才敵，而眾才猶尤讓一才之勝，則更奇。吾以為三國有三奇，可稱三絕。諸葛孔明一絕也，關雲長一絕也，曹操亦一絕也。

　歷稽載籍，賢相林立，而名高萬古者莫如孔明。其處而彈琴抱膝，居然隱士風流，出而羽扇綸巾，不改雅人深致。在草廬之中，而識三分天下，則達乎天時，承顧命之重，而至六出祁山，則盡乎人事。七擒八陣，木牛流馬，既已疑鬼疑神之不測，鞠躬盡瘁，志決身殘，仍是為臣為子之用心。比管，樂則過之，比伊，呂則兼之，是古今來賢相中第一奇人。

　歷稽載籍，名將如雲，而絕倫超群者莫如雲長。青史對青燈，則極其儒雅；赤心如赤面，則極其英靈。秉燭達旦，人傳其大節；單刀赴會，世服其神威。獨行千里，報主之至堅；義釋華容，酬恩之誼重。作事如青天白日，待人如霽月光風。心則趙抃焚香告帝之心而磊落過之，意則阮籍白眼傲物之意而嚴正過之，是古今來名將中第一奇人。

　歷稽載籍，姦雄接踵，而智足以攬人才而欺天下者莫如曹操。聽荀彧勤王之說，而自比周文，則有似乎忠；黜袁術僭號之非，而愿為曹侯，則有似乎順；不殺陳琳而愛其才，則有似乎寬；不追關公以全其志，則有似乎義。王敦不能用郭璞，而操之得士過之；桓溫不能識王猛，而操之知人過之。李林甫雖能制祿山，不如操之擊烏桓於塞外；韓侂冑雖能貶秦檜，不若操之討董卓於生前。竊國家之柄而姑存其號，異於王莽之顯然弒君；劉改革之事以俟其兒，勝於劉裕之急欲篡晉，是古今來姦雄中第一奇人。有此三奇，乃前後史之所絕無者，故讀遍諸史而愈不得不喜讀《三國志》也。

11 関羽の偶像化（加封・追贈）

昇格：侯→公→王→帝→鬼（神）

【関羽に与えられた封号】
1 「漢寿亭侯」（後漢・曹操）
   「黄初三年己丑，立斉公叡為平原王，帝弟鄢陵公彰等十一人皆為王。初制封王之庶子為郷公，嗣王之庶子為亭侯，公之庶子為亭伯。」（『魏書』「文帝紀」）

2 「忠恵公」「昭武安王」（北宋）
3 「崇寧真君」（北宋・徽宗）

4 「義勇武安英済王」「顕霊義勇武安英済王」（元・文宗1328年）
5 「斉天護国大将軍検較尚書守管淮南節度使兼山東河北四門関鎮守招討使兼提調遍天下諸宮神煞無地分巡案官中書門下平章政事開府儀同三司金紫光禄大夫駕前都統軍無佞侯壮穆義勇武安英済王崇寧護国真君」（山西郷寧県「関廟詔」の「大元勅封」1353年）
   （cf.）張飛：「武義忠顕英烈霊恵助順王」（1340年）

6 「関帝」「関聖帝君」（明・万暦帝）
7 「忠義神武霊佑仁勇威顕護国保民精誠綏靖翊賛宣徳関聖大帝」（清）

   （cf. 劉備：「昭烈皇帝」 曹操：「武帝」 孫権：「大帝」 孔子：「大成至聖文宣王」）

【歴代皇帝による加封・追贈の目的】
○武神としての地位の合法化
○劉備に対する忠義の顕彰（「三綱五常」君臣・父子・夫婦・仁・義・礼・智・信の正当化）
○封建制度の維持に利用
○各種階層の人格美の願望を結集→神格化
○武神による体制擁護への願望

【参考資料】
『三国志考証学』（李殿元・李紹先 著, 和田武司 訳, 講談社, 1996年）
『モンゴル時代の出版文化』（宮 紀子 著, 名古屋大学出版会, 2006年）

12 「白馬の戦い」～顔良敗北の謎～ (1)
(白馬：河南省滑県の東南)

【背景】
　劉備の二人夫人（糜夫人・甘夫人）とともに曹操に降った関羽は，度重なる曹操の懐柔策にも心を動かさず，ひたすら劉備との再会を待ち望み，曹操への恩返しを済ませた後に必ず劉備のもとに赴く決意を表明する。そんな折，袁紹が曹操を攻撃する。袁紹の配下には大将・顔良がいる。まず，曹操の部下宋憲と魏続が顔良と対戦するが，二人ともたちどころに斬り殺されてしまう。
　そこで，程昱の推薦によって関羽が登場。顔良の陣営に突入した関羽は，難なく顔良に近づき，一刀のもとに刺し殺す。以下はその場面の描写。

● 「毛宗崗本の原文」
　關公奮然上馬，倒提青龍刀，跑下山來，鳳目圓睜，蠶眉直豎，直衝彼陣。河北軍如波開浪裂，關公逕奔顔良。顔良正在麾蓋下，見關公衝來，方欲問時，關公赤兔馬快，早已跑到面前。顔良措手不及，被雲長手起一刀，刺於馬下。忽地下馬，割了顔良首級，拴於馬項之下，飛身上馬，提刀出陣，如入無人之境。河北兵將大驚，不戰自亂。曹軍乘勢攻擊，死者不可勝數，馬匹器械，搶奪極多。關公縱馬上山，眾將盡皆稱贊。公獻首級於曹操面前・・

　→ここまでの描写を見る限りでは，関羽が神業的な武勇でもって敵陣に乗り込んで顔良を討ったように見える。ところが・・・・・

● 「張尚德本（1522年）の原文」では，関羽は兜も脱いで，まったく無防備な姿で突撃している。これは何を意味するか。
　公奮然上馬，倒提青龍刀，跑下土山，將盔取下，放於鞍前，鳳目圓睜，蠶眉直豎，來到陣前。河北軍見了，如波開浪裂，分作兩邊，放開一條大路。公飛奔前來，顔良正在麾蓋下，見關公到來，恰欲問之，馬已至近，雲長手起一刀，斬顔良於馬下。中軍眾將，心膽皆碎，拋旗鼓而走。雲長忽地下馬，割了顔良頭，拴於馬項之下，飛身上馬，提刀出陣，似入無人

之境。河北兵將未嘗見此神威，誰敢近前。良兵自亂，曹軍一擊，死者不可勝數，馬匹器械，搶到極多。
→このすぐ後に，以下の注釈がある。
原來顏良辭袁紹時，劉玄德曾暗囑曰；吾有一弟乃關雲長也。身長九尺五寸，鬚長一尺八寸，面如重棗，丹鳳眼，臥蠶眉，喜穿綠錦戰袍，騎黃驃馬，使青龍大刀，必在曹操處。如見他，可教急來。因此顏良見關公來，只到（道）是他來投奔，故不準備迎敵，被關公斬於馬下。

→日本語訳（拙訳）
もともと，顔良が袁紹のもとを辞す際に，劉玄徳はひそかに彼に伝えた；拙者には関雲長という弟が一人いて，身の丈は九尺五寸，髯は一尺八寸もあり，顔は棗のようで，鳳のような目，蚕を横たえたような眉，いつも緑の陣羽織をはおり，肉付きのいい馬に跨がり，青龍刀を使いこなす。きっと曹操のもとにいるだろうから，彼を見かけたら，急いで来るように伝えてほしい，と。顔良は関羽がやってきたのを見て，彼がてっきり身を寄せて来たものとばかり思い込み，そのために敵を迎え撃つ準備もせずに，関羽に斬り殺されたのである。

→さらに以下の記述がある。
史官故書刺者，就裏包含多少。
（歴史家がわざわざ「刺す」という文字を使ったのは，そこにいささか含むところがあったからである。）

→つまり，顔良は出陣前に劉備から関羽のいでたちを聞かされていて，容貌も知っていた。関羽が青龍刀を逆さまに持ち，兜も脱いで突然近づいてきた時，顔良は関羽が自分の陣営にもどってきたものとばかり思い込み，油断していた。そのスキを狙って，無防備の状態にあった顔良を不意打ちしたことになる。ここで「斬」の字を使わず，敢えて「刺」の字を用いたのは，「刺」という文字に「暗殺」の意味があるからである。
→「毛宗崗本」だけを見たのでは，関羽の不意打ち（顔良敗北の真相）が見えてこない。

13 「白馬の戦い」〜顔良敗北の謎〜 (2)
（「余象斗本」巻五　原文）1592年刊本

「関雲長策馬刺顔良」

　　公曰快牽赤兔馬來，奮然上馬，倒提青龍刀，跑下土山，將盔扯下放於鞍前，鳳目圓睜，蚕眉直豎，來到陣前。河北軍見，如波開浪裂，分兩邊放開，直入。顏良正在麾蓋下，見公到來，卻欲問之，馬已至近。雲長手起刀落，一刀砍良於馬下。中軍眾將心膽皆碎，拋旗棄鼓而走。雲長霍地下馬，割了顏良頭，拴於馬頷之下，飛身上馬提刀出陣，如入無人之境。河北之將未嘗見此神威，誰敢近前。良兵自亂，曹兵一擊，死者不可勝數，馬疋器械奪到極多。關公縱馬上山，眾將盡皆稱賀，無有不驚。公取首級於操前。操曰；將軍天威也。公曰；某何足道哉。吾弟燕人張翼德，於百萬軍中取上將之頭，如探囊取物耳。操大驚，回顧左右曰；今後如遇燕人張翼德，勢不可敵。今寫於衣袍襟底，以記之。元來顏良辭袁紹時，劉玄德曾暗囑曰，吾有一弟，乃關雲長也。身長九尺三寸，鬚長一尺八寸，面如重棗，單鳳眼，臥蚕眉，愛穿綠錦袍，能使青龍大刀，必在曹操處。如見，可交急來。因此，顏良見關公來，只道是來投奔，故不準備迎敵，被斬於馬下。史官故下刺者，包含多少就裏。
有刺顏良詩為証

　　　　望蓋飛鞭騎毒龍　　流星飛入萬軍中
　　　　馬奔赤兔番紅霧　　刀偃青龍扇黑風
　　　　虎豹墮牙山島靜　　鳳凰振羽樹林空
　　　　歷觀史記英雄傳　　誰似雲長白馬功

又詩曰
　　　　白馬當年事困危　　將軍立效幹功時
　　　　斬頭出陣來無阻　　策馬提刀去莫追
　　　　壯志威風千古在　　英雄氣概萬夫奇
　　　　堂堂廟貌人瞻仰　　忠勇惟君更有誰

又詩分辨云
　　　　十萬雄兵莫敢當　　單刀疋馬刺顏良
　　　　只因玄德臨行語　　致使英雄束手亡

14 「関羽傳」(『三國志』卷三十六 『蜀書』六)

關羽字雲長，本字長生，河東解人也。亡命奔涿郡。先主於鄉里合徒衆，而羽與張飛為之禦侮先主為平原相，以羽，飛為別部司馬，分統部曲。先主與二人寢則同床，恩若兄弟。而稠人廣坐，侍立終日，隨先主周旋，不避艱難。先主之襲殺徐州刺史車冑，使羽守下邳城，行太守事，而身還小沛。

建安五年，曹公東征，先主奔袁紹。曹公禽羽以歸，拜為偏將軍，禮之甚厚。紹遣大將軍顏良攻東郡太守劉延於白馬。曹公使張遼及羽為先鋒擊之。羽望見良麾蓋，策馬刺良於萬衆之中，斬其首還。紹諸將莫能當者，遂解白馬圍。曹公即表封羽為漢壽亭侯。

初，曹公壯羽為人，而察其心神無久留之意，謂張遼曰：「卿試以情問之。」既而遼以問羽，羽歎曰：「吾極知曹公待我厚，然吾受劉將軍厚恩，誓以共死，不可背之。吾終不留，吾要當立效以報曹公乃去。」遼以羽言報曹公，曹公義之。及羽殺良，曹公知其必去，重加賞賜。羽盡封其所賜，拜書告辭，而奔先主於袁軍。左右欲追之，曹公曰：「彼各為其主，勿追也。」

15 「張飛傳」（『三國志』卷三十六 『蜀書』六）

張飛字益德，涿郡人也，少與關羽俱事先主。羽年長數歲，飛兄事之。先主從曹公破呂布，隨還許，曹公拜飛為中郎將。先主背曹公依袁紹，劉表。表卒，曹公入荊州，先主奔江南。曹公追之，一日一夜，及於當陽之長阪。先主聞曹公卒至，棄妻子走，使飛將二十騎拒後。飛據水斷橋，瞋目橫矛曰：「身是張益德也，可共來決死。」敵皆無敢近者，故遂得免。

初，飛雄壯威猛，亞於關羽，魏謀臣程昱等咸稱羽，飛萬人之敵也。羽善待卒伍而驕於士大夫，飛愛敬君子而不恤小人。先主常戒之曰：「卿刑殺既過差，又日鞭撾健兒，而令在左右，此取禍之道也。」飛猶不悛。先主伐吳，飛當率兵萬人，自閬中會江州。臨發，其帳下將張達，范彊殺飛，持其首，順流而奔孫權。飛營都督表報先主，先主聞飛都督之有表也，曰：「噫，飛死矣。」

16　泣いて馬謖を斬る
(『三国志』巻35「蜀書」「諸葛亮伝」)

　(章武六年) 魏明帝西鎮長安，命張郃拒亮，亮使馬謖督諸軍在前，與郃戰于街亭。

　謖違亮節度，舉動失宜，大為郃所破。亮拔西縣千餘家，還于漢中，戮謖以謝眾。

　上疏曰，「臣以弱才，叨竊非據，親秉旄鉞以厲三軍，不能訓章明法，臨事而懼，至有街亭違命之闕，箕谷不戒之失，咎皆在臣授任無方。臣明不知人，恤事多闇，春秋責帥，臣職是當。請自貶三等，以督厥咎。」於是以亮為右將軍，行丞相事，所總統如前。

17　陳寿の諸葛亮評価
(『三国志』巻35「蜀書」「諸葛亮伝」)

　評曰，諸葛亮之為相國也，撫百姓，示儀軌，約官職，從權制，開誠心，布公道。

　盡忠益時者雖讎必賞，犯法怠慢者雖親必罰，服罪輸情者雖重必釋，游辭巧飾者雖輕必戮。

　善無微而不賞，惡無纖而不貶。庶事精練，物理其本，循名責實，虛偽不齒。

　終於邦域之內，咸畏而愛之，行政雖峻而無怨者，以其用心平而勸戒明也。可謂識治之良才，管，蕭之亞匹矣。然連年動眾，未能成功，蓋應變將略，非其所長歟。

18 「連環計」(120回本『三国志演義』第8回)

[あらすじ]
→武力によって勢力を蓄え，漢王室の簒奪を図る董卓とその養子呂布に対して，漢の遺臣王允が絶世の美人貂蝉を使って董卓と呂布に仲違いさせ，最終的には，呂布に董卓を殺させる場面。

[登場人物のプロフィール]
○董卓(とうたく)仲頴
→隴西郡出身。河東郡の太守。黄巾の乱を平定するために出征するが敗北して劉備らに救われる。大将軍・何進が出した宦官一掃の詔を口実として洛陽に入り，少帝を廃して陳留王を擁立しようとするが，荊州刺使・丁原に反抗され，断念。後，丁原の手下呂布を買収して丁原を暗殺させ，ついに少帝を廃す。
○呂布(りょふ)奉先
→荊州刺使・丁原の義子。董卓から贈られた赤兎馬に目がくらんで，義父・丁原を殺害し，董卓の養子となる。「虎牢関の戦い」で，張飛・関羽・劉備を相手に善戦。「人中の呂布，馬中の赤兎」の異名を取ったが，司徒王允が送り込んだ美女貂蝉を董卓が奪ったため，今度は董卓を殺害。二度も義父を殺害した「勇あって義なき男」の代表格。
○王允(おういん)子師
→後漢の司徒。大将軍・何進が謀殺された後，董卓の横暴に耐えかねて「連環計」を実行に移す。貂蝉を使った作戦は見事に成功するが，その後，李傕・郭汜に殺される。
○貂蝉(ちょうせん)
→歴史書としての『三国志』には登場しない。『三国志演義』で創造された架空の美女。王允の屋敷に仕えていた歌姫。王允の命令により，董卓と呂布を巧みな話術で操って二人を仲違いさせ，呂布に董卓を殺させる。その後，呂布の妾となり，呂布が曹操に殺された後は許都に送られる。明代の演劇の中では，呂布の妻として登場するものもある。また，関羽に斬り殺される筋書きをもつ芝居もあった。

253

19 『魏書』に描かれた董卓の残虐性
(『三国志』巻六,『魏書』六,「董卓伝」)

　董卓字仲穎,隴西臨洮人也。少好俠,嘗游羌中,盡與諸豪帥相結。後歸耕於野,而豪帥有來從之者,卓與俱還,殺耕牛與相宴樂。諸豪帥感其意,歸相斂,得雜畜千餘頭以贈卓。

　卓性殘忍不仁,遂以嚴刑脅眾,睚眥之隙必報,人不自保。嘗遣軍到陽城。時適二月社,民各在其社下,悉就斷其男子頭,駕其車牛,載其婦女財物,以所斷頭繫車轅軸,連軫而還洛,云攻賊大獲,稱萬歲。入開陽城門,焚燒其頭,以婦女與甲兵為婢妾。

　(卓)築郿塢,高與長安城埒,積穀為三十年儲,云事成,雄據天下,不成,守此足以畢老。嘗至郿行塢,公卿已下祖道於橫門外。橫音光。卓豫施帳幔飲,誘降北地反者數百人,於坐中先斷其舌,或斬手足,或鑿眼,或鑊煮之,未死,偃轉杯案間,會者皆戰慄亡失匕箸,而卓飲食自若。

　太史望氣,言當有大臣戮死者。故太尉張溫時為衛尉,素不善卓,卓心怨之,因天有變,欲以塞咎,使人言溫與袁術交關,遂笞殺之。

20　董卓の失脚を予告する童謡
（『後漢書』「志」第十三五行一）

(1) 獻帝踐祚之初，京都童謠曰；「千里草，何青青。十日卜，不得生。」案千里草為董，十日卜為卓。凡別字之體，皆從上起，左右離合，無有從下發端者也。今二字如此者，天意若曰，卓自下摩上，以臣陵君也。青青者，暴盛之貌。不得生者，亦旋破亡。

(2) 靈帝中平中，京都歌曰；
承樂世董逃，遊四郭董逃，蒙天恩董逃，
帶金紫董逃，行謝恩董逃，整車騎董逃，
垂欲發董逃，與中辭董逃，出西門董逃，
瞻宮殿董逃，望京城董逃，日夜絕董逃，
心摧傷董逃。

21　正史に描かれた董卓暗殺の様子
（『三国志』巻六，『魏書』六,「董卓伝」）

　（初平）三年（192年）四月，司徒王允，尚書僕射士孫瑞，卓將呂布共謀誅卓。是時，天子有疾新癒，大會未央殿。布使同郡騎都尉李蕭等，將親兵士十餘人，偽著衛士服守掖門。布懷詔書。卓至，蕭等格卓。卓驚呼布所在。布曰「有詔」，遂殺卓，夷三族。主簿田景前趨卓尸，布又殺之。凡所殺三人，餘莫敢動。長安士庶咸相慶賀，諸阿附卓者皆下獄死。

　（裴松之注）英雄記曰，時有謠言曰，「千里草，何青青，十日卜，猶不生」。又作董逃之歌。又有道士書布為「呂」字以示卓，卓不知其為呂布也。‥‥‥卓既死，當時日月清淨，微風不起。‥‥‥卓母年九十，走至塢門曰「乞脱我死」，即斬首。‥‥‥暴卓尸于市。卓素肥，膏流浸地，草為之丹。守尸吏暝以為大炷，置卓即臍中以為燈，光明達旦，如是積日。

22 『資治通鑑』にみえる董卓像

●「董卓の権力濫用」(巻六十，漢紀五十二，献帝初平三年)

　董卓以其弟旻為左將軍，兄子璜為中軍校尉，皆典兵事，宗族內外並列朝廷。卓侍妾懷抱中子皆封侯，弄以金紫。卓車服僭擬天子，召呼三臺，尚書以下皆自詣卓府啟事。又築塢於郿，高厚皆七丈，積穀為三十年儲，自云，「事成，雄據天下，不成，守此足以畢老。」

●「董卓暗殺計画とその実行」(巻六十，漢紀五十二，献帝初平三年)

　司徒王允與司隷校尉璜琬，僕射士孫瑞，尚書楊瓚密謀誅卓。中郎將呂布，便弓馬，膂力過人，卓自以遇人無禮，行止常以布自衛，甚愛信之，誓為父子。然卓性剛褊，嘗小失卓意，卓拔手戟擲布，布拳捷，避之，而改容顧謝，卓意亦解。布由是陰怨於卓。卓又使布守中閣，而私於傅婢，益不自安。王允素善待布，布見允，自陳卓幾見殺之狀，允因以誅卓之謀告布，使為內應。布曰，「如父子何?」曰，「君自姓呂，本非骨肉。今憂死不暇，何謂父子?擲戟之時，豈有父子情邪!」布遂許之。

　夏，四月，丁巳，帝有疾新瘥，大會未央殿。卓朝服乘車而入，陳兵夾道，自營至宮，左步右騎，屯衛周市，令呂布等扞衛前後。王允使士孫瑞自書詔以授布，布令同郡騎都尉李肅與勇士秦誼，陳衛等十餘人偽著衛士服，守北腋門內以待卓。卓入門，肅以戟刺之，卓衷甲，不入，傷臂，墮車，顧大呼曰，「呂布何在!」布曰，「有詔討賊臣!」卓大驚曰，「庸狗，敢如是邪!」布應聲持矛刺卓，趨兵斬之。主簿田儀及卓倉頭前赴其尸，布又殺之，凡所殺三人。

　布即出懷中詔版以令吏士曰，「詔討卓耳，餘皆不問。」吏士皆正立不動，大稱萬歲。百姓歌舞於道，長安中士女賣其珠玉衣裝市酒肉相慶者，填滿街肆。

　弟旻，璜等及宗族老弱在郿，皆為其群下所斫射死。暴卓尸於市，天時始熱，卓素充肥，脂流於地，守尸吏為大炷，置卓臍中然之，光明達曙，如是積日。諸袁門生聚董氏之尸，焚灰揚之於路。

23 『資治通鑑』にみえる呂布像
（卷六十二，漢紀五十四，獻帝建安三年，198年，十月）

「呂布の最期に関する記述」

　操掘塹圍下邳，積久，士卒疲敝，欲還。荀攸，郭嘉曰，「呂布勇而無謀，今屢戰皆北，銳氣衰矣。三軍以將為主，主衰則軍無奮意。陳宮有智而遲，今及布氣之未復，宮謀之未定，急攻之，布可拔也」。乃引沂，泗灌城，月餘，布益困迫，臨城謂操軍士曰，「卿曹無相困我，我當自首於明公」。陳宮曰，「逆賊曹操，何等明公!今日降之，若卵投石，豈可得全也!」

　布將侯成亡其名馬，已而復得之，諸將合禮以賀成，成分酒肉先入獻布。布怒曰，「布禁酒而卿等醞釀，為欲因酒共謀布邪!」成忿懼，十二月，癸酉，成與諸將宋憲，魏續等共執陳宮，高順，率其眾降。布與麾下登白門樓。兵圍之急，布令左右取其首詣操，左右不忍，乃下降。布見操曰，「今日已往，天下定矣」。操曰，「何以言之?」布曰，「明公之所患不過於布，今已服矣。若令布將騎，明公將步，天下不足定也」。顧謂劉備曰，「玄德，卿為坐上客，我為降虜，繩縛我急，獨不可一言邪?」操笑曰，「縛虎不得不急」。乃命緩布縛。劉備曰，「不可。明公不見呂布事丁建陽，董太師乎!」布目備曰，「大耳兒，最叵信!」

24 「馬謖伝」(『蜀書』卷39)

　良弟謖、字幼常、以荊州從事隨先主入蜀、除綿竹成都令、越嶲太守。才器過人、好論軍計、丞相諸葛亮深加器異。先主臨薨謂亮曰、「馬謖言過其實、不可大用、君其察之。」亮猶謂不然、以謖為參軍、每引見談論、自晝達夜。

　建興六年、亮出軍向祁山、時有宿將魏延、吳壹等、論者皆言以為宜令為先鋒、而亮違眾拔謖、統大眾在前、與魏將張郃戰于街亭、為郃所破、士卒離散。亮進無所據、退軍還漢中。謖下獄物故、亮為之流涕。良死時年三十六、謖年三十九。

　襄陽記曰:建興三年、亮征南中、謖送之數十里。亮曰:「雖共謀之歷年、今可更惠良規。」謖對曰:「南中恃其險遠、不服久矣。雖今日破之、明日復反耳。今公方傾國北伐以事彊賊。彼知官勢內虛、其叛亦速。若殄盡遺類以除後患、既非仁者之情、且又不可倉卒也。夫用兵之道、攻心為上、攻城為下、心戰為上、兵戰為下、願公服其心而已。」亮納其策、赦孟獲以服南方。故終亮之世、南方不敢復反。

　襄陽記曰:謖臨終與亮書曰:「明公視謖猶子、謖視明公猶父、願深惟殛鯀興禹之義、使平生之交不虧於此、謖雖死無恨於黃壤也。」于時十萬之眾為之垂涕。亮自臨祭、待其遺孤若平生。蔣琬後詣漢中、謂亮曰:「昔楚殺得臣、然後文公喜可知也。天下未定而戮智計之士、豈不惜乎。」亮流涕曰:「孫武所以能制勝於天下者、用法明也。是以楊干亂法、魏絳戮其僕。四海分裂、兵交方始、若復廢法、何用討賊邪。」

　習鑿齒曰:諸葛亮之不能兼上國也、豈不宜哉。夫晉人之規林父之後濟、故廢法而收功;楚成闇得臣之益己、不亦難乎。且先主誡謖之不可大用、豈不謂其非才也?亮受誡而不獲奉承、明謖之難廢也。為天下宰匠、欲大收物之力、而不量才節任、隨器付業;知之大過、則違明主之誡、裁之失中、即殺有益之人、難乎其可與言智者也。

25 「泣いて馬謖を斬る」
(『三国志演義』第96回)

●「葉逢春本」第八巻「孔明揮涙斬馬謖」

　孔明喝退, 着喚馬謖謖自縛而入跪於階下。孔明曰:「吾累次叮嚀說, 街亭吾軍之本也。領此重任。今復如何。汝意依王平, 不至如此。今敗兵失地, 皆汝之過也。」叱左右推出斬之。謖泣曰:「丞相視謖如子, 某奉丞相如父。念謖子幼可容。」孔明曰:「吾共汝義同兄弟。汝子即吾子也。汝勿牽掛。」速正軍法斬之。忽參軍蔣琬從成都來。正見斬馬謖, 入見孔明, 曰:「昔楚殺得臣, 而文公喜。今天下未定, 而戮智謀之士, 豈不惜乎。」孔明答曰:「孫武所以能制勝於天下者, 以其用法明也。今四海分裂, 兵交方始, 若復廢法, 何用討賊邪?」急命斬訖, 獻頭於階下。孔明大慟。蔣琬曰:「今馬謖得罪, 既已正法, 何故慟之?」孔明曰:「吾非為馬謖而慟。想先帝昔日在白帝城臨危之時, 囑付曰:馬謖言過其德, 不可大用。果應斯言, 是以泣之。」大小將士無不流淚。謖死時, 年三十九歲。

●「嘉靖本」巻之二十「孔明揮涙斬馬謖」

　孔明喝退, 又喚馬謖入帳。謖自縛跪於帳前。孔明變色曰:「汝自幼飽讀兵書, 熟諳戰策。吾累次叮嚀告戒, 以街亭是吾根本。汝以全家之命, 領此重任。今復如何。」謖告曰:「某因魏兵勢大, 不能抵擋, 以致如此。」孔明曰:「亂道。汝若聽王平之言, 豈有此禍。今敗軍喪師, 失地陷城, 皆汝之過也。若不明正其罪, 軍律難逃。汝今正犯軍法, 休得怨吾。汝之家小, 吾按月給與俸祿。汝不必掛心。」叱左右推出斬之。謖泣曰:「丞相視某如子, 某以丞相為父。某之死罪, 實已難逃。願丞相思舜帝當日乃殛鯀用禹之義, 使某雖死, 無恨於黃壤之下也。」言訖, 大哭。孔明揮涙曰:「吾共汝義同兄弟。汝之子即吾之子。吾安忍不用之。汝速正軍法, 勿多牽掛也。」左右推出馬謖於轅門之外。三軍感嘆不已。忽參軍蔣琬自成都至。正見武士欲斬馬謖, 琬大驚, 高叫留人。入見孔明, 曰:「昔楚殺得臣, 而文公喜。今天下未定, 而戮智謀之臣, 豈不可惜乎。」孔明流涕而答曰:「昔孫武能制勝於天下者, 用法明也。今四海分爭, 干戈交接, 若復廢法, 何以討賊邪?合當斬之。」須臾武士獻首級於階下。孔明大慟不已。蔣琬問曰:「今幼常得罪, 既正軍法, 丞相何故痛哭邪?」孔明曰:「吾非為馬謖而痛。謖與吾義同父子, 今違令斬之, 又何悔焉。吾想先帝在白帝城臨危之時, 曾囑吾曰:馬謖言過其實, 不可大用。今果應此言。乃恨己之不明。追思先帝之言, 因此大痛也。」大小將士無不流淚。馬謖亡年三十九歲。時建興六年, 夏五月也。

26 『三国志演義』のテキスト（版本）

- 【1】「嘉靖本」:『三国志通俗演義』24巻（1522年，嘉靖元年，庸愚子序刊本）（巻一掲出書名→『三国志通俗演義』）
  　　　　　　　　　　　　　　　　　　上海図書館・甘粛省図書館

- 【2】「葉逢春本」:『三国志通俗演義史伝』（1548年，嘉靖27年元峰子序刊本）（巻一掲出書名→『新刊通俗演義三国志史伝』）　スペイン・エスコリアル修道院図書館

~~~~~~
  ○a「武定侯郭勛府刊本」:（1531～1537？年）→ 明・晁瑮『宝文堂書目』

  ○b「都察院刊本」:（嘉靖～隆慶間？）→ 明・周弘祖『古今書刻』

  ○c「経廠刊本」:嘉靖年間？ → 明・劉若愚『酌中志』
~~~~~~

- 【3】「周曰校本」:『三国志通俗演義』十二巻（1591年，萬暦19年刊本）（巻一掲出書名→『新刊校正古本大字音釈三国志通俗演義』）　　北京大学・北京図書館・内閣文庫

- 【4】「余象斗本」:『批評三国志伝』（1592年，萬暦20年刊本）
  　　　　（巻一掲出書名→『音釈補遺按鑑演義全像批評三国志伝』）
  京都建仁寺両足院（1～8巻，19・20）
  ケンブリッジ大学図書館（7・8）
  オックスフォード大学図書館（11・12）
  大英博物館（19・20）
  ヴュルテンベルク州立図書館（9・10）

・・

- 「湯本」:『北京蔵湯賓尹校本　通俗三国志伝』20巻
  （陳翔華主編『三国志演義古版匯集』，国家図書館出版社）

- 「夏本」:『日本蔵夏振宇刊本三国志伝』12巻
  （陳翔華主編『三国志演義古版叢刊続輯』，全国図書館文献縮微複製中心）

　　　　　　　　　　　　　　　　　　　　　　　　（他　多数）

27 『三国志演義』(葉逢春本) 冒頭の「目録」
(スペイン・エスコリアル宮殿所蔵本)

新刊通俗演義三国志史伝　巻之一

　　　　　　　　　　　　　　東原　羅　本　貫中　編次
　　　　　　　　　　　　　　書林　蒼　渓　葉逢春彩像

起漢霊帝中平元年 (184) 甲子歳
止漢献帝興平二年 (195) 乙亥歳

　　　　　　　　　　首尾共一十二年事実　○目録二十四段

1	祭天地桃園結義	(天地を祭り桃園にて義を結ぶ)
2	劉玄徳斬寇立功	(劉玄徳, 寇を斬り功を立てる)
3	安喜県張飛鞭督郵	(安喜県にて張飛督郵を鞭うつ)
4	何進謀殺十常侍	(何進十常侍を謀殺せんとす)
5	董卓議立陳留王	(董卓議して陳留王を立てる)
6	呂布刺殺丁建陽	(呂布丁建陽を刺殺す)
7	廃漢君董卓弄権	(漢君を廃し董卓権を弄する)
8	曹操謀殺董卓	(曹操董卓を謀殺せんとす)
9	曹操起兵伐董卓	(曹操兵を起こし董卓を伐つ)
10	虎牢関三戦呂布	(虎牢関にて三人呂布と戦う)
11	董卓火焼長楽宮	(董卓火で長楽宮を焼く)
12	袁紹孫堅奪玉璽	(袁紹孫堅玉璽を奪う)
13	趙子龍盤河大戦	(趙子龍盤河にて大いに戦う)
14	孫堅跨江戦劉表	(孫堅江を跨いで劉表と戦う)
15	司徒王允説貂蝉	(司徒王允貂蝉に説く)
16	鳳儀亭呂布戯貂蝉	(鳳義亭にて呂布貂蝉に戯れる)
17	王允定計誅董卓	(王允計を定めて董卓を誅す)
18	李傕郭氾寇長安	(李傕郭氾長安に寇す)
19	李傕郭氾殺樊稠	(李傕郭氾樊稠を殺す)
20	曹操興兵報父讐	(曹操兵を興し父の讐に報いる)
21	劉表北海解囲	(劉表北海にて囲みを解く)
22	呂布濮陽大戦	(呂布濮陽にて大いに戦う)
23	陶謙三譲徐州	(陶謙三たび徐州を譲る)
24	曹操定陶破呂布	(曹操定陶にて呂布を破る)

28 『三国志演義』「葉逢春本」冒頭の七言詩

　　按晉平陽侯陳壽史傳

一從混沌分天地　　清濁剖闢陰陽氣　　開天立教治乾坤　　伏羲神農與黃帝

少昊顓頊及高辛　　唐堯虞舜相傳繼　　夏禹治水定中華　　殷湯去網行仁義

成周歷代八百年　　戰國縱橫分十二　　七雄干戈亂如麻　　始皇一統才三世

高祖談笑入咸陽　　平秦滅楚登龍位　　惠帝懦弱呂后權　　文景無為天下治

聰明漢武學神仙　　昭帝芳年棄塵世　　霍光廢立昌邑王　　孝宣登基喜寧謐

元帝成帝孝哀帝　　王莽篡奪朝廷廢　　大哉光武後中興　　明章二帝合天意

和殤安順幸清平　　冲質兩朝皆早逝　　漢家氣數致桓靈　　炎炎紅日將西墜

獻帝遷都社稷危　　鼎足初分天地碎　　曹劉孫號魏蜀吳　　萬古流傳三國志

29 『全相平話三国志』
（元・至治年間1321〜1323刊）　挿絵目次

【巻の上】
1　漢帝　春を賞しむ　　　　　　　2　天　仲相を差して陰君と作す
3　仲相　陰間の公事を断ず　　　　4　孫学究　天書を得る
5　黄巾　叛す　　　　　　　　　　6　桃園結義の一
7　桃園結義の二　　　　　　　　　8　張飛　黄巾と見う
9　黄巾を破る　　　　　　　　　　10　得勝して師を班す
11　張飛　太守を殺す　　　　　　　12　張飛　督郵を鞭うつ
13　玄徳　平原県丞と作る　　　　　14　玄徳　平原で徳政を民に及ぼす
15　董卓　権を弄す　　　　　　　　16　三たび呂布と戦う
17　王允　董卓に貂蝉を献ず　　　　18　呂布　董卓を刺す
19　張飛　袁襄を捽す　　　　　　　20　張飛　三たび小沛を出る
21　張飛　曹操に見える　　　　　　22　下邳を水浸し　呂布を擒う
23　曹操　陳宮を斬る

【巻の中】
24　漢献帝　玄徳・関・張に宣す　　25　曹操　吉平を勘む
26　関公　車冑を襲う　　　　　　　27　趙雲　玄徳に見ゆ
28　関公　顔良を刺す　　　　　　　29　曹公　雲長に袍を贈る
30　雲長　千里独行　　　　　　　　31　関公　蔡陽を斬る
32　古城聚義　　　33　先主　澶溪　　　　34　三　孔明を顧う
35　孔明下山　36　玄徳　荊王の墓に哭す　　37　趙雲　太子を抱く
38　趙雲　橋に拒り卒を退ける　　　39　孔明　曹使を殺す
40　魯粛　孔明を引き周瑜を説く　　41　黄蓋　詐って蔣幹に降る
42　赤壁の鏖兵　　　　　　　　　　43　玄徳　黄鶴楼から私に遁る
44　曹璋　周瑜を射る　　　　　　　45　孔明　師を班して荊州に入る
46　呉夫人　玄徳を殺さんと欲す　　47　呉夫人　回面

【巻の下】
48　龐統　玄徳に謁える　　　　　　49　張飛　蔣雄を刺す
50　孔明　衆を引きいて玄徳に見ゆ　51　曹操　馬騰を殺す
52　馬超　曹公を敗る　　　　　　　53　玄徳　符江で劉璋と会す
54　落城で龐統　箭に中る　　　　　55　孔明　説いて張益を降す
56　五虎将を封ず　　57　関公　単刀会　　　58　黄忠　夏侯淵を斬る
59　張飛　于昶を捉う　60　関公　龐徳佐を斬る　61　関公　于禁軍を水浸す
62　先主　孔明に托して太子を佐けしむ　63　劉禅　即位　64　孔明　七縦七擒
65　木牛流馬　　66　孔明　馬謖を斬る　　67　孔明　百箭　張郃を射る
68　孔明　出師　　69　秋風五丈原　　　　70　将星　孔明の営に墜つ

264

30 『全相平話三国志』の特徴

(1) 荒唐無稽なエピソードが多い
　　具体例→冒頭部分の転生譚:「司馬仲相の冥界裁判」
　後漢（東漢）の光武帝（劉秀，字は文叔）が即位して五年後のこと，都を洛陽に定め，清明節（旧暦三月三日）の日に御苑を一般庶民に開放した。書生（科挙受験生）の司馬仲相が琴と書物を持って現れ，始皇帝の失政を憤る。すると，天帝の使者が現れて，司馬仲相を冥界の裁判所に連れて行き，前漢時代の功臣のやり直し裁判をとりしきるように命じる。そこに，韓信・彭越・英布の三人が冤罪を訴え出る。彼らは前漢の建国にあたって功績があったにもかかわらず，建国後，高祖と呂后によって殺害されたのである。司馬仲相はただちに高祖と呂后を召還し，罪を認めさせ，判決を下し，後漢の世に再生させる。韓信は曹操に，彭越は劉備に，英布は孫権に，高祖は献帝に，呂后は伏皇后（献帝の正室）に，司馬仲相は司馬仲達に，それぞれ生まれ変わる。

(2) 『三国志演』に見られないストーリーが展開される（「雑劇」と共通）
　　具体例→「三出小沛（三たび小沛を出る）」
　あらすじ：劉備が小沛に陣を構えていると，徐州の呂布が攻めて来る（原因は，張飛が呂布の馬や荷物を奪ったため）。責任を感じた張飛は，血路を開いて，睢水にいた曹操のもとに往き，加勢を頼むが，曹操は証拠の文書を持って来るように要求。張飛は再び小沛に引き返し，劉備の親書を携えて曹操のもとへ赴き，応援部隊を得て小沛に攻め込み，呂布の軍勢を撃退し，劉備の危機を救う。呂布は下邳城に逃げ込み，その後，水攻めにされ，捉えられて曹操に殺される。
　＊『三国志』巻32（『蜀書』「先主伝」第二）には，劉備が曹操の助力を得たことが記されているが，張飛の活躍についてはまったく触れていない。

(3) 張飛の活躍が目立つ（関羽の活躍が少ない）
　　8　張飛　黄巾と見う　　　　9　黄巾を破る
　　10　得勝して師を班す　　　　11　張飛　太守を殺す
　　12　張飛　督郵を鞭うつ　　　19　張飛　袁襄を捽す
　　20　張飛　三たび小沛を出る　21　張飛　曹操に見える
　　49　張飛　蔣雄を刺す　　　　59　張飛　于昶を捉う

31 『花関索伝』について

1. 関羽の息子・関索を主人公とする「説唱詞話」のテキスト
   ＊説唱詞話：元代から明代にかけて流行した語り物の一種。主として七言句による韻文と，散文によるセリフによって物語をかたる形式。

2. 1967年，上海市郊外の嘉定県で明代の墳墓の中から発掘された
   ＊発見者宣奎元氏（農民）の談：数年前，解放軍がやってきて，自分の先祖の墓を「平整土地」していった。そのあとを見ると，発かれた墓の中に副葬品が相当あったので，集めてもち帰ったが，出土文物の私蔵は法律で禁じられているため，嘉定県の博物館にもっていった。集めた品には問題の本（『花関索伝』他16種）のほか，陶器や櫛などがあった。博物館は他のものは皆受け取ったが，本だけはなぜか持って帰れと言われた。そこで，本はかごに入れ，ブタ小屋の梁にかけておいたが，本の購入が行われると聞いて持ってきた。（1987年10月19日，上海書店宣稼氏より，松家裕子・李慶氏聞き取り）

3. 墓主：宣昶（せんちょう）の子または孫
   ＊宣昶：成化年間に西安市の副知事をつとめた嘉定県の名士

4. 刊行された時期と場所：明代の成化年間（1465～1487）。北京。

5. 出版書肆：「永順書堂」。
   （「前集」の奥付に「成化戊戌仲春永順書堂重刊」とある）
   ＊成化戊戌仲春（1478年2月） ＊「重刊」は再刊の意であるから，初刊はそれ以前

6. 『明成化説唱詞話叢刊』として，文物出版社から1979年に刊行
   ＊収録作品の題目
   「新編全相説唱本花関索出身伝 前集」 「新編全相説唱足本花関索認父伝 後集」
   「新編足本花関索下四川伝 続集」　　　「新編全相説唱足本花関索貶雲南伝 別集」
   「新編説唱全相石郎駙馬伝」　　　　　「新刊全相唐薛仁貴跨海征遼故事」
   「新刊全相説唱包待制出身伝」　　　　「新刊全相説唱包龍図陳州糶米記」
   「新刊全相説唱足本仁宗認母伝」　　　「新編説唱包龍図公案断歪烏盆伝」
   「新刊説唱包龍図断曹国舅公案伝」　　「新刊全相説唱張文貴伝」
   「新編説唱包龍図断白虎精伝」　　　　「全相説唱師官受妻劉都賽上元十五夜看灯伝」
   「全相説唱包龍図断趙皇親孫文儀公案伝」「新刊全相鶯哥孝義伝」
   「新刊全相説唱開宗義富貴孝義伝」　　「新編劉知遠還郷白兎記」

266

32 民間説話・小説中の「関索」

●宋・金代の文献

1 「賊副小関索者，領十余騎，飲馬河側。」(『過庭録』宋・范公称)
2 「賊愈三古，五官，朱関索，呉錦等，皆獲之。」
　　　　　　　　　　　　　　(『艮斎先生薛常州浪語集』宋・薛季宣)
3 「官兵大敗。賽関索李宝被執。」(『三朝北盟会編』「建炎三年」宋・徐夢華)
4 「命王徳斬邵譚，袁関索，劉文舜於饒州。」(同上「紹興十二年」・徐夢華)
5 「李成率・・・買関索等併兵来，絶貴帰路。」(『鄂国金佗粋編』宋・岳珂)
6 「杭城有周急快，・・・賽関索，・・・等，」(『夢梁録』宋・呉自牧)
7 「角觝：張関索　賽関索　厳関索　小関索」(『武林旧事』宋・周密)
8 「賽関索楊雄：関索之雄　超之亦賢　能持義勇　自命何至」
　　　　　　　　　　　　　　　　　　　　　(『癸辛雑識』宋・周密)
9 「陝西軍帥張関索」(『金史』巻80)
10 「擒其帥郝仲連，張関索，・・・」(『金史』巻133)

●元・明代の文学作品

1 (『全相三国志平話』巻下，「劉禅即位後，孔明が雲南に行き呂凱を攻める場面」)
　　「諸葛亮は半月もせぬうち，五万の軍と百人の名将を率い，一月あまりして雲南郡に到着した。郡城より十里も行かぬところに砦を築く。三日ほどして，雍闓が出陣するが，魏延によって馬の下に斬って捨てられた。孔明は雲南郡の人民を安撫する。数日して，軍は不韋城にいたる。太守呂凱は，諸葛亮が軍を五隊に分けて進軍し人民を殺傷していると言いたて，三万の兵を率いて出陣した。対する関索は負けを装って逃げる。呂凱が追撃するが，軍城を三十里ほど離れたところで，ある者が呂凱に告げて言った。・・・」(一回だけ名前が出る)

2 (『三国志演義』の明代刊本，登場の仕方に2種類あり)
① 荊州の関羽のもとに父を訪ねて関索(花関索)が母の胡氏と共に現れ，その後，孔明に従って蜀の征討に活躍し，のちに雲南に派遣されてそこで病死。関索は関羽の第二子。
　　　(1592余氏双峰堂刊／1605閩建鄭少垣聯輝堂三垣館刊／1610閩建楊起元閩斎刊など　→　「三国志伝」系統)
② 諸葛孔明の南蛮(雲南)遠征の際に関索があらわれて従軍する。関索は関羽の第三子。
　　　(1591金陵周日校刊・李卓吾評本・喬山堂劉龍田刊・清代の毛宗崗評本)

33 『三国志演義』の中の関索

○「毛宗崗本」第87回
　忽有关公第三子关索，入军来见孔明曰："自荆州失陷，逃难在鲍家庄养病。每要赴川见先帝报仇，疮痕未合，不能起行。近已安痊，打探得东吴仇人已皆诛戮，径来西川见帝，恰在途中遇见征南之兵，特来投见。"孔明闻之，嗟呀不已，一面遣人申报朝廷，就令关索为前部先锋，一同征南。　　　　（『全図繡像　三国演義』，内蒙古人民出版社，1981年）

34 新編全相說唱足本花關索出身傳　前集
（冒頭原文）

自從盤古分天地	三皇五帝夏商君	周朝伐紂興天下	代代相承八百春
周厲王時天下亂	春秋列國互相吞	秦皇獨霸諸侯域	焚典坑儒喪聖文
西建阿房東填海	南修五嶺北長城	欲傳世為為天子	遊至沙丘帝業崩
三世胡亥傳寶位	趙高殺了命歸雲	三世子嬰年幼弱	天下荒荒漸起兵
楚漢立起懷王帝	兩處分兵要破秦	先到長安為天子	後到咸陽做忠臣
高祖先都收了	霸王心下怒生嗔	殺了楚懷王背義	違盟要奪漢乾坤
漢王拜起都元帥	百萬軍中第一人	九里山前排下陣	霸王志敗陷垓心
烏江自下龍泉劍	八千兵散楚歌聲	長安建國漢天子	隆準龍顏真聖人
惠文景武昭宣帝	元成哀平十一君	中間王莽生狡計	謀篡劉朝十八春
誰知再有劉光武	起義南陽點聚兵	捉住篡國賊王莽	漸臺剮割碎分身
中興立起劉光武	後漢建國洛陽城	安邦定國無爭戰	雨順風調得太平
傳至明章和殤帝	安順沖至桓靈君	漢末三分劉獻帝	管了山河社稷臣
關西反了黃巾賊	魏蜀吳割漢乾坤	魏國曹操都建鄴	吳地孫權做帝君
劉備據了西川主	漢裔金枝玉葉人	軍師便有諸葛亮	武勇關張是好人
都在青口桃園洞	關張劉備結為兄	三人結義分天下	子牙廟裏把香焚

白 關張劉備三人結為兄弟，在姜子牙廟裏對天設誓，宰白馬祭天殺黑牛祭地，只求同日死，不願同日生。哥哥有難兄弟救，兄弟有事哥哥便從。如不依此願，天不遮地不載，貶陰山之後，永不轉人身。劉備道，我獨自一身，你二人有老小掛心，恐有回心。關公道，我壞了老小共哥哥同去。張飛道，你怎下得手殺自家老小。哥哥殺了我家老小，我殺哥哥底老小。劉備道，也說得是。

唱 張飛當時忙不主	青銅寶劍手中存	逢一個時殺一個
來到蒲州解梁縣	直到哥哥家裏去	轉過關平年少人
逢著雙時殺二人	殺了一十單八口	張飛一見心歡喜
叫道叔叔可憐見	留作牽龍備馬人	當時兩個便回程
留了孩兒稱我心	走了嫂嫂胡金定	前往興劉山一座
將身回到桃園鎮	弟兄三個便登程	回來唱起女釵裙
替天行道作將軍	休說三人同結義	丈夫又入山中去
轉到胡家莊一座	來見爹娘兩個人	單單走得自家身
關張劉備結為兄	殺了兩家良和賤	
腹內懷胎三個月	後生兒女靠誰人	

白 父親道，既是你丈夫別了你，且莫煩惱。你且在家等過，又作區處。候十月滿足，生下兒子。

唱 撚然懷胎十個月　　房中生下小官人

269

35 『三国志』・『三国志演義』 関連書籍

【平話・花関索伝】
1　二階堂善弘・中川諭『三国志平話』光栄　1999年
2　立間祥介『全相三国志平話』潮出版社　2011年
3　金文京ほか『花關索傳の研究』汲古書院　1989年

【正史　三国志】
4　今鷹真ほか訳『正史　三国志』1～8　ちくま学芸文庫
5　井波律子『『三国志』を読む』岩波書店　2004年
6　竹内良雄編『三国志ハンドブック』三省堂　1998年
7　渡邉義浩『三國志研究入門』日外アソシエーツ　2007年
8　狩野直禎『「三国志」の知恵』講談社現代新書　1985年
9　加地伸行編『三国志の世界』新人物往来社　1987年
10　満田剛『三国志　歴史と小説の狭間』白帝社　2006年
11　山口久和『「三国志」の迷宮』文春新書　1999年

【三国志演義】
12　井波律子訳『三国志演義』1～7　ちくま文庫
13　金文京『三国志演義の世界』東方書店　1993・2010年
14　中川諭『『三國志演義』版本の研究』汲古書院　1998年
15　金文京『三国志の世界』講談社　2005年
16　田中尚子『三国志享受史論考』汲古書院　2007年
17　井上泰山『三国劇翻訳集』関西大学出版部　2002年

【辞典・事典】
18　渡辺精一『三國志人物事典』講談社　1989年
19　瀬戸龍哉『三國志全人物事典』株式会社G.B.　2007年
20　井波律子『三国志名言集』岩波書店　2005年

【その他】
21　花田清輝『随筆三国志』レグルス文庫　1972年
22　渡辺精一『諸葛孔明』東京書籍　1992年
23　李殿元・李紹先著、和田武司訳『三国志考証学』講談社　1996年
24　堀　敏一『曹操―三国志の真の主人公』刀水書房　2001年
25　桐野作人『目からウロコの三国志』PHP研究所　2001年
26　雑喉　潤『三国志と日本人』講談社現代新書　2002年
27　渡邉義浩・田中靖彦『三国志の舞台』山川出版社　2004年
28　城野　宏『三国志の人間学』致知出版社　2007年
29　村上政彦『三国志に学ぶリーダー学』潮出版社　2008年
30　渡邉義浩・仙石知子『三国志の女性たち』山川出版社　2010年

36 『三国志通俗演義史伝（葉逢春本）』 関連論考目録（稿）

（○印：井上執筆）

【1980年以前】

1 「Notes sur quelques livres ou documents conserves en Espagne.」
 （Paul PELLIOT：『T'OUNG PAO』XXVI,1929）
2 「流落於西葡的中國文獻」（方豪：『學術季刊』1巻2期，3期，1952）
3 「西班牙愛斯高里亞爾靜院所藏中國小説，戲曲」
 （戴望舒：『小説戲曲論集』作家出版社，1958）
4 「The Manila Incunabula and early Hokkien Studies」
 （P.Van Der Loon：『Asia Major』XII,1966）
5 「Los libros chinos de la Real Biblioteca EL Escorial」
 （GREGORIO DE ANDRES：『MISSIONALIA HISPANICA』XXIV, 76，1969）
6 「漢字の西方傳播」（榎一雄：『月刊シルクロード』,1978）

【1990年代】

⑦ 「エル・エスコリアル修道院収蔵漢籍をめぐって～『三国志演義』の版本を中心に～」
 （井上泰山：「関西・中国芸能を楽しむ会」口頭発表，1995.6.30）
⑧ 「スペイン・エスコリアル修道院蔵『三国志演義』について」
 （井上泰山：『関西大学中国文学会紀要』第17号，1996.3）
⑨ 『三國志通俗演義史傳（上）』（井上泰山編：関西大学出版部，1997.4.1）
⑩ 「スペイン・エスコリアル修道院蔵『三国志演義』を尋ねて」
 （井上泰山：『東方』199号，1997.10）
11 「『新刊通俗演義三国志伝』の性質」
 （中川諭：『中国古典小説研究』第3号，1997.12.20）
⑫ 『三國志通俗演義史傳（下）』（井上泰山編：関西大学出版部，1998.3.15）
⑬ 『三國志通俗演義史傳』「解説」
 （井上泰山：『三國志通俗演義史傳（下）』関西大学出版部，1998.3.15））
14 「关于西班牙爱斯高里亚尔修道院所藏之嘉靖刻本《三国志通俗演义史传》」
 （陈桂声：『明清小説研究』第50期，1998.7）
15 「『新刊通俗演義三國志傳』について」（中川諭：『三国志演義版本の研究』
 第3章 第2節，1998.12.15，汲古書院）
⑯ 「西班牙愛斯高里爾靜院所藏《三國志通俗演義史傳》初考」
 （井上泰山：『中華文史論叢』第60輯，1999.12））
17 「再談《三國志通俗演義》的成書時代～以葉逢春本《三國史傳》為中心～」
 （章培恒：『中華文史論叢』第60輯，1999.12）

【2000年以降】
18 「中国学最前線・三国志演義」（中川諭：『しにか』，2000.8.1，大修館書店）
19 「關於《三國演義》葉逢春刊本的發現及其意義」
　　（高橋乃子：『中国文学研究』第3輯，2000.8）
⑳ 「《三國志演義》研究的現狀和展望～以葉逢春本《三國志通俗演義史傳》為中心～」（井上泰山：「中国文学古今演変研究国際学術研討会」口頭発表，2001.11.16）
21 「叶逢春本《三国志传》题名"汉谱"说」
　　（杨绪容：『明清小说研究』第64期，2002.2）
㉒ 「『三国志演義』研究の現状と展望～葉逢春本『三国志通俗演義史伝』の価値をめぐって」（井上泰山：『文化事象としての中国』，2002.3.31，関西大学出版部）
㉓ 「《三国志演义》研究的现状和展望～以叶逢春本《三国志通俗演义史传》为中心」
　　（井上泰山：『中国文学古今演变研究论集』，2002.5，上海古籍出版社）
24 「西班牙藏叶逢春刊本三国志史传琐谈」
　　（陈翔华：『西班牙藏叶逢春刊本三国志史传』上，2004，全国图书馆文献缩微复制中心）
25 「『三国演義』の言語と文体～中国古典小説への計量的アプローチ」
　　（上田望：『金沢大学文学部論集　言語・文学篇』25　2005）
26 「《三国志演义》嘉靖壬午本与叶逢春刊本比较－－人数变化百例」
　　（刘世德：《中国古代小说研究》第1集，2005，人民文学出版社）
27 「《三国志演义》版本举隅」
　　（金文京：《中国古代小说研究》第1集，2005，人民文学出版社）
28 「『三国志演義』の成立と展開について～嘉靖本と葉逢春本を手がかりに～」
　　（小松謙：『中国文学報』第74冊，2007.10）
29 「『三国志演義』の原初段階における成立と展開～段階的成立の可能性～」
　　（井口千雪：『和漢語文研究』第9号，2011.11）
30 「『三国志演義』の執筆プロセスに関わる考察」
　　（井口千雪：『日本中国学会報』第64集，2012）
31 「『三国志演義』三系統の版本の継承関係～劉龍田本を手がかりに～」
　　（井口千雪：『東方学』127輯，2014.1）

37 『三国志演義』 関連業績一覧（井上泰山）

【編著（共著）】
『花関索伝の研究』（汲古書院　1989年）

【論文】
スペイン・エスコリアル修道院蔵『三国志演義』について（関西大学中国文学会紀要17号　1996年）
スペイン・エスコリアル修道院蔵『三国志演義』を尋ねて（東方199号 1997年）
西班牙愛斯高里亞爾靜院所藏『三國志通俗演義史傳』初考（中華文史論叢60輯　1999年）
『三国志演義』研究の現状と展望（『文化事象としての中国』2002年）
『三国演義』研究的現状和展望（『中国文学古今演変研究論集』2002年）
貂蝉像の検証　（東西学術研究所紀要36輯　2003年）
私と『三国志演義』研究（上）（関西大学文学論集57巻2号　2007年）
私と『三国志演義』研究（下）（関西大学文学論集57巻4号　2008年）
日本人と『三国志演義』（関西大学中国文学会紀要29号　2008年）
日本人與『三国演義』（復旦学報　2008年1期）

【翻刻・翻訳】
『三国志通俗演義史伝（上）』（関西大学出版部　1997年）
『三国志通俗演義史伝（下）』（関西大学出版部　1998年）
『三国劇翻訳集』（関西大学出版部　2002年）
三国志通俗演義史伝（上・下）（上海古籍出版社　2009年）

【招待講演】
『三国演義』研究的現状和展望（中国文学古今演変研究国際学術研討会　2001年）
我與『三国志演義』研究（一）（復旦大学古籍整理研究所　2007年）
我與『三国志演義』研究（二）（復旦大学古籍整理研究所　2007年）
日本人與『三国志演義』（復旦大学古籍整理研究所　2007年）

【研究発表】
エル・エスコリアル修道院収蔵漢籍をめぐって（関西・中国芸能を楽しむ会　1995年）
白話文学資料の命運（関西大学東西学術研究所研究例会　2001年）
三国物語の変遷（関西大学東西学術研究所研究例会　2004年）

【翻訳】
劉備・関羽・張飛，桃園にて義を結ぶ（関西大学文学論集49巻4号　2000年）
元刊雑劇の研究（三）「關張雙赴西屬夢」全訳校注（京都外国語大学研究論叢66号　2006年）
元刊雑劇の研究（四）「關大王單刀會」全訳校注（摂大人文科学14号　2006年）

【座談会】
『三国志演義』研究をめぐって（未明24号　2006年）

38　市民講座『三国志演義』　関連講演一覧（井上泰山）

●三国志の世界～歴史とロマン・その魅力を探る～（全2回）
　　　　　　　　　　　　　　　　豊中市民講座　（於：蛍池公民館）
1　第1回「三国志の英雄達」　　　　　　　　　　2008年 5月29日
2　第2回「三国志の名場面」　　　　　　　　　　2008年 6月26日

●『三国志』にみる指導者像　（全1回）
　　　　　　　　　　　　　　　　　　　　（於：高槻市真上公民館）
3　高槻市真上公民館成人講座　　　　　　　　　 2011年11月11日

●「三国志」への旅立ち（全10回）
　　　　　　　　　　　　　　　（於：和泉シティプラザ市民カレッジ）
4　（1）歴史から小説へ　　　　　　　　　　　　2012年 4月14日
5　（2）旅する「三国志」　　　　　　　　　　　2012年 4月28日
6　（3）「三国志」を読み解くキーワード　　　　2012年 5月12日
7　（4）縛られた巨人・関羽　　　　　　　　　　2012年 5月26日
8　（5）二重人格者・曹操　　　　　　　　　　　2012年 6月 9日
9　（6）指導者の条件　　　　　　　　　　　　　2012年 6月23日
10　（7）孔明は魔術師だった？　　　　　　　　　2012年 7月 7日
11　（8）周瑜は犠牲者だった？　　　　　　　　　2012年 7月21日
12　（9）「三国志」の女性たち　　　　　　　　　2012年 8月 4日
13　（10）もう一つの「三国志」　　　　　　　　　2012年 8月18日

●「三国志演義の世界を読み解く」（全8回）
　　　　　　　　　　　　　　　　　　（於：はびきの市民大学）
14　（1）『三国志』ワールドへのパスポート　　　2013年10月20日
15　（2）歴史から小説へ　　　　　　　　　　　　2013年11月10日
16　（3）『三国志演義』の名場面　呂布の活躍とその意味　2013年11月17日
17　（4）『三国志演義』の名場面　劉備の役割と関羽の義　2013年11月24日
18　（5）『三国志演義』の名場面　曹操は関羽の宿敵か　2013年12月 1日
19　（6）舞台で暴れる英雄たち　～張飛と関羽～　2013年12月 8日
20　（7）旅立つ英雄たち～日本で蘇った『三国志演義』～　2013年12月15日
21　（8）旅立つ英雄たち～スペインに渡った『三国志』～　2013年12月22日

● 「三国志」へのパスポート（全6回）

(於：毎日文化センター　梅田)

22　第1回　歴史から小説へ～『三国志』と『三国志演義』～　2014年10月25日
23　第2回　『三国志演義』の英雄たち（1）～呂布の分析～　2014年11月22日
24　第3回　『三国志演義』の英雄たち（2）～関羽と曹操～　2014年12月27日
25　第4回　『三国志演義』の英雄たち（3）～孔明の活躍～　2015年 1月24日
26　第5回　海外に流出した『三国志演義』～スペインへの旅立ち～
　　　　　　　　　　　　　　　　　　　　　　　　　　　　2015年 2月28日
27　第6回　もうひとつの『三国志演義』～関索の活躍～　　2015年 3月28日

● 「三国志」入門講座（全5回）

(於：大東市立生涯学習センター（アクロス）)

28　第1回　『三国志』と『三国志演義』～歴史から小説へ～2015年 2月18日
29　第2回　劉備と曹操～小説における善悪の強調～　　　　2015年 3月 4日
30　第3回　関羽と呂布～義と不義の対照～　　　　　　　　2015年 3月11日
31　第4回　『三国志演義』の中の「怪」～神になった関羽～2015年 3月18日
32　第5回　英雄たちの旅立ち～スペインに渡った『三国志演義』～
　　　　　　　　　　　　　　　　　　　　　　　　　　　　2015年 3月25日

● 『三国志演義』の世界（全1回）

(於：福山大学孔子学院)

33　成立と進化の過程を読み解く　　　　　　　　　　　　2015年 7月14日

● 『三国志演義』の世界（全3回）

(於：東住吉会館)

34　第1回　「義によって結ばれた三人の男たち」（桃園結義）2016年 2月21日
35　第2回　「関羽と曹操の終わりなき戦い」（千里独行）　　2016年 2月28日
36　第3回　「孔明，東南の風を呼んで曹操を破る」（赤壁の戦い）
　　　　　　　　　　　　　　　　　　　　　　　　　　　　2016年 3月 6日

37　三国志がとりもつ日中西の文化交流　　（於：ワールド航空サービス）
　　　　　　　　　　　　　　　　　　　　　　　　　　　　2016年 6月14日
38　泊園古典講座「三国志を読む」（1）　　（於：関西大学梅田キャンパス）
　　　　　　　　　　　　　　　　　　　　　　　　　　　　2016年11月 7日
39　泊園古典講座「三国志を読む」（2）　　（於：関西大学梅田キャンパス）
　　　　　　　　　　　　　　　　　　　　　　　　　　　　2016年11月21日

おわりに

　これまで15回にわたって『三国志演義』の世界をご紹介しました。「三国物語」が語り物として伝承されていた頃の姿や，文字化され小説として読まれるようになってからの進化の過程，あるいは，そこに登場する主要な人物の生きざまや，一般にはあまり知られていない謎に包まれた人物の活躍など，それぞれのテーマに沿ってできるだけわかりやすく解説したつもりです。ただ，『三国志演義』が描く世界，とりわけその人間模様は実に多種多様で，しかも複雑に絡み合っているため，短時間のうちにその全貌を語り尽くすことはできません。加えて，この講座で取り上げた人物は，少数の英雄的人物に限られており，彼らの周囲にいたはずの多くの影の存在については，ほとんど光をあてることができませんでした。取り上げた人物が蜀の国の人物に偏っていて，魏や呉の人物に対する考察が不足しており，全体としてバランスを欠いていることも充分に自覚しています。

　『三国志演義』には多くの個性的な英雄が登場します。英雄は物語を牽引し，拡大させ，発展させますから，読者はとかく英雄の活躍にばかり目を奪われがちになります。しかし，「三国物語」の世界は決して英雄だけで成り立っているわけではありません。英雄の周辺にいて彼らを動かした影の存在も数多くいたはずです。本来ならば，そうした目立たない無名の人物の行動や考え方に対しても応分の目配りをして紹介すべきところですが，遺憾ながら力及ばず，今回は割愛せざるを得ませんでした。今後の課題として胸に刻んでおきたいと思います。

　ここで，本書ができあがるまでの経緯について簡単に説明しておきます。

　1995年の3月にスペインのエスコリアル宮殿に赴き，『三国志演義』の貴重なテキストに出逢ったことについては，すでに本書の中で詳しく

ご紹介しました。それがきっかけとなって『三国志演義』の研究に本格的に軸足を移すようになったことも，すでにお話しした通りです。日本に持ち帰った情報をもとに関西大学出版部から翻刻出版したのが1998年。その後，中国からの要請に応じて上海の復旦大学で数回の講演を行い，それが機縁となって，上海古籍出版社から再び同書を刊行したのは2009年のことでした。最初のスペイン訪問以降，15年間にわたって『三国志演義』の公開に向けた作業に携わったことになります。

今改めて振り返ってみると，実に息の長い仕事で，様々な困難に直面しながらもなんとか乗り越えられたことを思うと些か感慨深いものがありますが，それはともかく，『三国志演義』の貴重なテキストを公開する過程で，必要に迫られて自分自身のホームページを開設することになりました。開設にあたっては，氷野善寛氏（目白大学専任講師）に協力を依頼しました。その結果，デザインからレイアウトまで全て丸投げしたにもかかわらず，氏はこちらの要求を充分に「忖度」し，私としては「想定外」とも言うべき立派なホームページを立ち上げていただきました。今更言うのも時機を失した感がありますが，氏にはこの場をお借りして改めて感謝したいと思います。

さて，当然のことながら，ホームページにはスペインに保管されていた『三国志演義』の情報と，関連する自分自身の研究内容なども掲載しました。すると，その後，大阪府下の自治体から『三国志演義』に関する講演の依頼が次々と舞い込むようになりました。最初に実現したのは豊中市民講座で，2008年のことでした。その後，2011年には高槻市の真上公民館の成人講座，2012年には和泉シティプラザ市民カレッジ，2013年には，はびきの市民大学講座，といった具合に，毎年のように「三国志」に関する連続講演の依頼を受けるようになりました。現在もなおそうした状況は続いていて，これまでに行った「三国志」関連の講演を通算すると，すでに50回を超えました。これも私にとっては「想定外」の出来事です。

講演を行う際には，毎回音声記録を残すように心がけ，次回の講演へ

の反省材料にすべく、折に触れて録音内容を聞き直していたのですが、ある時期から、講演した内容を記録として公開する方法はないものかと考えるようになりました。音声だけを公開する方法もあるかと思いますが、私としては、やはり文字によって残したいという気持ちが強く、数年前から、とりあえず、これまで行ってきた講演の音声を逐一文字に起こす作業を始めました。

　ところが、いざ開始してみると、これがなかなか骨の折れるやっかいな作業で、音声を文字で再現することには厖大な時間が必要になることがわかりました。時には同じ内容を何度も聞き直す必要があるからです。こういった作業は、その道の専門家に依頼すれば、あるいは事情が異なったのかもしれませんが、全くの素人である私にとって、音声情報を逐一文字に起こすという作業は、予想をはるかに上回る厖大な時間と労力を費やす結果となりました。それでも、一定の時間を確保して気長に作業を続けた結果、昨年の夏ごろには、過去に行った講演内容を一通り文字に再現することができました。一連の作業を通じて、口頭で発信した内容を再び文字によって伝えることの困難を思い知らされた気がしました。

　文字起こしに一定の区切りがついたところで、次に考えなければならないのは、それをどのような形で公開するかという問題でした。結論として選んだのは、講演内容を文字に再現したものをそのまま提供するのではなく、一定の修正を加えたものを公開するやり方でした。異なる場所で講演した内容は、時に重複することもあります。反対に、同じようなテーマで講演しても、時と場合によってはかなり異なった内容になることもあります。講演内容を忠実に再現するだけでは自分の言いたいことが充分に伝わらないのではないか、そんな思いが強く働きました。そして、その不安を払拭するためには、講演内容に一定の操作を加えることが必要であるとの結論に達しました。

　そこで、全体の構成を大きく変えて、各回のテーマをおおむね「三国物語」の時間軸に沿って整理し、大学における一学期（半年間）の講義

を想定して，全15回に収めてみました。つまり，本書で述べた内容は，基本的には過去に行った講演を基軸としたものですが，しかし，講演の内容を一字一句忠実に再現したものではありません。この点をまずお伝えしておきたいと思います。

　講演の現場では，話の内容をわかりやすくするために，とかく表現が冗漫になったり，同じ言葉を反復したりすることがあります。反対に，時間に追われて説明不足のまま放置して先を急いだり，つい興に乗って本来の話題から逸れて脱線してしまったりすることも多々あります。講演の現場では，文字だけで表現する場合とは異なる様々な事態が生じます。それは，講演というものが基本的に音声に頼って情報を伝えるものであり，生身の人間を前にして行われるものである以上，来聴者の反応を見ながら臨機応変に対応する中から生じる必要な所作であって，むしろ当然の結果であるとも言えるでしょう。

　しかし，音声によって講演内容を再現するのならば話は別ですが，それを文字に起こして伝えるとなると，また違った事情が生まれます。講演した内容をそのまま文字に起こして読み直してみると，講演当時は思いつかなかったような，いろいろな考えが浮かんできます。あの時はこう言えばよかった，こんな言葉を補えばもっと的確に表現できたのにと，半ば後悔にも似た思いにかられることがよくあるのです。これは，講演を経験したことのある人ならば，程度の差こそあれ，誰もが感じることではないかと思います。

　そこで，この本を作るにあたっては，講演内容を録音した音声に基づいて再現する一方，そうした，口頭ではうまく伝えられなかった部分については，表現を変えたり，新たな言葉を補ったり，話の順番を変えたり，場合によっては別の情報を補ったりしました。つまり，文字として読まれることを想定して，それなりの工夫を凝らしてみたのです。そうすることによって，講演当時うまく伝えられなかったことも，より明確に伝えることができるようになったように思います。もちろん，それでもまだ充分には理解していただけない部分も残っているとは思います

が，講演そのものを何の手も加えずに文字に起こしたものよりは，はるかにわかりやすくなったのではないかと自負する次第です。その意味で，本書は「講演録」というよりも，私自身の講演に加工を施した「自分なりの理想の講演集」に近いと言うことができるかもしれません。

本書の末尾に付けた「関連資料」は，基本的に講演の際に来聴者に配布したものです。講演では，資料に基づいて話を進めている場合もありますが，とくに言及しなかった資料もあります。関連部分については，必要に応じて適宜参照していただければ幸いです。

「三国志」を語るという作業は，なにしろ私にとって初めての試みですので，本書によってどの程度「三国志」の世界を身近に感じていただけたか，心もとないものがありますが，出来映えについては，本書を読んでくださった方々の声に謙虚に耳を傾けたいと思います。複数の講演に基づいているため，話題が重複しているところもあり，何かと不備の多い内容ではありますが，ともかく，本書の出版によって，これまで10年間にわたって行ってきた講演にひとつの区切りをつけることができたことに，今はある種の感慨と安堵を覚えている次第です。

最後になりましたが，本書の出版にあたってお世話になった方々に対し，この場をお借りして感謝の気持ちを記しておきたいと思います。

関西大学出版部から研究成果を刊行するためには，申請時に専門家二名の推薦書を添える必要があります。文学部の陶徳民教授と外国語学部の奥村佳代子教授は，ご多忙中にもかかわらず，推薦文の執筆を快諾してくださいました。

本書の編集をご担当いただいた関西大学出版部の宮下澄人氏からは，校正段階で多くの有益な指摘を賜ったのみならず，関連資料の扱い方に関しても適切なアドバイスを頂戴しました。氏のご指摘のお陰で，本書はかなり読みやすくなったように思います。

校正については，林雅清・敦子夫妻のお名前も記しておかなければなりません。お二人には初校の段階で原稿に目を通していただき，筆者自身の思い込みによる幾つかの誤りを指摘していただきました。

本書の企画を認め，刊行を了承していただいた関西大学出版委員会の方々，並びに，委員会での推薦の労を取っていただいた文学部の工藤康弘教授に対しても，ここで改めて感謝の気持ちをお伝えしたいと思います。

　私のつたない講演を聴くためにわざわざ会場まで足を運んでくださった多くの方々に対し，心から感謝の気持ちを捧げたいと思います。「三国志」に対する皆さん方の熱意に支えられたからこそ，本書はこのような形で刊行に漕ぎつけることができました。多くの人々とのかけがえのない出逢いの中から生まれたこの本が，さらに多くの人々の感動の環を作り出すきっかけとなることを心から願っています。

2018年11月11日

著者紹介

井上 泰山（いのうえ　たいざん）

1952年，山口県下関市生まれ。山口県立豊浦高等学校卒業。東京外国語大学外国語学部中国語学科卒業。同大学院修士課程修了。関西大学大学院文学研究科博士課程後期課程所定単位修得後退学。博士（文学）関西大学。明治学院大学助手，講師，助教授を経て，現在，関西大学文学部教授。編著書として，『花関索伝の研究』（1989年，共著），『董解元西廂記諸宮調研究』（1998年，共著），『三国志通俗演義史伝（上・下）』（1998年），『三国劇翻訳集』（2002年），『中国近世戯曲小説論集』（2004年），『スペイン点描』（2006年），『元刊雑劇の研究』（2007年，共著），『漢籍西遊記〜イベリア半島漢籍調査報告〜』（2008年），『中国文学史新著（上・中・下）』（2014年，共訳），『海内外中国戯劇史家自選集（井上泰山巻）』（2018年）などがある。

三国志への道標

2019年2月20日　発行

著　者　井　上　泰　山

発行所　関西大学出版部
〒564-8680　大阪府吹田市山手町3-3-35
TEL 06-6368-1121／FAX 06-6389-5162

印刷所　石川特殊特急製本株式会社
〒540-0014　大阪府大阪市中央区龍造寺町7-38

©2019　Taizan INOUE　　　　　Printed in Japan

ISBN 978-4-87354-688-9 C3098　　落丁・乱丁はお取替えいたします。

JCOPY　〈出版者著作権管理機構　委託出版物〉

本書(誌)の無断複製は著作権法上での例外を除き禁じられています。複製される場合は，そのつど事前に，出版者著作権管理機構（電話03-5244-5088，FAX 03-5244-5089，e-mail: info@jcopy.or.jp）の許諾を得てください。